Martin Hailer

Was guckst du so behindert?

[redacted]

Martin Hailer

Was guckst du so behindert?

Roman

Originalausgabe 2012

Satz: IL-Verlag
ISBN: 978-3-905955-38-5

Vorwort

Noch vor wenigen Jahrzehnten hatten junge Menschen mit einer Schwerstbehinderung geringe Möglichkeiten, ihr Leben nach ihren eigenen Wünschen zu gestalten. Heute stehen ihnen neue Wohnformen, bessere Ausbildungsmöglichkeiten und mehr Mobilitätsangebote offen. Doch um diese Chancen zu nutzen, brauchen junge Behinderte nach wie vor viel Mut, Pioniergeist, ein unterstützendes Umfeld und eine Prise Glück.

Dieses Buch erzählt die Geschichte eines jungen Mannes, der lernen muss, mit seiner körperlichen Schwerstbehinderung umzugehen. Er trifft auf jene Hürden, denen junge Behinderte auf ihrer Reise ins Erwachsensein begegnen, und versucht, sie zu überwinden. Das Buch möchte damit Nichtbetroffenen ein besseres Verständnis darüber vermitteln, was es heißt, mit einer Behinderung zu leben, und für Betroffene ein Gedankenanstoß sein, über ihre eigenen Möglichkeiten nachzudenken.

Im Grunde sind alle Menschen behindert, der Vorzug von uns Behinderten allerdings ist, dass wir es wissen.

Wolfgang Schäuble

1

Mit einem Krachen fällt die Tür vor mir ins Schloss, die Schritte auf dem Flur entfernen sich, die Stimmen werden leiser. Und dann ist es still. Versteinert sitze ich da, den Blick auf den versperrten Fluchtweg gerichtet.

Ich verspüre den Drang, meinem Frust schreiend Platz zu schaffen. Ich atme tief ein – die Luft ist stickig hier – produziere dann jedoch bloß einen heiseren Seufzer. Kleine Babys haben das Recht zu schreien, wenn man sie ihrer Mutter wegnimmt. Erwachsene Männer nicht.

Es sind noch keine zwei Minuten her, da habe ich ihr mit selbstbewusster Miene versichert: «Alles in Ordnung, Mama, geh ruhig. Ich denke, ich bin hier gut aufgehoben.» Dann ist sie durch die Tür verschwunden, begleitet von Julie, der Heimleiterin.

Pah, von wegen, nichts ist in Ordnung! Ein ganzes Jahr soll ich hier verbringen, im tiefsten Ontario, am Ende der Welt? Auf einem fremden Kontinent, wo ich keine Menschenseele kenne? Und ganz nebenbei soll ich auch noch das Studium bewältigen? Ich fühle mich schwach, verletzlich, alleine.

Aus dem Erdgeschoss ertönt ein gedämpftes Lachen. Es klingt wie Hohn und jagt mir einen Schauer über den Rücken. Wenigstens löst sich dadurch meine Starre. Ich beschließe, mich zusammenzureißen und mich in mein neues Zimmer zu begeben. Weg von der Tür. Ich drehe nach rechts – und erstarre erneut: Unschuldig schimmernd hängt da an der Wand neben dem Eingang mein Erzfeind: der Spiegel. Er hat mich schon die ganze Zeit beobachtet, sich an meinem Elend ergötzt, still vor sich hin gegrinst. Ich mustere ihn verächtlich. Wie immer erinnert er mich genüsslich daran, dass ich nie *völlig alleine* bin ... Ich hasse ihn dafür.

Als ob ich nicht selbst wüsste, dass der Rollstuhl da ist! Ich habe ihn nicht verdrängt, bloß vergessen. Aber muss mir der Spiegel das jedes Mal so unter die Nase reiben? Was ich ihm am meisten Übel nehme ist, dass er die Wahrheit verzerrt. Die Aufgabe eines Spiegels ist es, den Menschen zu zeigen, der hineinschaut. Er aber zeigt nie *mich*, sondern stets nur *uns* ... Und den Rollstuhl stellt er ganz prominent, ganz protzig in den Mittelpunkt: das Fahrgestell mit dem königsblauen Rahmen; die robusten Räder, die auf zehn Stundenkilometer beschleunigen können; den geschwungenen Schriftzug *TurboTwist*; das Tischchen vor meiner Brust, damit ich nicht rausfalle; all das viele Polster und Metall – das ist es, was er dem Betrachter präsentiert, während ich selbst fast im Sitzpolster verschwinde und man höchstens auf den zweiten, dritten Blick, wenn man sich am Rollstuhl sattgesehen hat, meine dunkelblonden Haare oder mein noch leicht kindliches Gesicht mit den blassblauen Augen wahrnimmt.

«Du kannst mich mal», sage ich zum Spiegel und vollende die vorhin unterbrochene Drehung. Aus dem Augenwinkel sehe ich ihn noch immer grinsen, gehe aber nicht auf die Provokation ein. Ich fahre davon, in Richtung meines Zimmers.

«Das ist nun also mein neues Reich», denke ich, als ich über die Zimmerschwelle rolle. Mein Blick wandert nach rechts und gleitet über eine bleiche Tapete mit hässlichen Flecken. Davor stehen ein Kleiderschrank und ein Schreibtisch mit Computer, Tastatur und Maus. Auf der Tastatur liegt ein aufgeklapptes Willkommenskärtchen, unterzeichnet von Heimleiterin Julie. Ich nehme ihre elegante Handschrift zur Kenntnis, blicke dann jedoch schnell weg vom Kärtchen, ohne den Text zu lesen. Meine Augen richten sich nach links, zum Bett. Es ist ein Elektrobett, bei dem Höhe, Kopf- und Fußteil separat verstellbar sind. Mein Blick wird nach oben gezogen, wo etwas Unförmiges über dem Bett baumelt. Es ist ein schwarzes Gerät mit einem bulligen kleinen Körper, von dem sich in alle Richtungen dürre Metallärmchen mit eisernen Klauen abspreizen. Sein Schatten, den das matte Licht an die Wand malt, wirkt wie eine riesige Spinne, die am Kopfende meines Bettes auf der Lauer liegt. Es ist ein Hebelift, erkenne ich, als ich sehe, dass das Ding in einer Fahrschiene an der Decke hängt. Damit wollen die mich wohl vom Rollstuhl ins Bett und wieder zurück transferieren. Ich schlucke leer und frage mich, ob mein fragiler Körper das überhaupt zulassen wird?

Zuhause in der Schweiz haben wir sowas nie gebraucht. Aber ich muss mich damit abfinden, dass das Leben, so wie ich es gekannt habe, vorbei ist. Ich habe bisher ein weitgehend normales Leben geführt. Ein sogar extrem normales Leben, für jemanden mit einer Schwerstbehinderung. Ich bin bei meiner Familie aufgewachsen, habe eine normale Schule besucht, bin von meinen Freunden nie als jemand *Spezielles* behandelt worden, und andere Rollstuhlfahrer habe ich höchstens mal von weitem auf der Straße gesehen. Ja, wenn es meinen Erzfeind nicht gäbe, dann wäre ich vielleicht tatsächlich überzeugt, ich sei gleich wie alle anderen Menschen.

Und jetzt befinde ich mich in einem Heim, in dem knapp zwei Dutzend andere Behinderte leben, habe eine schwarze Riesenspinne über dem Bett hängen und muss mich von wildfremden Menschen betreuen lassen.

Das erinnert mich daran, dass nun bald die Betreuer kommen. Was mich da wohl erwartet? Wie läuft das hier in Kanada mit der Pflege? Reicht mein Englisch überhaupt aus, um denen begreiflich zu machen, was ich für Hilfeleistungen benötige? Im Rahmen meines Übersetzerstudiums habe ich viele Fachbegriffe gelernt, um auf Englisch komplexe Sachverhalte zu beschreiben. Aber im Pflegealltag sind weder *Atomwaffensperrvertrag* noch *Blockheizkraftwerk* besonders nützlich.

«Wenn Sie Mühe mit der Sprache haben, versuchen Sie am besten, sich mit Händen und Füßen verständlich zu machen», steht in einem Kanada-Ratgeber, den ich vor der Reise gelesen habe. Haha, witzig, sag' das mal einem Schwerstbehinderten, der die Hände kaum bis zur eigenen Nase heben kann, um sich zu kratzen.

Auf einmal merke ich, dass es rund um mich herum düsterer geworden ist. Ich höre ein schweres Schnaufen hinter meinem Rücken. Meine Nackenhaare stellen sich auf und ich rieche fremden Körperschweiß. Langsam, fast in Zeitlupe, drehe ich mich um und bereite mich darauf vor, der Gefahr ins Antlitz zu blicken.

Ich muss den Kopf in den Nacken legen, um das gesamte Ausmaß jener Gestalt zu erfassen, die da den Türrahmen zu sprengen droht. An die zwei Meter hoch, mit einem Kampfgewicht von hundertzehn, nein, hundertzwanzig Kilo, steht dort ein Mount Everest von einem Mann. Selbst Türsteher wären instinktiv vor diesem Koloss zurückgewichen. Aus geweiteten Augen starre ich ihn an und vergesse zu atmen.

Genüsslich krempelt der Mann die Ärmel hoch. Seine Hände haben Form und Größe von Baggerschaufeln.

Ich beginne zu zittern, wie ein Kaninchen im Angesicht eines hungrigen Raubtiers. Was habe ich mir bloß dabei gedacht, als ich mich auf das hier eingelassen habe?

Mit zwei zügigen Schritten durchquert der riesenhafte Mann den Raum und streckt seinen Arm nach mir aus.

* * *

Winterthur, zwei Jahre früher:

«Herr Schneider, eines sage ich Ihnen klipp und klar: Um dieses Auslandjahr kommen Sie nicht herum.» Der Rektor mustert mich eindringlich und spielt lässig mit dem Stift in seiner Hand.

Mein Blick schießt hin und her, sucht festen Halt und findet ihn bei einem Kaktus auf dem Fenstersims links hinter dem Rektor. Es ist mein Eintrittsgespräch für den Studiengang Übersetzen. Ich habe die Aufnahmeprüfungen bestanden und brauche nur noch den Segen dieses Mannes, dann darf ich das Studium antreten.

«Für den Erhalt des Diploms ist ein Auslandjahr obligatorisch», sagt er. Er legt den Stift weg, faltet die Hände und lehnt sich in seinem Sessel nach vorne. «Da können wir auf Ihre Behinderung keine Rücksicht nehmen.»

Ich lächle schüchtern den Kaktus an und erwidere nichts.

«Denken Sie, dass das für Sie machbar ist?», fragt er.

«Ach, das werde ich schon irgendwie hinkriegen», antworte ich und zwinge mich, seinen Blick zu erwidern. Ich halte jedoch nicht lange stand und spreche lieber wieder zum Kaktus: «Wäre ja gelacht, wenn das Studium daran scheitern würde.»

Der Rektor streicht sich mit den Fingern über das Kinn und betrachtet mich kritisch. Ich kriege das ungute Gefühl, dass er versucht, meine Gedanken zu lesen. Um es ihm nicht allzu leicht zu machen, konzentriere ich mich darauf, die Stacheln des Kaktus zu zählen. Im Grunde bin ich nämlich alles andere als überzeugt, dass das Auslandjahr für mich machbar ist. Der Rektor hat mich auf dem falschen Rad erwischt – hatte ich doch angenommen, der Auslandaufenthalt sei keine verbindliche Auflage, sondern vielmehr eine freiwillige Möglichkeit.

«Ja, es wäre schade, wenn Sie daran scheitern würden. Sie haben eine gute Aufnahmeprüfung geschrieben.» Für einen kurzen Augenblick deutet der Rektor ein Lächeln an, setzt aber umgehend wieder ein ernstes Gesicht auf. «Eine gewöhnliche Studentenwohnung auf dem Campus kommt wohl kaum in Frage, oder?»

«Nein, das geht nicht.»

«Und wie ich vermute, gibt es auch sonst noch zahlreiche Hürden, die sich Ihnen in den Weg stellen werden.»

Ich erröte. Es wird Dutzende von Problemen geben, die ich lösen muss. Ich habe nicht den Hauch einer Ahnung, was auf mich zukommt, und ich will es in diesem Moment auch gar nicht wissen. «Nun, ich denke, wenn es soweit ist, finde ich sicher einen Weg», sage ich und hoffe, dass der Rektor die Angelegenheit auf sich beruhen lässt.

Und das tut er – schließlich geht es ja nicht um sein Diplom.

Die Zeit verfliegt schneller, als mir lieb ist. Ich habe mein Leben so eingerichtet, dass der Rollstuhl und ich uns gegenseitig nicht in die Quere kommen. Ich konzentriere mich auf meine Ausbildung und pflege einige wenige Freundschaften und Hobbies. Den Rest des Tages überlasse ich der Behinderung, ohne mich dabei mit lästigen Fragen nach dem Warum und Wieso zu quälen. Das Arrangement stimmt für mich. Ich bin mir bewusst, dass ich ein Leben auf Sparflamme führe, doch wenigstens muss ich mich nicht mit dem Behindertsein beschäftigen.

Das Gespräch mit dem Rektor setzt dem ein Ende. Ich schiebe die Reiseplanung zwar soweit wie möglich auf, doch ein Jahr später geht es nicht mehr anders. Ich muss mich um die Organisation des Auslandjahres kümmern, wenn ich mein Studium nicht gefährden will.

Als Erstes fälle ich einen Grundsatzentscheid: Ich will das Jahr in Kanada verbringen. Die Entscheidung vereint Vernunft und Vorlieben: Zum einen sagt man dem nordamerikanischen Kontinent nach, er sei äußerst rollstuhlfreundlich, zum anderen mag ich Schnee und liebe Eishockey.

Meine Universität pflegt Austauschprogramme mit diversen Hochschulen rund um den Globus. Glücklicherweise findet sich darunter auch eine kanadische Uni, die Laurentian University in Sudbury, Ontario. Für Unis in anderen kanadischen Städten – Vancouver, Toronto, Ottawa – bestehen keine Partnerschaftsabkommen, was bedeutet, dass ein Studium dort fünfstellige Semestergebühren kostet. Zu teuer für mich.

Sudbury – offiziell Greater Sudbury genannt, wie mir Google verrät – ist die zwanziggrößte Stadt Kanadas und hat hundertsechzigtausend Einwohner. Die Stadt liegt in einem gigantischen Krater, den der Meteor Miriah vor gut zwei Milliarden Jahren hinterlassen hat. Diese geologische Gegebenheit hat die Region mit reichen Metallvorkommen gesegnet, der Stadt Sudbury jedoch auch den Ruf eingehandelt, die hässlichste Stadt der Welt zu sein. Damit entspricht Sudbury zwar nicht gerade meinen Traumvorstellungen, doch wenigstens liegt es in Kanada.

Drei zwingende Grundbedingungen müssen erfüllt sein, damit ich das Auslandjahr in Sudbury absolvieren kann. Erstens: Die Uni muss rollstuhlgängig sein. Darüber mache ich mir zwar keine großen Sorgen, aber man weiß ja nie. Zweitens: Ich brauche einen geeigneten Platz zum Wohnen. Geeignet will heißen, dass ich dort Pflege und Betreuung erhalte. Morgens eine Stunde zum Aufstehen, mit Duschen zwei, dann pro Mahlzeit eine halbe Stunde und abends eine weitere halbe Stunde, um ins Bett zu gehen. Drittens: Es muss für mich eine Möglichkeit geben, um in der Stadt von einem Ort zum anderen zu gelangen. In Frage kommen dafür Behindertentaxis, freiwillige Fahrdienste oder öffentliche Verkehrsmittel, die für den Rollstuhleinstieg ausgerüstet sind. Wenn einer dieser drei Punkte ein unlösbares Problem aufwirft, ist das Projekt Sudbury bereits gestorben.

Ein weiteres Fragezeichen steht hinter der Finanzierung: Betreute Wohnplätze sind teuer. Wird die Invalidenversicherung einen Beitrag leisten? Soll ich eine Stiftung um Hilfe bitten? Wie weit reichen meine Ersparnisse?

Manche Details lassen sich erst vor Ort organisieren: An der Universität werde ich immer wieder kleine Hilfestellungen benötigen. Mit dem Fahrstuhl, den Schulsachen, der Jacke und so weiter. Wenn der Rollstuhl streikt, brauche ich einen Mechaniker, der sich mit meinem Modell auskennt und über die nötigen Ersatzteile verfügt. Hinzu kommen am Ende auch all jene Dinge, um die sich die anderen Studenten ebenfalls kümmern müssen: der Flug, das Visum, die Einschreibung an der Uni.

Die bloße Menge an Aufgaben droht, mich zu erdrücken. Ich fühle mich heillos überfordert und erwäge, beim Rektor betteln zu gehen, ob es nicht vielleicht doch eine Möglichkeit gibt, den Abschluss ohne Auslandjahr zu machen. Doch ich tue es nicht. Einerseits lässt es mein Ego nicht zu, anderseits rechne ich mir kaum Chancen aus – der Rektor hat mich schließlich eindeutig auf die Situation hingewiesen. Ich schätze ihn als Menschen ein, der hart, aber gerecht ist. Und es wäre völlig gerecht, wenn er hart bliebe.

Also reiße ich mich zusammen und beschließe, schön langsam und Schritt für Schritt vorzugehen. Ich schreibe eine E-Mail an die kanadische Uni und erfahre, dass sie nicht nur rollstuhlgängig ist, sondern sogar eigens ein ‹Büro für besondere Bedürfnisse› unterhält, das mir bei behinderungsbedingten Problemen weiterhelfen kann. Ich telefoniere mit dem Chef dieses Büros, Alan, und der erzählt mir, er sei auch im Rollstuhl und wohne in einem Heim, das er wärmstens empfehlen könne. Er gibt mir die Telefonnummer dieses Heimes und auch gleich noch die des örtlichen Rollstuhltaxis. Nach zwei weiteren Telefonaten sind meine drei Grundprobleme gelöst!

Nach und nach nehme ich Hürde um Hürde: Die Invalidenversicherung bewilligt einen Beitrag an meine Wohnkosten, das Visum wird erteilt, die Uni bestätigt meine Einschreibung. Die Fluggesellschaft versichert mir, dass der Transport des Rollstuhls kein Problem darstelle. Für den Fall, dass mein Gefährt eine Panne erleidet, besorge ich mir die französische Bedienungsanleitung (eine englische gibt es nicht) und hoffe, dass ich in Kanada an einen zweisprachigen Rollstuhlmechaniker gerate.

Der Anfang ist geschafft, es gibt kein Zurück mehr. Wenige Monate später sitze ich mit meiner Mutter und einer Freundin von ihr im Auto in Richtung Flughafen.

«Da kann er aber auf keinen Fall sitzen bleiben!», begrüßt uns der deutsche Kabinenchef der Maschine nach Frankfurt und zeigt mit ausgestrecktem Finger auf mich. Eine Flugbegleiterin steht mit verlegenem Lächeln hinter ihm.

Wir haben es gerade eben mit Müh' und Not auf den ersten Platz links des schmalen Mittelgangs geschafft. Die Sitzreihen sind eng und die Seitenlehnen lassen sich nicht hochklappen, was es zu einer schweißtreibenden Prozedur gemacht hat, mich auf meinen Platz zu hieven. Zum Glück hat man uns etwas früher in die Kabine gelassen als die anderen Passagiere, sonst hätte es ein schreckliches Gedränge gegeben.

«Wieso denn, wo liegt das Problem?», erkundigt sich meine Mutter.

«Behinderte müss... Verzeihung, Fluggäste mit körperlichen Einschränkungen müssen stets ganz drüben am Fenster sitzen, aus sicherheitstechnischen Überlegungen», erklärt der Kabinenchef in dieser nasalen Art, aus der wir Schweizer bei den Deutschen oft einen arroganten Unterton herauszuhören glauben.

«Soso, und was für Überlegungen sind das, die Ihre Sicherheitstechniker angestellt haben?», hakt Mutter nach.

Im Gegensatz zur Stewardess, die instinktiv einen halben Schritt zurück macht, scheint dem Kabinenchef das angriffslustige Blitzen in Mutters Augen nicht aufzufallen. Arglos rezitiert er ein auswendig gelerntes Sprüchlein: «Im Falle einer etwaigen Notwasserung während des Fluges muss eine möglichst schnelle und effiziente Evakuierung der Fluggäste gewährleistet sein. Wenn der Behin... äh ... die Person mit Behinderung ... direkt am Gang sitzt, so ... äh ... behindert sie die anderen Fluggäste, die weiter drüben am Fenster sitzen und verzögert somit deren Ausstieg aus der Maschine.»

«Ach, tatsächlich, der Behinderte behindert die anderen Fluggäste beim Aussteigen ... Das sind die besagten Überlegungen?», fragt Mutter scheinheilig. Hinter uns kommen nun die ersten Passagiere an Bord.

«Korrekt. Die Richtlinien sind verbindlich», sagt der Kabinenchef. «Wenn ich Sie nun bitten dürfte ...»

«Ich sage Ihnen, was Sie dürfen», sagt Mama ganz leise und beugt sich ein wenig zu ihm vor. «Erstens dürfen Sie mir erklären, wie ich ihn auf so engem Raum weiter zum Fenster rücken soll, ohne dass sich er oder ich dabei verletzen.»

Der Kabinenchef runzelt die Stirn, während die Flugbegleiterin weiterhin bemüht ist, ihr Lächeln aufrecht zu erhalten. Ihr Blick schweift über die immer zahlreicher werdenden Passagiere, die in die Kabine strömen und geräuschvoll nach ihren Plätzen suchen. Der Kabinenchef räuspert sich und sagt: «Das ist Ihre Angelegenheit, Vorschrift ist Vo...»

«Zweitens», zischt meine Mutter dazwischen, «dürfen Sie mir beschreiben, wie Sie sich die ‹möglichst schnelle und effiziente Evakuierung› von Fluggästen mit Behinderung vorstellen, wenn man sie zuerst über die ganze Sitzreihe hinweg vom Fenster auf den Gang zerren muss! Ich schätze, es haben alle das gleiche Recht auf Evakuierung, oder etwa nicht?»

In der Kabine summt es mittlerweile wie in einem Bienenstock.

«Verstehen Sie doch, gnädige Frau, ich habe die Regeln nicht gema...»

«Und drittens, *gnädiger Herr*», übertönt Mutter das Brummen mit laut vernehmlicher Stimme, «dürfen Sie mir gerne erzählen, wo Sie zwischen Zürich und Frankfurt eigentlich notwassern wollen!»

Es wird still an Bord. Der Kabinenchef rückt nervös seine Mütze zurecht und grübelt mit rotem Kopf nach einer Antwort.

«Vielleicht», meldet sich die Stewardess zögerlich, «könnte man ja die betreffenden beiden Passagiere näher beim Fenster fragen, ob sie damit einverstanden wären, das erhöhte Risiko eines verlangsamten Ausstiegs auf sich zu nehmen, im Falle einer ... Notwasserung.»

Dem Kabinenchef erscheint die Durchsetzung der Richtlinie angesichts der neugierig lauschenden Menschen um ihn herum plötzlich nicht mehr so wichtig. Er akzeptiert den Vorschlag der Flugbegleiterin. Zerknirscht fragt er die beiden Passagiere links von mir, ob sie mit dieser Lösung einverstanden wären, auch wenn sie sich damit einer nicht unerheblichen Gefahr für Leib und Leben aussetzten. Die zwei willigen ohne Umschweife ein – es handelt sich bei den beiden schließlich um meine Mutter und ihre Freundin.

Die Reise ist lang und anstrengend. Sie führt uns von Zürich nach Frankfurt, dann weiter nach Toronto und endlich nach Sudbury. Das bestellte Rollstuhltaxi wartet bereits und fährt uns vom abgelegenen Flughafen hinein in die Stadt, der Endstation entgegen, dem Wohnheim im nordwestlichen Teil von Sudbury. Es trägt den Namen ILIVE, was für ‹Independent LIVing with Elation› steht – Selbstbestimmtes Wohnen mit Schwung.

Es ist früher Abend, als uns das Taxi absetzt. Auf einer großen Steintafel neben dem Eingang des mehrstöckigen Gebäudes steht «*Welcome to ILIVE*». Die Heimleiterin empfängt uns an der Haupteingangstür. Sie führt uns in mein neues Zimmer, und wir packen meine Sachen aus. Nach einem letzten gemeinsamen Abendessen heißt es Abschied nehmen von meiner Mutter.

Und da sitze ich nun also ...

* * *

Mit zwei zügigen Schritten durchquert der riesenhafte Mann den Raum und streckt seinen Arm nach mir aus. Behutsam schließt er seine Pranke um mein Händchen. «Hallo, mein Name ist T.J. und ich soll dich ins Bett bringen.» Seine Stimme klingt sanft und unpassend leise.

«H-Hallo, ich bin Marc», stammle ich und schüttle so gut es geht seine Hand. «T.J. ist ein ungewöhnlicher Name, ist das eine Abkürzung?»

«Ja, genau.» Er lächelt. Es wirkt beinahe schüchtern. «Wollen wir starten?»

«Wofür stehen die Buchstaben? Tim-Jim? Tom-Jerry? Teddy-Jack?», rate ich ins Blaue hinein, um ein wenig Zeit zu gewinnen.

«Ach, das ist nicht so wichtig. Alle Welt nennt mich einfach T.J.»

«Oder steht es vielleicht für ... Titanen-Joe?», sage ich und ziehe ein ironisches Heureka-Gesicht.

Er lacht dröhnend, und das passt bedeutend besser zu seiner Statur als die Stimme. «Vergiss es, ich verrate es dir nicht. So, und nun sollten wir wirklich anfangen. Ich schätze, am besten packe ich dich einfach und schmeiße dich schwungvoll rüber aufs Bett?»

Ich reiße geschockt die Augen auf und realisiere einen Sekundenbruchteil zu spät, dass er mich nicht buchstäblich auf den Arm nehmen will, sondern nur im übertragenen Sinne. Meine verdutzte Miene lässt ihn noch lauter lachen.

«Keine Angst», beschwichtigt er und wischt sich übers Auge. «Ich tu' dir nichts. Wir gehen ganz langsam vor. Du leitest mich an, und ich tue genau das, was du mir sagst.»

«Okay, gut.» Ich atme tief durch.

«Außer, wenn du mir mit deinem kleinen Traktor über den Fuß fährst», sagt T.J. und zwinkert mir zu, «dann setzt es Prügel!»

Zweiundfünfzig Minuten später liege ich unversehrt unter der Bettdecke und horche in die Stille hinein, die sich über das Gebäude gelegt hat. Ab und zu höre ich die Geräusche der Nacht, oder Schritte draußen auf dem Flur, ansonsten herrscht Ruhe. Den Hebelift haben wir gar nicht gebraucht – T.J. hat für den Transfer ins Bett einen anderen Betreuer geholt und die beiden haben mich so, wie ich es von zuhause gewohnt bin, aus dem Rollstuhl gehoben.

Reglos liege ich wach und lasse das bisher Erlebte innerlich Revue passieren. Neben meinem Kopf liegt ein Diktiergerät, welches ich vor der Reise gekauft habe. Es soll mir dazu dienen, während meiner Zeit in Kanada ein Logbuch zu führen und alles festzuhalten, was mich beschäftigt. Eigentlich bin ich ganz und gar nicht der Tagebuch-Typ, aber das Auslandjahr ist eine Ausnahmesituation, die mich körperlich und seelisch auf die Probe stellen wird. Und besondere Situationen erfordern besondere Maßnahmen.

Ich taste mit der Hand nach dem Gerät und fahre mit dem Finger über die kühlen Schaltflächen. Während des Flugs habe ich mir alle Knöpfe gut eingeprägt, damit ich sie auch im Dunkeln finde. Ich drücke auf Start/Stopp und beginne, meine Gedanken ins Mikrophon zu flüstern.

* * *

26. August 2010 – Barrieren

Ich kann es kaum fassen, dass ich tatsächlich hier bin! All die Hindernisse wirkten am Anfang so einschüchternd, all die Ungewissheiten so belastend. Doch als ich endlich den ersten Schritt wagte, lösten sich die Probleme wie von selbst. Ich hatte großes Glück, dass ich an diesen Alan gelangt bin. Ohne seine Tipps und Kontakte wäre es schwierig geworden, einen Wohnplatz zu finden. Aber Glück ist nur die eine Hälfte der Geschichte.

Ich glaube, ich neige dazu, bestimmte Probleme aufzubauschen und überhöht wahrzunehmen. Durch meine Behinderung stoße ich immer wieder auf Barrieren. Manche sind unüberwindbar, das ist eine Realität. Aber viele andere sind gar nicht so besonders hoch, und trotzdem weiche ich ihnen aus oder drehe um. Ohne dass ich überhaupt versuche, eine Lösung zu finden, sage ich: Das klappt nie!

Möglicherweise ist das eine Schutzstrategie. Wie soll ich das erklären? Angenommen, ich möchte morgen Abend ins Kino gehen. Dann muss ich zunächst einige Dinge abklären: Wie komme ich hin? Ist das Kino rollstuhlgängig? Ist überhaupt noch ein Rollstuhlplatz frei? Einige Klicks im Internet und ein Telefonanruf reichen aus, um das alles in Erfahrung zu bringen. Der Mehraufwand ist kaum der Rede wert. Alles gar kein Problem, oder?

Kein Problem? Naja, nicht in diesem einen Fall. Es ist nie der einzelne Anruf, der mir zu schaffen macht, sondern die Tatsache, dass ich *jedes Mal*, für *alles* was ich tue, einen Mehraufwand leisten muss. Jeden Tag ein kleines bisschen – das läppert sich zusammen! Das Problem ist die Summe.

Irgendwann beginne ich, das Defizit in meinem Energietank zu spüren. Und dann kann mich der bloße Gedanke, Abklärungen treffen zu müssen, dazu bringen, den Kinobesuch zu streichen. Damit ich mir den lächerlich kleinen, aber in der Summe doch so erdrückenden Mehraufwand sparen kann. Das meine ich mit Schutzstrategie: Ich schütze meine Kraftreserven.

Das bedeutet nicht, dass ich glaube, man müsse Mitleid mit mir haben, weil mein Leben doch ach-so-schwer ist. Dass jeder neue Tag eine Mühsal für mich darstellt. Oder gar, dass ich als Behinderter das Leben nicht genießen kann. Nein, es bedeutet, dass die Barrieren, denen ich im Alltag begegne, nur zur Hälfte real sind. Die andere Hälfte addiere ich im eigenen Kopf dazu. Ich sage ‹das geht nicht›, meine damit aber ‹ich habe gerade keine Kraft für den Mehraufwand›.

Diese Taktik ist gefährlich. Wenn man sich zu stark an sie gewöhnt, beginnt man, ‹es geht nicht› als Ausrede für alles Mögliche vorzuschieben. Vielleicht will man einfach mal einen faulen Abend einziehen. Oder man scheut sich vor der Öffentlichkeit – die blöden Gaffer erträgt man nicht jeden Tag gleich gut. Egal, was der wahre Grund ist, man überzeugt das Umfeld, dass etwas absolut unmöglich ist – rein behinderungstechnisch natürlich.

Mit der Zeit überzeugt man auch sich selbst. Man lässt eine Mauer in seinem Kopf entstehen, die jedes Mal, wenn man die Ausrede verwendet, ein Stück in die Höhe wächst. Und je höher die innere Mauer wird, desto mehr Kraft braucht es, um sie das nächste Mal zu überwinden.

Darum habe ich daran gezweifelt, dass ich es nach Kanada schaffe. Wenn mich an manchen Tagen schon der Aufwand für einen Kinobesuch in die Knie zwingt, wie soll ich dann jemals so ein großes Projekt bewältigen? Die Mauer in meinem Kopf hat offenbar schon eine beträchtliche Höhe erreicht.

Aber wie habe ich es dann trotzdem geschafft? Ich denke, ich habe es geschafft, weil ich einfach musste. Meine Alternative lautete Studienabbruch – das war ein ziemlich scharfes Messer an meiner Kehle. Und jetzt hat sich gezeigt, dass die Hürden in Wirklichkeit nicht halb so hoch waren wie in meiner Vorstellung.

Ich bin gespannt, was mich hier noch alles erwartet. Zum Glück hat es heute mit dem Ins-Bett-Gehen schon so gut geklappt! Aber eigentlich ist der Kontakt mit den Betreuern gar nicht das, was für mich am schwierigsten ist. Hilfe habe ich mein ganzes Leben lang benötigt. Ich kenne einige der Schwierigkeiten und habe Strategien, um sie zu bewältigen. Womit ich jedoch keinerlei Erfahrung habe, ist der Umgang mit anderen Behinderten. Hoffentlich mache ich mich morgen nicht zum Affen, wenn ich meine Mitbewohner kennen lerne ...

2

Am nächsten Morgen ist es erneut T.J., der mir zugeteilt ist. Man möchte mir den Anfang in ILIVE so leicht wie möglich machen, erklärt er, während er mir die Socken anzieht. Darum konfrontiert man mich bei der Pflege vorerst noch nicht mit zu vielen verschiedenen Gesichtern. Ich bin dankbar für diese Umsicht und nicke anerkennend.

Etwas später sitze ich im Rollstuhl und werde ordentlich gewaschen, gekämmt und rasiert (der Blutzoll ist hoch – Titanen-Joes Stärken liegen eher in anderen Bereichen). Als wir das Frühstück zubereiten, kündigt T.J. an, dass er mich nachher auf eine Hausführung mitnehmen wird. Ich soll die anderen Bewohner und die ILIVE-Dienstleistungsangebote kennenlernen.

«Probier mal, ob du den Knopf selber drücken kannst», sagt T.J., als wir vor dem Fahrstuhl stehen.

Ich strecke meinen Arm soweit es geht – was nicht allzu weit ist – und erwidere zerknirscht: «Keine Chance.»

«Hmm, da müssen wir uns noch etwas einfallen lassen», brummelt er und kratzt sich am Kopf. «Naja, egal, heute begleite ich dich ja.» Die Fahrstuhltür öffnet sich und er lässt mir mit einer galanten Geste den Vortritt. «Und für die Zukunft finden wir sicher eine gute Lösu-UUUIII ... SCHEISSE, MEIN FUSS!»

«Ups», sage ich, laufe rot an und fahre von seinem Fuß runter. «Sorry, tut mir leid.»

«Kein Problem, es wa-AAAH ... NICHT SCHON WIEDER!»

«Oje, das war nun das Hinterrad, sorry, sorry, sorry!» Mein doppeltes Missgeschick ist mir so peinlich, dass ich glucksend zu lachen beginne.

T.J. humpelt neben mir in den Fahrstuhl, und während sich die Tür schließt, schüttelt er wild den Fuß. Das Bild ist so komisch, dass sich mein Glucksen zu einem waschechten Lachanfall auswächst.

«Das wirst du mir büßen, elender Wicht!», brüllt T.J. und beginnt ebenfalls zu lachen. «Warte nur, bis ich dich das nächste Mal rasiere!» Er fährt sich mit dem Zeigefinger quer über den Hals.

«Ach, schlimmer als heute kann es ja kaum werden», würge ich halb erstickt hervor, und ein paar Lachtränen kullern über meine Wangen.

T.J. verpasst mir einen sanften Faustst0ß auf den Oberarm, und die Fahrstuhltür öffnet sich im Erdgeschoss. Ich gluckse immer noch vor mich hin, als ich sehe, wie T.J.'s Lachen erstirbt.

Vor dem Fahrstuhl steht Julie. Sie hat kurze, rot gefärbte Haare, trägt nüchterne Kleidung und ein dazu passendes Gesicht. Beim Anblick ihrer ernsten Miene verschwindet auch mein Lachen. Dafür zwingt Julie nun ihre Mundwinkel leicht nach oben.

«Oh, hallo Marc, Sie sind also bereits fertig mit Aufstehen», sagt sie. Sie nimmt meine Hand und schüttelt sie lange. Ihre Haut fühlt sich unangenehm trocken an.

«Hallo», sage ich und versuche vergeblich, mich ihrem Griff zu entwinden. Sie mustert mein feuchtes Gesicht und blickt zu T.J., der gequält grinst.

«Sie sind wohl gerade auf der Hausführung?», fragt sie, ohne auf meine Tränen einzugehen. «Darf ich Sie danach kurz sprechen?»

«Gerne», lüge ich.

«Wunderbar. Ich besuche Sie dann in Ihrem Zimmer.» Sie lässt meine Hand los und steigt in den Fahrstuhl. «Dann also bis später.» Die Tür schließt sich.

T.J. trocknet mir mit einem Taschentuch das Gesicht und bittet mich, ihm zu folgen. Er verliert kein Wort über unsere Begegnung mit Julie.

Im Erdgeschoss zeigt er mir, wo ich das Personalzimmer, die Waschküche und Julies Büro finde. Im ersten Stock stellt er mir zwei junge Bewohnerinnen namens Brayden und Sylvie vor, im zweiten Stock einen Bewohner namens Joshua. Alle anderen sind offenbar ausgeflogen.

«So, nun sind wir im dritten Stock, das ist der Wichtigste von ILIVE», sagt T.J. «Hier ist das Sekretariat, wo du jeden Monat dein Wohngeld abliefern musst.» Er zeigt nach rechts auf ein großes Büro mit Glasfront. Drinnen sitzen drei Leute an Computern, die mir fröhlich zuwinken.

«Und das ist der Aufenthaltsraum.» Er weist nach links. «Dort kannst du nachmittags mit anderen Bewohnern einen Kaffee trinken, wenn du Lust hast. Manchmal machen sie Spiele. Gemeinsame Feiern wie Weihnachten und so finden auch da statt.» Wir gehen weiter.

«Das hier ist unser Fitness-Studio», sagt T.J., als wir den nächsten Raum rechts erreichen. Drinnen sehe ich grüne Medizinbälle, eine Therapieliege, eine Sprossenwand, sowie Polster und Kissen in allen möglichen Formen. Eine Frau ordnet sie gerade der Größe nach.

«Die nette Brünette da drinnen massiert dich, wo und wann immer du willst», grinst T.J.

«Jaja, das würde dir wohl passen, T.J.!», ruft die Frau und eilt auf uns zu.

T.J. kichert und wir bleiben stehen.

«Sooo, du bist dann wohl der Marc!» Sie klemmt ihre Hände zwischen die Knie und beugt sich ganz weit zu mir hinunter, so wie es früher meine Kindergartenlehrerin tat, wenn sie einen ihrer Schützlinge lobte oder tadelte. Übertrieben langsam und deutlich sagt sie: «Das hier ist natürlich nicht ein Fitness-Studio, sondern der Physiotherapieraum. Und ich bin auch keine Masseurin, sondern die Therapeutin.»

«Ach nein, tatsächlich? Hätte ich nicht gedacht!», erwidere ich scheinheilig, doch sie ist immun auf Ironie. Sie lächelt mich weiterhin an und sagt, sie heiße Debbie. Ich werde den Eindruck nicht los, dass sie mich aufgrund meines Rollstuhls nicht für voll nimmt und befinde das für ziemlich beschämend für jemanden, der in ihrem Beruf tätig ist. Ich beschließe, nicht besonders oft zur Physiotherapie zu gehen.

Während T.J. und Debbie miteinander schäkern, spricht mich ein etwa vierzigjähriger Rollstuhlfahrer an, der gerade den Flur entlanggerollt kommt. Es handelt sich um Alan vom Universitätsbüro für besondere Bedürfnisse, der mir bei der Organisation so sehr geholfen hat. Er ist ein freundlicher Kerl, der sich gleich danach erkundigt, ob es mir hier gut gefällt und ob es mir an nichts mangelt.

«Du musst unbedingt so bald wie möglich zur Universität kommen, damit wir deine Kurse buchen können», sagt Alan. «Sobald du weißt, welche Vorlesungen du belegen willst, sorge ich dafür, dass sie in geeigneten Räumen stattfinden.»

«Gut, ich komme nächste Woche vorbei», verspreche ich.

«Außerdem würde ich gerne ein Interview mit der lokalen Tageszeitung arrangieren, wenn es dir recht ist. Wir kriegen schließlich nur selten Austauschstudenten mit einer Behinderung.»

Ich verziehe das Gesicht. Der Gedanke, wegen meiner Behinderung interviewt zu werden, ist mir unangenehm. Da ich aber das Gefühl habe, dass ich Alan etwas schuldig bin, sage ich zu. Wir verabschieden uns.

T.J. hat seinen Flirt mittlerweile beendet und führt mich zur letzten Tür links.

«Zu guter Letzt haben wir hier das Büro für Freizeit und Integration», sagt er. «Hier kriegst du logistische Unterstützung, wenn du etwas unternehmen willst.» Er öffnet die Tür.

Drinnen am Bürotisch sitzt ein junger Rollstuhlfahrer. Er trägt einen Kopfhörer mit integriertem Mikrofon, in das er gerade hineinspricht: «... dann sag' denen, sie sollen endlich ihren Arsch hochkriegen!» Er nickt uns zu und raunt: «Einen Moment, bin gleich bei euch.»

T.J. schnappt sich den Besucherstuhl und lässt sich mit einem erleichterten Ächzen hinein plumpsen. Ich mustere derweil das Büro, das so gar nicht wie ein Büro aussieht. Die Wand links ist mit Postern bepflastert: Avril Lavigne, Nickelback, Shania Twain. An der rechten Wand hängen Bilder von hübsch gezeichneten Pin-up-Girls, sowie ein Pirelli-Kalender. Und auf dem Schreibtisch steht eine bemalte Gipsfigur, die eine halbnackte Tänzerin darstellt. Ein ganzes Heer von Frauen also, abgesehen von den harten Kerlen von Nickelback.

Mein Blick gleitet zurück zu dem jungen Mann im Rollstuhl, der sich gerade von seinem Gesprächspartner verabschiedet. Er hat einen sorgfältig getrimmten schwarzen Kinnbart, geltriefende Haare und leuchtend blaue Augen.

«Heeeeey Willkommen», ruft er nun. «Du bist sicher dieser Austauschstudent, oder? Ich bin Tom, mir gehört der Laden hier!» Er zwinkert mir zu und redet gleich weiter: «Also eigentlich bin ich nur ein unbedeutender Büro-Fuzzi, ich bin für Integrationsfragen zuständig, wichtige Sache, wichtige Sache, echt wichtig, also falls du mal Zoff mit dem Rollstuhltaxi hast – und das wirst du, weil die haben einen Stock im Arsch, glaub's mir – dann komm einfach zu mir, ich regle das, kein Problem!»

«Oh, hallo Tom, das klingt gut, danke», stottere ich überrumpelt. «Ich bin übrigens Marc.»

«Weiß ich doch, weiß ich doch längst, Marc aus Schweden!»

«Aus der Schweiz.»

«Ach, Schweden ... Schweiz ... schweißegal, Hauptsache, die Frauen sind blond, oder?»

«Also eigentlich sind bei uns nicht alle Fr...»

«Hey, wir sollten unbedingt mal zusammen was trinken gehen, wie wär's gleich heute Abend? So um fünf mache ich hier dicht, was meinst du? Dann kannst du mir ausführlich von Schwed... von der Schweiz erzählen!»

«Klingt gut, ja, können wir machen.»

«Hey T.J., du kannst auch gleich mitkommen», sagt Tom, «du musst mir unbedingt von deiner neuen Karre erzählen!»

«Klar», sagt T.J.

«Oh, da kommt ein Anruf rein, den muss ich nehmen, ist wichtig, sorry, also bis dann ...», sagt Tom. Dann piepst das Telefon zweimal kurz und er spricht wieder in sein Mikro, offenbar zu einem Mann namens yo-Freddie-oh.

Wir verabschieden uns still und verlassen das Büro.

«Boah, was war denn das?», frage ich T.J., «Kaffee-Überdosis oder wie?»

«Ach nein, Tom ist einfach so. An manchen Tagen ein Plappermaul, an anderen Tagen spricht er kaum ein Wort – du wirst dich daran gewöhnen. Aber er ist ein echt toller Kerl.»

Nach Abschluss der Besichtigungstour kehre ich auf mein Zimmer zurück. Kurze Zeit später kriege ich den angekündigten Besuch von Julie. Sie begrüßt mich freundlich, geht dann aber ohne Umschweife zu einem unangenehmen Thema über:

«Ich habe für Sie heute Nachmittag einen Termin mit unserer Spezialistin vereinbart», sagt sie. «Sie wird abklären, wie wir Sie vom Rollstuhl ins Bett transferieren, ohne dass die Angestellten Sie heben müssen.»

«Das wird aber schwierig», erwidere ich, «das haben wir zuhause auch nie hingekriegt.»

«Nun, wir müssen einen Weg finden, denn schon aus versicherungstechnischen Gründen können wir Sie nicht ein Jahr lang so transferieren, wie es die Angestellten gestern Abend getan haben», sagt Julie. «Die Gefahr einer Rückenschädigung ist enorm.»

«Was für eine Spezialistin ist denn das genau?», frage ich misstrauisch.

«Eine Ergotherapeutin. Sie müssen sich keine Sorgen machen, sie arbeitet schon lange für ILIVE und hat viel Erfahrung. Wir finden bestimmt eine Lösung.»

«Schauen wir mal», gebe ich mürrisch zurück. Ich habe noch nie viel von Spezialisten gehalten, und die Begegnung vorhin mit der Physiotherapeutin hat mein Urteil nur bestätigt.

* * *

Am Nachmittag um vier besucht mich die angekündigte Spezialistin, eskortiert von T.J. und Julie. Ich studiere gerade am Computer die Kursausschreibungen der Universität, als ich sie kommen höre. Vor meiner angelehnten Zimmertür machen sie Halt und besprechen mit gedämpften Stimmen noch etwas. Neugierig wie ich bin, spitze ich die Ohren.

«Spinale Muskelatrophie, nicht wahr?», sagt eine unbekannte Stimme, die ich mit meinem kombinatorischen Scharfsinn der Spezialistin zuordne.

«Richtig», höre ich Julie antworten.

«Welcher Subtyp? Hat er eine Stabilisierung der Wirbelsäule erhalten? Und brauche ich sonst noch was zu wissen?», fragt die unbekannte Stimme.

«Ich glaube, Subtyp I oder II.» Papiergeraschel setzt ein. «Seine Mutter hat eine Rückenstabilisierung erwähnt, ich kenne aber keine Details. Ansonsten gibt es noch zu sagen, dass er nicht englischer Muttersprache ist. Drücke dich vielleicht besser einfach aus.»

Ich verdrehe die Augen und muss wieder an die Physiotherapeutin denken.

«Fein, fein, auf geht's!», sagt die Spezialistin, und T.J. räuspert sich geräuschvoll.

Julie klopft zweimal kurz gegen die Tür, öffnet sie einen Spalt weit und späht ins Zimmer. «Hallo Marc, dürfen wir reinkommen?»

Ich nicke und sie treten ein.

«Das ist Claire, die Ergotherapeutin von ILIVE», stellt Julie die Frau neben ihr vor.

«Hallo, freut mich!», sagt Claire. Sie hat graues Haar mit einer weißen Strähne drin, wirkt aber nicht älter als fünfzig. Mir fallen sofort ihre lustigen Knopfaugen auf, die etwas Verschmitztes ausstrahlen.

«Hallo Claire, freut mich auch, ich bin Marc und habe SMA Typus II – die intermediäre Form. Außerdem habe ich eine Wirbelsäulenstabilisierung gekriegt, als ich zehn war und trage seither zwei Stangen aus rostfreiem Stahl im Rücken, die bis zum Halswirbel C4 reichen!», überfalle ich sie. Ich bin mir bei den soeben heruntergeleierten Fakten zwar nicht restlos sicher, ob sie den Tatsachen entsprechen, aber ich will diesmal von Anfang an klarstellen, dass ich keine geistigen Einschränkungen aufweise, und die Fachausdrücke sollen dies untermauern.

«Oh, da hat ja jemand gute Ohren und weiß genauestens Bescheid, fein, fein!», sagt Claire und versucht, die Informationen zu verdauen, während Julie verlegen aus dem Fenster blickt und T.J. seine Schuhe angrinst.

«Nun, dann gehen wir mal an die Arbeit!», sagt Claire, greift nach dem Bedienungsgerät für den Hebelift und drückt es T.J. in die Hand. Dann kramt sie in ihrer großen Tasche und sagt: «Ich habe verschiedene Arten von Gurten mitgebracht. Schauen wir mal, welcher sich am besten eignet.»

Sie präsentiert mir die Folterinstrumente. Schön langsam, eines nach dem anderen. Manche sehen harmlos aus, andere wirken so, als ob sie eher zum Bergsteigen oder für versaute Spielchen geschaffen wären als für den Transfer mit dem Hebelift. Mit angewidertem Blick mustere ich abwechselnd die Gurte und die Spezialistin.

«So, versuchen wir es mal mit denen beiden hier», sagt Claire, als ich keine Anstalten mache, mich festzulegen. «Einen Gurt unter die Knie, einen unter die Schultern», sagt sie und beginnt, mich zu fesseln.

«Unter die Schultern ist keine gute Idee, die sind bei mir äußerst schwach und können mein Gewicht nie tragen!», protestiere ich.

«Ach, einen Versuch ist es doch wert, nicht? Aber legen wir zur Sicherheit noch einen Doppelgurt unter das Gesäß, der trägt auch einen Teil der Last», sagt Claire. «Fein, fein, auf geht's!»

Ich sehe, wie Claire T.J. ein Zeichen gibt, worauf er einen Knopf des Bedienungsgeräts drückt. Langsam fährt der Lift in die Höhe, die Gurte beginnen sich zu straffen. Meine Knie werden vom untersten Gurt aneinander gedrückt und nach oben gezogen, während der Doppelgurt unter dem Po noch keinerlei Zugkraft entwickelt. Auch meine Arme werden nach oben gehoben, der Gurt schneidet hart in meine Achselhöhlen. «Stopp, runter!», krächze ich, als es mir langsam die Luft abschnürt, doch das Surren des Lifts übertönt mich und ich werde weiter aufwärts gezogen. Der Doppelgurt spannt sich immer noch nicht, im Gegenteil, er rutscht nutzlos nach hinten und meine Körpermitte hängt durch. Das ganze Gewicht zieht nun an meinen Extremitäten. Meine Knie werden so stark nach oben gezogen, dass die Oberschenkel gegen den Bauch gepresst werden und mir die Luft wegbleibt. Außerdem fühlt es sich an, als würde man mir genüsslich die Arme aus dem Leib reißen.

«Haaalt», hauche ich mit dem letzten bisschen Luft, das aus meiner Lunge gequetscht wird. Dann kippt mein Kopf nach hinten und es flimmert vor meinen Augen.

Julie springt sofort vor, um meinen Kopf zu stützen, und T.J. drückt einen anderen Knopf, worauf sich der Lift wieder senkt.

«Ja, das klappt nicht», konstatiert Claire, «die Schultern können das Gewicht nicht tragen.»

«Ach WIRKLICH?», rufe ich gereizt, als ich wieder Luft kriege. «Zu blöd, dass mir das nicht vorher eingefallen ist!»

«Schwierig, schwierig ... was tun wir da?», fragt Claire. «Wie funktioniert der Transfer denn normalerweise?»

«Zu zweit», erkläre ich. «Man hebt mich so wie mit ein Gabelstapler hoch, jemand unter Gesäß und Knien, jemand unter Nacken und Rücken. T.J. kann es ja kurz demonstrieren.» Der Angesprochene legt das Gerät beiseite und zeigt mit den Armen, wie ich es meine.

«Ach so», sagt Claire. «Nun, man könnte natürlich versuchen, dieses Gabelstaplerprinzip mit den Gurten zu imitieren! Einen Gurt unter die Knie, einen Doppelgurt beim Steißbein, einen beim Nacken, dann den Rollstuhl in Liegeposition bringen und so starten. Ja, das könnte klappen! Fein, fein, auf geht's!»

Wir probieren es also auf diese neue Weise, und zu meinem Erstaunen funktioniert es auf Anhieb ganz ordentlich. Meine Füße hängen zwar zunächst schmerzhaft hinunter, aber dann stützt Julie sie ein wenig, und schon ist es besser. Als ich fünf Minuten später wieder im Rollstuhl sitze, muss ich anerkennen, dass die soeben probierte Methode machbar ist. Ich beginne, mich damit anzufreunden, dass ich die Gurte nun jeden Tag sehen werde.

Claires Miene verrät, dass sie mit dem Ergebnis ebenfalls zufrieden ist. Sie hat aber anscheinend das Gefühl, dass sie nach dem gescheiterten ersten Versuch noch ein paar Sympathiepunkte sammeln muss. Mit einem verschwörerischen Augenzwinkern sagt sie nämlich: «Marc, ich habe gehört, dass es mit der selbständigen Bedienung des Fahrstuhls noch nicht klappt. Da habe ich genau das Richtige!» Sie kramt wieder in ihrer Tasche und spricht währenddessen weiter: «Die meisten Bewohner hier haben einen kleinen Holzstock, mit dem sie den Fahrstuhlknopf drücken können!» Sie zieht strahlend ein Stück Holz aus dem Koffer und reicht es mir. «Wir nennen es liebevoll den Zauberstab!»

«Wie, Zauberstab», knurre ich, «bin ich etwa Harry Potter?» Ich schwinge den Holzstock theatralisch ein, zweimal durch die Luft.

Claires Strahlen verschwindet.

Ich realisiere, dass ich mir die letzte Bemerkung hätte verkneifen sollen. Ich habe zwar das Gefühl, dass es mir nach den überstandenen Strapazen zusteht, ein bisschen das Ekel zu spielen, aber anderseits ist das keine allzu erwachsene Verhaltensweise.

«Gut, und dann haben wir hier noch einen weiteren nützlichen Gegenstand für Sie», sagt Claire, nun deutlich reservierter. Sie legt ein schwarzes Kästchen von der Größe einer Kreditkarte vor mich hin. Es hat drei weiße Knöpfe. «Mit dem obersten Knopf können Sie die Tür zu Ihrer Wohnung öffnen. Der Mittlere ist für die Haupteingangstür im Erdgeschoss.» Auch ihre Mimik wirkt jetzt sachlich, distanziert. «Und wenn Sie den untersten Knopf drücken, sehen die Angestellten auf ihrem Pager, dass Sie Hilfe benötigen. Drücken Sie ihn jedoch nur in dringenden Fällen, zum Beispiel, wenn Sie auf die Toilette müssen.»

Ich nicke wortlos. Es beginnt mir leid zu tun, dass ich vorhin so brüsk gewesen bin.

Claire und Julie verabschieden sich, und T.J. bleibt zurück, um noch einige Dinge aufzuräumen. Dann hilft er mir, die Jacke anzuziehen – wir haben um fünf schließlich noch eine Verabredung mit Tom.

Claires Holzstock behalte ich. Vielleicht kann ich damit ja tatsächlich den Fahrstuhl bedienen. Und insgeheim finde ich die Bezeichnung ‹Zauberstab› recht cool ...

* * *

«Da seid ihr ja endlich! Ich habe schon mindestens dreißig Sekunden gewartet!», empfängt Tom uns fröhlich, als T.J. und ich um Punkt fünf Uhr den Fahrstuhl verlassen. «Wie war dein Nachmittag?», fragt er mich.

«Fein, fein!»

«Ach so, ich verstehe», grinst Tom. «Na dann, auf geht's! Wollen wir zu Tim Hortons, wie immer?», fragt er T.J.

«Gerne», erwidert dieser und wir begeben uns in Richtung Tür.

Ich bemerke schon bald, dass sich T.J. immer wieder nervös umschaut, die Muskeln angespannt, als ob er erwarte, jeden Moment ins Gebüsch springen zu müssen.

«Sag mal, T.J., verfolgt uns jemand?», frage ich.

Ehe er etwas erwidern kann, antwortet Tom für ihn: «Ach, der hat Schiss vor Julie.»

«Wieso denn das?»

«Weil es dem Personal nicht erlaubt ist, sich in der Freizeit mit den Bewohnern zu treffen. Sie hat ihm eine Abmahnung angedroht, wenn er sich außerhalb von ILIVE nicht von mir fernhält.»

«Das ist ein Witz, oder?», frage ich.

«Nö, ist so», bestätigt T.J.

«Aber warum denn?»

«Weil Julie einen Stock im Arsch hat», sagt Tom.

«Freizeit ist Freizeit, da kann man doch tun und lassen, was man will», sage ich. «So eine Vorschrift kann rechtlich nicht haltbar sein, oder?»

«Offenbar schon», erwidert Tom. «Julie befürchtet, wir würden dann über andere Bewohner und Angestellte tratschen – was wir natürlich auch tun – und das schade dem Betriebsklima. Fakt ist aber, dass man das Getratsche ohnehin nicht verhindern kann. Die Angestellten tun das in der Kaffeepause ja auch. Oder beim Rapport. Wenn ich einen Pickel am Po habe, wissen es innert Tagesfrist alle Betreuer, denn jemand würde im Rapport melden, es bestehe ‹akute Dekubitus-Gefahr›! Man kann für alles einen Grund finden, um es beim Rapport zu melden. Deine Privatsphäre strebt in so einem Heim gegen Null. Darum finde ich, haben wir Bewohner auch das Recht, uns über die anderen zu unterhalten. Und zwar auch mit den Betreuern!»

T.J. nickt vehement und entspannt sich merklich, als sich das ILIVE-Gebäude hinter uns aus dem Sichtfeld verabschiedet.

Schweigend folgen wir der Quartierstraße in südöstlicher Richtung. Es ist ein ruhiges Wohnquartier mit idyllischen Einfamilienhäusern, die von einer großzügigen Grünfläche umgeben sind. ILIVE thront ganz am Ende der spärlich befahrenen Straße, die dort in einer Sackgasse endet.

«Wo gehen wir nun eigentlich genau hin?», erkundige ich mich.

«Zu Tim Hortons», antwortet Tom.

«Und wer ist dieser Ti-him Hor... *Shit*!» Ein tückisches Schlagloch schüttelt mich kräftig durch und hindert mich daran, die Frage zu Ende zu führen.

«Du musst hier immer gut auf den Boden achten», rät mir Tom. «Die ganze Stadt ist voller Löcher. Der Bodenbelag und die kanadische Kälte mögen einander nicht besonders.»

«Mjööörp!», jammert mein Motor, als ich den Rollstuhl aus dem Loch steuern will. Das rechte Vorderrad steckt fest. Ich werfe T.J. einen schicksalsergebenen Blick zu und lasse den Motor erneut aufheulen.

T.J. tritt hinter mich, um nachzuhelfen. Er drückt an dem Griff bei der Rückenlehne nach unten, ich gebe Gas, und mit einem erlösenden «Bruiiii!» kommt das Rad wieder frei.

«Und ich dachte immer, die Schweizer seien Experten in Sachen Löcher», feixt Tom.

Ich schneide eine Grimasse und wir fahren weiter.

«Tim Hortons, oder Tihim O'Shit, wie du es so poetisch nennst, ist eine Restaurantkette, die vor allem für ihren tollen Kaffee bekannt ist», sagt Tom, als wir auf ein Gebäude mit entsprechendem Schriftzug zuhalten.

«Sowas wie Starbucks für Kanadier?»

«Naja, wir haben hier auch Starbucks, aber so ähnlich könnte man es ausdrücken. Tim Hortons ist jedoch eher eine Mischung aus Kaffeehaus und Fast-Food-Restaurant.»

Wir gehen rein und T.J. entfernt um einen Tisch herum einige Stuhle, damit Tom und ich einparken können. Am Tisch hinter Tom sitzt ein alter Mann, der uns neugierig beobachtet und mir freundlich zulächelt. Wir machen es uns bequem und T.J. geht die Getränke holen.

«Du trinkst Wasser?», frage ich T.J. ungläubig, als er zurückkehrt. Er stellt mir eine heiße Schokolade hin, Tom einen Kaffee und sich selbst ein Glas Wasser.

«Ist das Billigste hier», verteidigt er sich.

«Er muss sparen wegen seinem schicken neuen Schlitten», erklärt Tom.

«Ja, die Leasingraten sind eigentlich zu hoch für mich», räumt T.J. ein, «aber ich musste ihn einfach haben!»

«Und, geht er gut ab?», fragt Tom.

«Der Hammer, wenn der loslegt, fliegt dir der Kopf weg!»

Die beiden vertiefen sich in eine Diskussion über die Extras an T.J.'s Auto, und ich gewähre mir währenddessen eine geistige Auszeit.

«Hey Marc, dreh dich jetzt nicht allzu auffällig um, aber zwei Tische schräg hinter dir sitzt eine unfassbar süße Schnecke!», unterbricht Tom meine Tagträumerei.

Vorsichtig drehe ich zuerst den Rollstuhl, dann den Hals und schließlich die Augen in die erwähnte Richtung. Dort sehe ich tatsächlich eine hübsche junge Frau alleine an einem Tisch sitzen und in einem Buch lesen. In der einen Hand hält sie einen Kaffeebecher, auf die andere Hand stützt sie ihr Kinn. Gedankenversunken klopft sie mit dem Zeigefinger gegen die Schneidezähne.

«Boah, die muss ich unbedingt kennen lernen!», zischt Tom verschwörerisch.

T.J. stutzt und sagt: «Aber ich dachte, du stehst auf Viv...»

«Pssst, Klappe T.J., diese Info steht unter Verschluss!», unterbricht Tom ihn ärgerlich. «Mensch, schreib es doch gleich auf Facebook, elende Petze!»

T.J. grinst amüsiert.

«Ich sage ja auch nicht allen, dass T.J. für Trevor-James steht», kontert Tom.

«Du heißt Trevor-James?», grunze ich belustigt, während T.J. Tom einen Klaps auf den Hinterkopf verpasst.

Tom atmet tief durch und sagt: «So, die Herren mögen mich kurz entschuldigen, ich habe da was zu erledigen!» Dann fährt er hinüber zu der jungen Frau.

«Ich muss auch kurz weg», sagt T.J. «Auf die Toilette.»

Da sitze ich also alleine vor meiner Schokolade. Der alte Mann am anderen Tisch erhebt sich zittrig, packt seine Sachen zusammen und nickt mir freundlich zu. Ich nicke zurück. Er will zum Ausgang gehen, doch dann legt er einen Umweg ein und kommt zu mir an den Tisch.

«Ich wünsche Ihnen alles, alles Gute», sagt er. «Genießen Sie den Abend.» Sein Blick gleitet einmal an meinem Rollstuhl hinauf und hinunter, und er fügt unsicher hinzu: «... also, falls das überhaupt geht.»

Etwas perplex wünsche ich ihm ebenfalls einen schönen Abend und frage mich, wieso manche Leute einen so starken Widerspruch zwischen Rollstuhl und Lebensfreude sehen.

«Da bin ich wieder, Gentlemen!», verkündet Tom, als er kurz nach T.J. an den Tisch zurückkehrt. «Die holde Maid dort drüben heißt Cindy, ihre Nummer lautet 705-277- ... äh, und den Rest der Nummer binde ich euch jetzt nicht auf die Nase, ich will ja nicht, dass mir unser Markie-Boy mit seinem charmanten ausländischen Akzent die Tour vermasselt!»

«Aber was ist nun mit du-weißt-schon-wem?», erkundigt sich T.J. «Hast du sie aufgegeben?»

«Nein, die genießt natürlich weiterhin höchste Priorität!», erklärt Tom. «Aber es schadet nie, einen Plan B in der Hinterhand zu haben.» Er macht eine leichte Kopfbewegung in Richtung der lesenden Cindy. «So, wollen wir aufbrechen?»

«Denkst du wirklich, die will mit dir ausgehen?», fragt T.J., als wir uns zur Tür bewegen. «Die spielt in einer ganz anderen Liga als Typen wie du und ich.»

«Abwarten, mein Freund, abwarten», sagt Tom. «Ich weiß, ich bin nicht der tollste Hecht im Teich. Aber ich zeige den Mädels, dass ich dafür der coolste Karpfen im Kühlregal bin!»

Lachend streckt sich T.J. nach der Klinke. In diesem Moment öffnet sich die Tür und Julie steht vor uns.

* * *

27. August 2010 – Spezialisten

Schon seit ich denken kann, bin ich den ‹Spezialisten› stets mit größtem Misstrauen begegnet. Ich stehe mit ihnen auf Kriegsfuß, seit ich im zarten Alter von vier Jahren zum ersten Mal zu dieser unheimlichen Frau gehen musste, dieser Physiotherapeutin, die mir eine Stunde lang schmerzhaft die Glieder verdrehte und danach allen Ernstes behauptete, das wäre bloß zu meinem Besten. Schlimmer noch, sie sagte, ich müsse nun jede Woche bei ihr erscheinen, mein ganzes Leben lang. Ein Vierjähriger kann daraus nur eine mögliche Lehre ziehen: Den Spezialisten geht man besser aus dem Weg.

Zu den Spezialisten zähle ich alles Mögliche: Ärztinnen, Chirurgen, Rollstuhlmechanikerinnen, Ergotherapeuten, Physiotherapeutinnen, Orthopäden – die Liste ist lang. Sie alle haben etwas gemeinsam: Sie treffen Entscheidungen, die einen beträchtlichen Einfluss auf mein Leben ausüben. Und ich glaube, einige von ihnen sind sich dessen nicht bewusst.

Sie tragen ihren Namen nicht zu Unrecht – sie haben nun einmal spezifisches Fachwissen, das mir fehlt. Sie wissen Bescheid über mein Krankheitsbild, über Kinästhetik, über die neuesten Hilfsmittel und die raffiniertesten Rollstuhlneuentwicklungen. Das ist Wissen, das mir nützen könnte. Aber ob meine Begegnungen mit den Spezialisten zu einem gemeinsamen Kampf für bessere Lebensqualität werden, oder ob sie zu einem sinnlosen Psychokrieg führen, hängt von zwei Faktoren ab: von *meiner* Kooperationsbereitschaft, und von *deren* Kooperationsbereitschaft.

Zugegeben, ich habe weit über ein Jahrzehnt gebraucht, um den Spezialisten nicht von Anfang an mit einer Haltung des Widerstands zu begegnen. Die Physiotherapie habe ich wann immer möglich gemieden. Wer lässt sich schon freiwillig Schmerzen zufügen? Ergotherapie habe ich auch stets boykottiert, wenn meine Mutter sie vorschlug. Ich wusste zwar nicht, was Ergotherapeuten überhaupt tun, aber dass ich sie als Spezialisten entlarvt hatte, reichte mir, um sie nicht zu mögen. Ich war alles andere als kooperativ und musste manchmal zu meinem Glück gezwungen werden. Zum Beispiel zu meiner Rückenoperation, ohne die ich heute kaum mehr richtig sitzen könnte. Zu meiner Verteidigung: Damals war ich noch ein Kind, da hatten Schmerz und Unbehagen ein stärkeres Gewicht als logische Argumente. Und während der Pubertät fiel das Protestieren ohnehin nicht schwer. Doch selbst heute spüre ich noch eine Abneigung gegenüber den Spezialisten.

Auf der anderen Seite haben die Spezialisten meinem Misstrauen immer wieder Nahrung geliefert: Wenn eine Maßnahme diskutiert wurde, wendeten sie sich nie direkt an mich, sondern an meine Mutter. Meine Einwände wurden ignoriert und meine Vorschläge ohne Begründung abgeschmettert. Die Spezialisten waren nicht bereit, anzuerkennen, dass auch *ich* über nützliches Spezialwissen verfüge: Ich weiß als Einziger, wie es ist, in meinem Körper zu leben!

Ein Spezialist, der mir nicht zuhört, nimmt mich nicht ernst. Und jemanden, der mich nicht ernst nimmt, lasse ich nicht widerstandslos Einfluss auf mein Leben nehmen. Daran scheitert die Kooperation bisweilen.

Heute Nachmittag mit Claire habe ich meine ablehnende Haltung lange nicht überwinden können. Ich habe es aber geschafft, mich zu beherrschen und nach dem gescheiterten ersten Versuch nicht aufzugeben. Die Therapeutin ihrerseits hat mir nach dem Schulter-

Fiasko endlich zugehört und versucht, auf meine Schilderungen einzugehen. Dies, obwohl sie zweifellos spürte, dass ich ihr nicht allzu freundlich gesinnt war. Und prompt konnten wir durch die Kombination unseres Wissens eine Lösung entwickeln.

3

«Eine Abmahnung wegen eines Feierabend-Drinks mit zwei Freunden. Ich fasse es nicht!», ereifert sich T.J., als ich ihn am nächsten Donnerstag sehe. Wir stehen vor dem Fahrstuhl, und er hilft mir beim Anziehen der Jacke. Ich will in die Stadt fahren, um ein Bankkonto zu eröffnen und danach muss ich an die Uni, um mich für die Vorlesungen einzuschreiben. Außerdem hat Alan für heute Nachmittag das Zeitungsinterview arrangiert, das ich ihm versprochen habe.

«Ich meine, klar hat sie es mir angedroht», sagt T.J., «aber ich hätte nie geglaubt, dass sie wegen so einer Lappalie ernst macht.»

«Tut mir leid», sage ich.

«Das braucht dir nicht leid zu tun. Ist ja nicht deine Schuld», erwidert er. «Allerdings werden wir uns in den nächsten Tagen nicht oft sehen – ich habe zur Strafe Wäschedienst gekriegt.»

«Oje, für wie lange?»

«Drei Tage. Drei Tage lang waschen, bügeln, verschwundene Socken suchen.»

«Tut mir leid», sage ich erneut. In gewisser Weise fühle ich mich eben doch schuldig.

«So, ich muss weiter, dein Taxi ist sicher gleich da», verabschiedet sich T.J.

Ich parke neben dem ILIVE-Haupteingang und spähe nach draußen. Es ist weit und breit kein Taxi in Sicht.

Auch zwanzig Minuten später sitze ich noch am selben Platz. Eine junge Betreuerin schlendert den Flur entlang. Als sie mich entdeckt, ändert sie die Richtung und kommt auf mich zu.

«Hallo! Wir hatten bisher noch nicht das Vergnügen, ich bin Vivian!», sagt sie und lächelt. Dabei bilden sich hübsche Grübchen auf ihren Wangen.

«Hi, ich bin Marc. Sag mal, ist das Taxi hier immer so unpünktlich?»

«Ja, es ist eine Plage! Aber du gewöhnst dich besser daran. Tom hat sich schon mehrmals im Namen der ILIVE-Bewohner beschwert, doch es hilft nichts. Sie sind nur bei dringlichen Fahrten verlässlich. Zum Beispiel, wenn jemand zum Arzt muss. Bei Arbeitsfahrten klappt es einigermaßen, aber bei Freizeitfahrten wartest du regelmäßig eine halbe Stunde», sagt Vivian.

Ich seufze. Das klingt mühsam. «Naja, wenigstens gibt es überhaupt ein Taxi.»

«Genau. Außerdem ist es heute ganz praktisch, dass du noch nicht weg bist, ich habe dich nämlich gesucht!»

«Mich?», frage ich erstaunt.

«Ja, ich erstelle gerade die Einkaufsliste und wollte dich fragen, was du alles brauchst.»

«Was für eine Einkaufsliste?»

«Jeden Freitag gehen wir groß einkaufen für die Bewohner – Esswaren, Gebrauchsgegenstände – was man im Alltag eben benötigt.»

«Oh», sage ich und zögere. Ich habe noch nie in meinem Leben einen Gedanken daran verschwendet, was für Waren man regelmäßig einkaufen muss.

«Was möchtest du denn beispielsweise morgen essen?», versucht Vivian mir auf die Sprünge zu helfen.

«Keine Ahnung, Mikrowellenpizza?»

Sie lacht.

«Sorry, ich ... ich habe keine Ahnung, was man alles braucht. Was kaufen denn die anderen Bewohner so?»

«Ach, ganz spektakuläre Dinge: Brot, Milch, Eier, Klopapier, echt ausgefallene Sachen!», sagt Vivian und zeigt mir wieder ihre Grübchen.

«Klingt gut, das nehme ich dann auch», sage ich verlegen.

«Weißt du was? Ich gehe später rauf in deine Küche und schaue nach, was noch da ist. Dann setze ich die nötigsten Dinge auf die Liste und nächste Woche schauen wir das nochmals gemeinsam an. Vielleicht fällt dir ja bis dahin etwas ein, das du brauchst.»

«Gute Idee», sage ich erleichtert.

Kurze Zeit später fährt das Taxi vor. Die öffentlichen Rollstuhltaxis von Sudbury sehen ähnlich aus wie die Londoner Doppelstockbusse, bloß kleiner, blau-weiß gestrichen und ohne oberen Stock. Auf der rechten Seite befindet sich eine Hebebühne, mit der man in das ausgehöhlte Innere des Busses gelangen kann. Jeder Bus bietet Platz für sechs Rollstühle, die man in drei Zweierreihen mit einem Spannset am Boden festmacht.

Die gestresste Fahrerin bittet mich, rückwärts auf die Hebebühne zu fahren. Vorwärts wäre zwar bedeutend einfacher, aber aus sicherheitstechnischen Überlegungen ist das strengstens untersagt.

«Hat was mit dem Schwerpunkt zu tun», erklärt sie mir.

Als ich drinnen festgezurrt bin, fahren wir los. Ich bin positiv überrascht von der guten Federung, die man dem Bus von außen nicht zugetraut hätte. Im Stadtzentrum setzt mich die Fahrerin vor der Bank ab. Sie verspricht, in einer halben Stunde wieder da zu sein, um mich an die Universität zu fahren, dann braust sie davon.

Unentschlossen stehe ich vor der Glastür der Bank. Ich kann sie nicht selber öffnen und drinnen scheint mich niemand wahrzunehmen. Aufmerksam mustere ich die vorbeigehenden Passanten. Den ersten, der Blickkontakt mit mir aufnimmt, bitte ich, mir die Tür aufzuhalten.

Drinnen fahre ich zögerlich auf einen Schalter zu.

«Guten Tag, Sir, was kann ich für Sie tun?», fragt die Frau am Schalter.

«Ich möchte ein Bankkonto eröffnen.»

«Gerne, Sir, einen Moment bitte.» Sie dreht sich weg und sucht nach den passenden Formularen.

Dann beginnen wir mit dem Besprechen der Formalitäten. Die junge Frau behandelt mich ganz unkompliziert, ohne verlegenes Gestammel, nervöse Blicke oder gezwungenes Lächeln, wie ich es sonst manchmal erlebe, wenn ich mit dem Rollstuhl irgendwo auftauche. Es kommt mir seltsam vor, mit ‹Sir› angesprochen zu werden, aber es fühlt sich unheimlich toll an.

«Unterschreiben Sie bitte hier, hier und hier», sagt sie.

«Das geht leider nicht so gut, könnten Sie mir den Stift in die Hand legen und das Blatt festhalten?»

Sie steht auf, kommt zu mir herüber, hilft mir und kehrt dann wieder an ihren Platz zurück.

«Vielen Dank für die Hilfe», sage ich.

«Kein Problem, Sir.»

Euphorisiert verlasse ich die Bank und halte strahlend Ausschau nach dem Taxi. Wer in der Lage ist, selbständig ein Konto zu eröffnen, der kann alles erreichen! Ich muss zwar noch viel lernen, realisiere ich, als ich an die Sache mit der Einkaufsliste zurückdenke, aber sowas braucht eben Zeit. Hier und jetzt, vor der Bank, fühle ich mich unabhängig und selbständig.

Und in dieser Stimmung ist es mir auch völlig egal, dass mich das Taxi erneut eine ganze Weile warten lässt.

* * *

«Die Laurentian University ist eine kleine Universität», sagt Alan zum Auftakt des Besichtigungsrundgangs.

Ich habe ihn in seinem Büro angetroffen, nachdem mich die Taxifahrerin an der Uni abgesetzt und in den ersten Stock des Hauptgebäudes, dem Fraser-Building, begleitet hat.

«Verteilt auf alle Gebäude – die Fernstudenten mit eingerechnet – haben wir knapp über neuntausend Studenten.»

«Neuntausend? Und das nennt ihr klein?», frage ich erstaunt.

«Nun, im Vergleich zu Toronto, Montreal oder Ottawa sind wir unbedeutend, die haben fünf- bis zehnmal mehr Studenten.»

Gemächlich fahren wir nebeneinander durch die langen Gänge und großen Hallen der Uni. Alan sitzt wie ich in einem Elektrorollstuhl, allerdings kann ich seine Behinderung nicht so recht einordnen. Er hat mit den Armen eine größere Reichweite als ich, aber es wirkt so, als müsse er sich auf jede Bewegung stark konzentrieren. Seine Hände zittern dabei immer ein wenig.

«Bei den meisten Türen findest du an der Wand einen Lichtsensor, mit dem du sie öffnen kannst», sagt Alan, als wir vor einer doppelflügeligen Glastür stehen. «Versuch mal!»

Ich blicke mich nach dem Sensor um, fahre zu ihm hin und halte die Hand darüber. Ein leises Klicken ertönt und die Türflügel öffnen sich wie von Geisterhand.

«Boah, wie geil ist das denn?», rufe ich begeistert.

«Magie!», sagt Alan und zwinkert mir zu.

Wir steigen in den Fahrstuhl, um zu Alans Büro zurückzukehren.

«Kannst du den Knopf selber drücken?», fragt Alan.

Ich versuche, mich so hinzustellen, dass ich mit der Hand hinkomme, doch ich schaffe es nicht, den Knopf zu drücken. An der hinteren Fahrstuhlwand hängt mein Erzfeind, der Spiegel, und reflektiert hämisch meine vergeblichen Bemühungen. Trotzig presse ich die Lippen zusammen und versuche es mit dem Zauberstab. Den ILIVE-Fahrstuhl kann ich damit mittlerweile bedienen, wenn ich keine Jacke trage. Doch hier klappt es auch mit dem Stock nicht, und wieder führt mir mein Erzfeind mein Scheitern genüsslich vor Augen.

«Es geht nicht», sage ich frustriert. Die Euphorie vom Bankbesuch verfliegt.

Ich stelle mich nahe an die Hinterwand, damit Alan hinter mir in den Fahrstuhl fahren und den Knopf drücken kann. Den Blick senke ich, um nicht mehr in den Spiegel sehen zu müssen. Als wir den Fahrstuhl verlassen, atme ich auf.

«Wieviele Studenten betreut dein Büro insgesamt?», frage ich, um mich abzulenken.

«Bei uns sind knapp dreihundert Studenten registriert.»

«Dreihundert ... Rollstühle?», frage ich.

«Nein», lacht Alan, «Rollstühle haben wir nur ein Dutzend. Aber wir helfen ja auch Studenten mit ganz anderen Handicaps. Vielleicht fassen wir den Begriff ‹Behinderung› etwas breiter auf als ihr in Europa: Wir haben zum Beispiel Hilfsangebote für Studenten mit einer Lernschwäche oder mit verringerter Sehkraft. Andere Studenten leben unter schwierigen sozialen Umständen und wenden sich darum an uns, da gibt es ganz verschiedene Vorgeschichten. Generell gilt, wenn jemand einen Nachteil geltend machen kann, dann sorgen wir dafür, dass er oder sie die gleichen Chancen und Bedingungen kriegt, wie alle anderen», erklärt Alan.

«Ach so», sage ich und komme mir naiv vor, dass ich Behinderung mit Rollstuhl gleichgesetzt habe.

«So, und nun sollten wir deine Fächer zusammenstellen, bevor die Frau von der Zeitung auftaucht.»

Wir machen uns daran, meine favorisierten Kurse zu besprechen. Meine Uni in der Schweiz lässt mir bei der Fächerwahl weitgehend freie Hand. Nur die Vorlesung ‹Schreibtechnik und Rhetorik› muss ich zwingend besuchen, die anderen Fächer darf ich nach Lust und Laune belegen. Ich entscheide mich für Grundlagenvorlesungen in Anthropologie, Soziologie, Psychologie und Filmkunde. Alan verspricht, dass er dafür sorgen wird, dass alle diese Vorlesungen an für mich geeigneten Orten stattfinden.

* * *

«Oh, das muss die Reporterin sein!», sagt Alan und weist mit dem Kopf auf eine etwa 35-jährige Frau mit Fotokamera um den Hals, die gerade aus dem Fahrstuhl steigt. Er fährt auf sie zu und streckt ihr, so gut er kann, die Hand entgegen. «Hallo, ich bin Alan, wir haben telefoniert.»

Mir fällt auf, dass die Reporterin beim Anblick von Alan und mir sehr überrascht ist. Sie hat wohl nur mit *einem* Rollstuhl gerechnet.

«Hi», sagt sie zögerlich und bleibt auf Sicherheitsabstand. Alans ausgestreckte Hand scheint sie zu übersehen.

«Marc, das ist Wanda vom Sudbury Herald», sagt Alan und zieht die Hand zurück. «Willkommen, Wanda, das ist nun der junge Mann aus der Schweiz, von dem ich Ihnen berichtet habe!»

Sie und ich nicken uns gegenseitig zu.

«Also, dann lasse ich euch beide am besten alleine», sagt Alan und verlässt uns.

Wanda schnappt sich einen Stuhl und setzt sich zwei Meter entfernt von mir hin. Argwöhnisch beschnuppern wir einander.

«Entspreche ich nicht Ihren Erwartungen?», frage ich sie und lächle gezwungen.

«Ja ... äh nein, also ... verzeihen Sie, ich hatte wohl tatsächlich etwas anderes erwartet», sagt sie.

«Und zwar?»

«Ich weiß nicht so recht. Eher jemanden im Handrollstuhl. Jemanden, der selber fahren kann. Sie hingegen können ja offenbar fast ...»

‹... gar nichts›, will sie sagen, bricht den Satz aber ab. Manche Leute sehen beim Stichwort Rollstuhl wohl eher das Bild eines Querschnittgelähmten mit kräftigen Oberarmen vor sich, nicht das eines schmächtigen Elektrorollstuhlfahrers.

«Dank der wunderbaren Errungenschaften der Technik kann auch ich selber fahren», erwidere ich und zwinkere. Sie geht nicht darauf ein.

«Jetzt bin ich mir gar nicht sicher, ob ich die Fragen, die ich vorbereitet habe, überhaupt stellen kann», sagt sie und pocht auf ihren Notizblock.

«Finden wir es heraus!», ermuntere ich sie.

«Na gut.» Sie öffnet den Notizblock. «Sie heißen also Marc?»

«Marc Schneider, ja.»

«Und Sie sind aus der Schweiz?»

«Richtig.»

«Sie haben spin... spindale Muskelaphro... wie heißt das genau, was Sie haben?»

«Spinale Muskelatrophie.»

«Oh. Und was hatten Sie für einen Unfall?»

«Keinen. Das ist eine Erbkrankheit. Ich bin seit Geburt behindert.»

«Oje», sagt sie. «Dann konnten Sie also nie selbständig gehen?»

«Nein.»

«Nicht einmal als Kleinkind?»

«Nein.»

«Oje», sagt sie wieder. Sie starrt eine Weile auf ihren Block, blättert um und räuspert sich.

«Haben Sie Hobbies?»

Ich erwäge ein schnippisches ‹Nee, ich sitze meistens nur blöd rum›, verkneife es mir aber. Stattdessen sage ich: «Ich mag Eishockey und gehe oft ins Stadion. Außerdem spiele ich gelegentlich Schach, oder Poker, oder diskutiere in Internetforen.»

«Mhm, soso», sagt sie und kritzelt eifrig auf ihren Notizblock. «Okay, diese Frage lassen wir aus ... diese auch ...» Sie blättert um, liest, blättert wieder um, liest weiter, dann klappt sie den Block geräuschvoll zu und blickt mich an. «Fühlen Sie sich eigentlich als Held, Marc?»

«Ob ich mich als Held fühle?», frage ich erstaunt. «Sollte ich das denn?»

«Nun, es ist doch eine ganz außergewöhnliche Leistung, mit so einer Behinderung um die halbe Welt zu fliegen, oder?»

«Ich bin ja nicht selber geflogen, das war der Pilot», versuche ich einen Witz zu landen.

Er kommt nicht am Ziel an – Wanda beobachtet mich bloß abwartend.

Ich räuspere mich und sage: «Klar, es ist nicht etwas Alltägliches. Es hat Überwindung gekostet. Aber eine besondere Leistung habe ich bisher nicht vollbracht.»

Sie mustert mich kritisch, dann beugt sie sich ein wenig vor. «Jetzt mal unter uns gesprochen», sagt sie und atmet tief ein. «Also ich könnte das nicht.»

«Was könnten Sie nicht?»

«Na sowas eben.» Sie weist mit der Hand auf meine Räder. «Wenn ich mich in Ihrer Situation befände ... also ... ich denke, ich hätte schlicht nicht die Kraft dafür, so eine Reise zu wagen. Schon allein das Studium! Als ich studiert habe, war ich ständig am Limit. Wenn da noch so eine Behinderung dazugekommen wäre ...» Sie lehnt sich wieder zurück, weg vom Rollstuhl.

«Kraft ist ein Faktor, das stimmt», pflichte ich ihr bei. «Ich muss meine Ressourcen sorgfältig einteilen. Aber das macht mich doch nicht zum Helden. Auch andere Menschen schaffen es, trotz Zusatzbelastungen ein Studium zu bewältigen. Manche Studenten belegen mehr Fächer als ich, andere müssen einem Nebenjob nachgehen, um die Studiengebühren zu bezahlen – das kostet auch alles Kraft.»

«Aber ein Nebenjob ist wohl kaum damit zu vergleichen, was es bedeutet, tagtäglich mit so einer Behinderung kämpfen zu müssen, oder?»

«Kämpfen? Das ist doch absurd! Es geht nicht um Kampf. Es geht darum, was für einen normal ist», erwidere ich. «Wenn Sie plötzlich im Rollstuhl säßen, dann wäre das für Sie natürlich eine neue Situation mit unbekannten Schwierigkeiten. Aber ich bin mit dieser Behinderung geboren und aufgewachsen, da lernt man, mit ihr umzugehen. Viele Dinge, die für Sie unvorstellbar sind, sind für mich selbstverständlich.»

«Mag sein, aber wenn ich mir zum Beispiel nur schon überlege, dass es für Sie nicht möglich ist, in der Bibliothek zu recherchieren, weil Sie die Bücher nicht aus dem Regal ziehen können, dann ...»

«Ich kann ja jemanden um Hilfe bitten!», unterbreche ich sie. «Vielleicht schließe ich dabei sogar neue Bekanntschaften! Oder ich kann die benötigte Information im Internet suchen. Das Internet ist die größte Bibliothek der Welt und sie ist komplett rollstuhlgängig!»

Mit einer Mischung aus Mitleid, Unglauben und Faszination schaut sie mich an und schweigt.

«Es gibt im Leben immer mehrere Wege, die zu einem bestimmten Ziel führen», sage ich. «Und wenn ein Weg verbaut ist, nimmt man eben einen anderen. Natürlich stehen einem Rollstuhlfahrer wie mir weniger Möglichkeiten offen als anderen Menschen, aber man findet in der Regel trotzdem eine Lösung. Durch eine Behinderung lernt man, kreative Alternativen zu suchen und unkonventionell zu denken.»

«Mit Verlaub, das ist doch purer Zweckoptimismus», sagt Wanda und schüttelt den Kopf. «Wobei, ich kann es auch nachvollziehen.»

«Wie meinen Sie das?», frage ich perplex.

«Ich meine damit, dass ich mir sicherlich auch sowas einreden würde, wenn ich so ein schweres Schicksal hätte wie Sie.»

«Einreden? Schweres Schicksal?» Verständnislos starre ich sie an.

«Sie sollten besser stolz darauf sein, was Sie in Ihrer Situation erreicht haben, anstatt sich etwas vorzumachen. Ich denke, das Bild, das Sie von sich und Ihrer Behinderung haben, entspricht nicht der Art, wie andere Menschen Sie wahrnehmen. Und es entspricht auch nicht der Realität.»

Ich hole tief Luft, will etwas erwidern, doch mir fällt nichts ein. Zumindest nichts, das die Reporterin nicht wieder als Zweckoptimismus deuten würde. Aber hat sie womöglich sogar recht? Ich lasse die Schultern hängen und fange an zu grübeln, ob mein ganzes Innenleben auf Sand gebaut ist ...

Wanda macht noch einige Fotos von mir, doch ich nehme es kaum wahr. Dann packt sie ihre Sachen zusammen und wir verabschieden uns kühl.

* * *

2. September 2010 – Identität

Manche Leute haben Schubladen im Kopf, in die sie andere hineinstecken. Ich tue das auch. Doch nicht jeder Mensch lässt sich in eine klare Kategorie einteilen. Und manchmal ordne ich jemanden völlig falsch ein. Es ist stets lehrreich, wenn ich das bemerke, und ich revidiere dann mein Urteil über die Person oder die ganze Kategorie.

Wanda scheint diese Fähigkeit zu fehlen. Behinderte gehören für sie ausnahmslos in eine von zwei Schubladen: in die Heldenschublade, oder in die Mitleidsschublade. Vertreter des Heldentypus sind Kämpfernaturen, die unverzagt ihrem ‹schweren Schicksal› trotzen und für den Rest der Menschheit eine ‹Quelle der Inspiration› darstellen. Hier wollte sie mich zu Beginn des Interviews ansiedeln. Doch als ich mich geweigert habe, den Helden des Alltags zu mimen, kam für sie nur noch in Frage, dass ich ein Vertreter des Mitleidstypus sein muss. Jemand, der mit seiner Behinderung hadert und unter ihr leidet. Dass meine Vorgeschichte und mein Auftreten nicht dazu passten, entkräftete sie für sich damit, dass ich ein Zweckoptimist sei und mir etwas vorgaukle. Bewunderung oder Mitleid – etwas anderes wollte sie mir nicht entgegenbringen.

In einem Punkt hat sie wohl recht: Ich nehme mich selbst nicht so wahr, wie es die Außenwelt tut. Wer bin ich für die anderen? Bin ich Marc, der Student? Marc, der Sarkastische? Oder bin ich Marc, der Behinderte? Wer mich noch nicht besonders gut kennt, dem präge ich mich eher als Letzteres ein, denn der Rollstuhl ist zweifellos mein hervorstechendstes Merkmal. Und wenn sich andere Leute vorstellen müssten, wie es wäre, selbst behindert zu sein, ist es nachvollziehbar, dass sie das als ‹schweres Schicksal› empfänden. Schließlich ist ihr Leben, ihre Arbeit, ihre Freizeit nicht auf eine Behinderung abgestimmt wie es bei mir der Fall ist. Bewunderung oder Mitleid sind dann logische Reaktionen.

Aber wie sehe ich mich denn selbst? Wie stark ist meine Identität durch die SMA geprägt? Als ich frisch in den Kindergarten kam, gab es eine Vorstellungsrunde. Alle Kinder saßen im Kreis, nannten ihren Namen, die Anzahl Geschwister, ein Hobby – was ihnen gerade einfiel. Als ich an der Reihe war, verkündete ich mit geschwellter Brust: «Ich bin Marc, und ich bin behindert!» Das hörte sich für mich keineswegs negativ an. Im Gegenteil, ich hatte etwas, das die anderen Kinder nicht hatten. Etwas, das mich von ihnen unterschied und das mich einzigartig machte. Jemand konnte gut Fußball spielen, jemand konnte gut malen. Und ich, ich hatte Räder! Die anderen Kinder bestaunten mich mit großen Augen. Ich glaube, einige beneideten mich darum, dass ich gemütlich überall hinfahren konnte, anstatt zu gehen. Natürlich dauerte der Neid nur bis zur ersten Schneeballschlacht, die ich als Zuschauer statt als Teilnehmer bestreiten musste. Da erfassten die anderen Kinder schnell, dass ein Rollstuhl auch Nachteile mit sich bringt. Die Behinderung formte meinen Charakter damals sicherlich mit, aber sie war ein wertfreies Merkmal, und bloß eines von vielen.

In der Pubertät begann sich das zu ändern. Erst als verunsicherter Teenager merkte ich, dass mich die Leute befremdet begafften. Und ich realisierte, dass der Rollstuhl daran schuld war. Fast in jedem Bereich des Lebens begann er, mir Schwierigkeiten zu bereiten. Ich fing an, die Reaktionen der Leute gezielter wahrzunehmen und mir intensivere Gedanken über meine Behinderung zu machen. Weder Bewunderung noch Mitleid waren dabei besonders gesund für mich, denn beides vermittelte mir vor allem eines: Die Behinderung ist etwas Schlimmes. So entwickelte sie sich von einem wertfreien Merkmal unter vielen zum prägendsten Nachteil meiner Existenz. In dieser Zeit schwang sich der Spiegel zu meinem Erzfeind auf.

Wo ich jetzt stehe, weiß ich nicht so recht. Das, was ich der Reporterin zu erklären versucht habe, ist durchaus meine echte Überzeugung. Ich gaukle mir nichts vor. Viele Aspekte der Behinderung bereiten mir zwar noch immer Mühe, sonst würde es mir nicht so schwer fallen, in den Spiegel zu blicken. Aber ich glaube, ich habe die Behinderung als Teil meiner Identität akzeptiert. Als *Teil*, nicht als Kern! Ich bin zwar behindert, doch ich bin auch noch andere Dinge, die ich nicht unterordnen muss. Ich bin Student, aber nicht ein ‹behinderter Student›. Ich bin Hockey-Fan, aber nicht ein ‹behinderter Hockey-Fan›. Wenn ich das Adjektiv ‹behindert› überall voranstelle, dann lasse ich die Behinderung meine Identität bestimmen. Nein, eigentlich verliere ich dann meine Identität, weil ich alle Facetten meiner Persönlichkeit nur noch diesem einen Merkmal unterordne.

Wer ich wirklich bin, zeigt sich darin, wie ich mit meiner Behinderung umgehe, aber vor allem auch darin, was mich *neben* dem Rollstuhl ausmacht. Deshalb darf ich mich auf keinen Fall in eine von Wandas Schubladen zwängen lassen. Denn beide stellen die Behinderung ins Zentrum meines Lebens und beide diktieren mir einen bestimmten Umgang mit ihr, der nicht zu mir passt. Das nächste Mal, wenn ich in eine Situation gerate wie mit Wanda, lasse ich mich nicht wieder so verunsichern.

4

Ich stehe im Einkaufszentrum und blicke mich hilflos um: Alle Regale sind völlig leergeräumt. Warum bin ich hier? Und was will ich eigentlich?

«Brot, Milch, Eier, Klopapier!», sagt Vivian, die auf einmal neben mir aus dem Boden wächst.

«Aber da ist nichts», erkläre ich ihr und weise auf die leeren Regale.

«Brot, Milch, Eier, Klopapier!», wiederholt Vivian fordernd, stampft dreimal mit dem Fuß und zeigt mit dem Finger in die Höhe.

Und tatsächlich, auf dem obersten Regal sehe ich eine einzelne Rolle Toilettenpapier stehen. Ich trete näher ans Gestell und strecke meinen Arm nach oben. Es fehlen nur wenige Zentimeter.

«Klopapier!» Vivian stampft wieder mit dem Fuß auf den Boden, diesmal heftiger als vorhin.

Ich stelle mich auf die Zehenspitzen, strecke mich noch mehr und kann die Rolle mit dem Mittelfinger schon fast berühren.

«Gleich habe ich sie», ächze ich, «nur noch ein kleines Stück höher, dann habe ich sie!»

«Wie zweckoptimistisch!», höhnt Wanda, die nun auch plötzlich neben mir steht. Sie hält mir einen Spiegel vor die Nase und sagt: «Mit Ihrem Bild stimmt etwas nicht!»

Ich blicke in mein Spiegelgesicht, und während ich es betrachte, beginnt es zu zerfließen.

«Klooopapier!», brüllt Vivian und tritt mit dem Fuß gegen das Gestell. Es beginnt zu wanken und stürzt auf mich zu ...

Ein energisches Klopfen an der Zimmertür reißt mich unsanft in die reale Welt zurück.

«So, ich komme jetzt rein, Marc!», ruft von draußen eine penetrante Stimme. Die Tür öffnet sich, Lichtstrahlen bohren sich schmerzhaft durch meine Augenlider.

«Ein wunderschönes gutes Mörgelchen!», trällert die Stimme, «Zeit zum Aufste-he-hen!»

Ich fürchte immer noch, gleich unter dem stürzenden Einkaufsgestell begraben zu werden, kneife die Augen zu und suche in meinem schlaftrunkenen Hirn nach einer Ausweichmöglichkeit. Wo ist das Gestell?

«Es ist ein traumhafter Tag und die Sonne lacht!», flötet derweil die Stimme.

«Aus dem Weg, Wetterfrosch», quengle ich und rudere mit der Hand. Dabei stoße ich mein Diktiergerät über die Bettkante. Es poltert zu Boden, und der Traum beginnt sich aufzulösen. Ich schmatze mit meinem ausgetrockneten Mund und runzle die Stirn. Habe ich tatsächlich geträumt, ich würde auf meinen eigenen Füßen stehen? Ich versuche, mich an das Gefühl zu erinnern, doch da ist nichts mehr.

«So jetzt, aufgewacht!» Rücksichtslos wird meine Bettdecke weggezogen.

Ich knurre widerwillig und erschauere in der plötzlichen Kälte. Mittlerweile kann ich die Stimme, die mich geweckt hat, jemandem zuordnen. Sie gehört Jane, einer Betreuerin, mit der ich bisher noch kaum zu tun gehabt habe. Sie grüßt auf dem Flur immer mit einem melodiösen ‹Hallo-oh-oh!›, das einem die Nackenhaare aufrichtet.

«Was wollen wir heute Schönes anziehen?», fragt Jane.

«Kleider», erwidere ich unkooperativ. Zwanzig Sekunden nach dem Erwachen ist mir doch völlig Wurst, was ich anziehe.

«Kleider?!? Ha-ha, kleiner Klugscheißer, wie?», brüllt mir Jane amüsiert den Schlaf aus den Gliedern.

Ich erschauere erneut und stelle mich tot.

«Soll ich dich vor dem Anziehen noch waschen?», fragt Jane, und der Wasserhahn beginnt zu rauschen.

«Keine Lust», brummle ich. Der Gedanke an einen nassen Waschlappen erscheint mir nicht besonders prickelnd.

«Sicher? Dann wirst du aber heute ein ganz schönes Stinkerchen sein!»

Anstelle einer Erwiderung ziehe ich geräuschvoll die Nase hoch.

«Ein Stinky-Winky wirst du dann sein, ein Stinky-Winky», quiekt Jane vergnügt.

Ich schlucke den Nasenrotz hinunter und stelle mich wieder tot. Ich entscheide, dass ich Jane nicht mag.

«Du willst ganz sicher nicht gewaschen werden?», hakt sie nach.

«Todsicher.»

«Na dann, ziehen wir dich mal an!», sagt Jane und schnippt ein gutes Dutzend mal mit den Fingern. Dann pflückt sie einige Kleider aus dem Schrank und fragt: «Wo soll ich anfangen?»

Ich seufze tief und befehle mir, mich zusammenzureißen. Das fällt mir nicht leicht, denn ich bin ein lehrbuchmäßiger Morgenmuffel und komme nach dem Erwachen nur langsam in die Gänge. Zuhause kann ich beim Aufstehen im Halbschlaf weiter vor mich hindämmern, denn meine Eltern kennen jeden Handgriff auswendig. Nicht so hier. Ich muss den Betreuern alles haarklein erklären. Ich bin nun seit fast zwei Wochen in ILIVE, und die Schonzeit, in der man mir möglichst immer die gleichen Betreuer zuteilte, ist vorbei. Gestern habe ich einen wortkargen Mann namens Jeff gekriegt, der ansonsten meistens nachts arbeitet, und heute nun eben Jane.

Im Telegrammstil gebe ich ihr Anweisungen: «Auf den Rücken drehen. Das Nacht-Shirt ausziehen. Jetzt die Unterhose anziehen. Nun die Socken, zuerst links, dann rechts. Nun die Hose – nicht aufs Knie drücken, es ist empfindlich. Jetzt das Unterhemd. Und nun noch den Pulli.»

Jane führt meine Instruktionen mit zunehmender Ungeduld aus. Ich überlege, ob sie meinen Telegrammstil als unhöflich empfindet. Er ist tatsächlich etwas schroff, aber dafür präzise und effizient.

«So, nun müssen wir die Hosen rauf- und den Pulli runterziehen. Dafür musst du mich auf die rechte Seite drehen», sage ich, für einmal etwas ausführlicher. «Am besten greifst du mit der einen Hand unter mein Becken und mit der anderen ...»

«Ach, ich bin schon bald dreißig Jahre in diesem Beruf tätig, ich weiß schon, was ich tue!», unterbricht mich Jane, packt an und dreht mich mit viel Schwung auf die Seite. Zuviel Schwung. Mein linkes Bein segelt unkontrolliert durch die Luft, und bevor Jane es aufhalten kann, küsst mein Knie stürmisch die Wand.

«JARGL», japse ich.

«Oh, ups», sagt Jane.

Ich ringe nach Atem. Eine Schmerzwelle jagt die nächste, mein Knie steht in Flammen.

«Ups, ups, Uppsala!», sagt Jane und kichert über ihr Wortspiel.

Als meine Lunge wieder in den Dienst tritt, entfährt mir ein schweizerdeutscher Fluch.

Jane dreht mich zurück in Rückenlage, schaut sich mein Knie an und sagt: «Ist noch alles heil, man sieht nichts!»

Ich konzentriere mich darauf, langsam zu atmen, um nicht zu hyperventilieren.

«Oh, doch, da gibt es wohl einen kleinen blauen Fleck!», sagt Jane und drückt neugierig auf einen Punkt.

«AAAH! FINGER WEG! RAUS HIER!!!», brülle ich.

«Ich gehe eine kühlende Salbe holen. Bin gleich wieder da-ha-haaa!»

Sie verschwindet und ich fluche noch eine Weile vor mich hin.

Als Jane nach fünf Minuten zurückkehrt, haben sich mein Gemüt und mein Knie wieder etwas beruhigt. Es ist kein nachhaltiger Schaden entstanden. Den Rest der Aufstehprozedur bestreiten wir in andächtiger Stille, die nur ab und zu von einer grummeligen, telegrammartigen Anweisung unterbrochen wird.

* * *

Für den Nachmittag habe ich wieder ein Rollstuhltaxi bestellt. Es ist der siebte September und an der Uni findet heute die Begrüßung der ausländischen Studenten statt. Ich hoffe, dort erste Freundschaften schließen zu können.

Heute muss ich nicht lange warten – das Taxi kreuzt zur vereinbarten Zeit auf und der freundliche Fahrer namens Eugene erweist sich als angenehmer Gesprächspartner. Er erkundigt sich nach meinen Studienfächern und weiß zu jedem etwas zu erzählen. So diskutieren wir angeregt über alles Mögliche und ich bedauere fast, dass es kaum Verkehr hat und wir schnell am Ziel ankommen.

Bald darauf sitze ich in einem vollgestopften Klassenzimmer und lausche dem Sprachengewirr der knapp vierzig anderen Austauschstudenten. Eine überwältigende Mehrheit stammt aus dem südostasiatischen Raum – China, Japan, Thailand, Korea. Die nichtasiatische Minderheit besteht aus acht Europäern, mich mitgezählt, und einem Mexikaner.

Ich betreibe Small-Talk mit meiner Sitznachbarin. Sie heißt Jingfei und stammt aus China, betont aber mehrmals, dass ich sie Jennifer nennen soll, denn das sei der westliche Name, den sie für sich ausgesucht habe.

Dann eröffnen zwei Dozentinnen den Anlass und bombardieren uns mit Informationen rund ums Studium. Es werden diverse freiwillige Aktivitäten angekündigt, für die man sich einschreiben kann: ein Filmabend, ein gemeinsames Thanksgiving-Essen, ein Wochenendausflug nach Toronto und eine Hundeschlittenfahrt. Am reizvollsten klingt die Fahrt im Hundeschlitten, allerdings bin ich skeptisch, ob es für mich möglich ist, in so einem Schlitten zu sitzen. Ich schreibe mich stattdessen für den Filmabend ein.

Nach einer Stunde werden wir gebeten, uns an das draußen vorbereitete Buffet zu begeben und uns untereinander bekannt zu machen. Ich parke an einem strategisch günstigen Ort, von wo ich einen guten Überblick habe und nicht im Weg stehe, und beobachte die Leute. Eine der beiden Dozentinnen kommt zu mir und fragt, ob sie mir etwas vom Buffet bringen soll. Ich bin hungrig und es hat appetitliche Häppchen im Angebot. Da ich aber nicht gut selbständig essen kann und es mir peinlich ist, die Dozentin zu bitten, mir dabei zu helfen, lasse ich mir nur ein Glas Orangensaft und einen Strohhalm bringen.

Während ich den Saft trinke, denke ich darüber nach, was man in Südostasien wohl für ein Bild von Behinderten hat. Ich komme zu keinem Ergebnis und beschließe, mein Glück zunächst bei den Europäern zu versuchen.

Als Erstes nehme ich drei Italiener ins Visier. Ich geselle mich zu ihnen, lausche ihrer Konversation und warte auf einen geeigneten Moment, um mich einzubringen. Sie geben mir jedoch unmissverständlich zu verstehen, dass sie zu cool sind, um sich mit mir abzugeben und begeben sich auf die andere Seite des Buffets.

Meine nächsten Kandidaten sind zwei Deutsche, ein Mann und eine Frau. Die beiden sind offensichtlich ein Paar, denn nach jedem zweiten Satz ziehen sich ihre Lippen magnetisch an und bleiben hartnäckig aneinander kleben. In einer Verschnaufpause spreche ich die beiden auf Deutsch an. Der Mann fordert mich auf, doch bitte Englisch zu sprechen, er sei schließlich hier, um etwas zu lernen. Ich tue ihm den Gefallen, bin dann aber leicht irritiert, als er kurz darauf mit seinem Herzblatt Deutsch spricht. Ich beschließe, ihr Liebesglück nicht weiter zu stören und ziehe von dannen.

Bleiben noch zwei junge Däninnen. Die beiden scheinen sich allerdings stark für die drei Italiener zu begeistern. Sie blicken immer wieder in deren Richtung und tuscheln und kichern. Ich spare mir die Mühe, es überhaupt zu versuchen und nuckle ratlos an meinem Orangensaft.

«Ist mühsam, wenn man der Einzige aus seinem Land ist, wie?», sagt jemand rechts von mir. Es ist der Mexikaner.

«Hat was, ja. Wir sind offenbar Leidensgenossen», erwidere ich.

«Ich heiße Francisco.» Er streckt mir seine Hand hin.

«Ich bin Marc, freut mich!»

Wir kommen ins Gespräch und erzählen uns voneinander. Francisco studiert Wirtschaft und ist nach Kanada gekommen, um sein Englisch zu vertiefen. Es stellt sich heraus, dass er ein bisschen Deutsch beherrscht, weil er einige Monate in einer österreichischen Klosterschule gearbeitet hat. Als ich dann noch ein paar Brocken Spanisch aus meinem Sprachschatz hervorkrame, unterhalten wir uns in einem kuriosen Dreisprachengemisch. Wir verstehen uns auf Anhieb blendend und nehmen uns vor, mal gemeinsam an der Uni essen zu gehen.

* * *

«Hey, Markie-Boy!», begrüßt mich Tom, als ich später am Nachmittag aus dem Rollstuhltaxi ausgeladen werde. Er kommt gerade durch die ILIVE-Haupttür gefahren.

«Gehst du wieder mit T.J. zu Tim Hortons?», frage ich.

«Nee, der getraut sich nicht mehr seit der Sache neulich. Ich mache eine Spazierfahrt, magst du mitkommen?»

«Hmm, eigentlich habe ich keine Lust.»

«Ich zeige dir unseren hauseigenen See!», sagt Tom.

«Ihr habt einen eigenen See?»

«Na und was für einen!» Tom zwinkert geheimnisvoll.

Vor meinem inneren Auge steigt das Bild eines romantischen Weihers empor, mit Fischen darin, Seerosen darauf und von einem schönen Kiesweg gesäumt. Ein Sanktum der Stille, wo man sich von ruppigen Janes und übercoolen Italienern erholen kann! Ich beschließe, Tom zu begleiten.

Wir folgen einem kleinen Weg, der an ILIVE vorbei führt und sich durch die Nachbarschaft schlängelt. Nach hundert Metern macht er eine letzte Kurve und gibt die Sicht frei auf eine kleine Senke.

«*Voilà*», sagt Tom.

«Wow.» Ich rümpfe die Nase. Was sich da vor uns erstreckt, hat nur wenig mit dem See aus meiner Vorstellung gemeinsam. Eine brackige Brühe schwappt in einer Grube von etwa dreißig auf sechzig Metern träge vor sich hin. Der ‹See› ist nicht von einem Kiesweg umgeben, sondern von hartem Asphalt, der fast bis ans Wasser reicht. Weit und breit sind keine Seerosen in Sicht, nur ein paar lebensmüde Gräser, die schief aus dem Wasser ragen. Und falls da drin sonst noch etwas lebt, so sind es sicherlich keine Fische. Der See ist ein Drecktümpel.

Tom grinst und sagt: «Lust auf ein Wettrennen? Dreimal um den See?»

«Nein danke», erwidere ich, «aus dem Alter bin ich r...»

«Los geht's!», ruft Tom und gibt Gummi.

Gemächlich rolle ich hinter ihm her und staune über seine Geschwindigkeit. Offenbar ist sein Rollstuhl frisiert, denn er fährt deutlich schneller als die zehn Stundenkilometer, die ein Standardrollstuhl maximal erreicht.

«Du hast heute Bekanntschaft mit Jane geschlossen?», fragt Tom, als er mich überrundet. Er bremst auf mein Tempo herunter.

«Ja, wieso?»

«Sie war heute Mittag bei mir eingeteilt und wollte wissen, ob du immer so ein Miesepeter bist.»

«Pah, ich möchte ja sehen, wie Jane reagieren würde, wenn *ich* morgens an *ihr* Bett käme, ein lautstarkes ‹Halli-Hallo-Hallöchen!› in ihr Ohr brüllte und ihr die Decke wegzöge!»

«So ist Jane eben. Zackig und effizient», sagt Tom. «Eine Art menschliches Gewitter.»

«Eher ein Unwetter», erwidere ich.

Schweigend fahren wir nebeneinander her und drehen Runden um den See. Ich bleibe auf sicherem Abstand zum Wasser, denn dort, wo der Asphalt endet, geht es steil hinunter. Es gibt kein Geländer und keinen Randstein, der Rollstuhl würde also direkt ins Wasser stürzen, wenn ich nicht aufpasse. Ein kühler Wind weht, düstere Wolken ziehen über den Himmel und der See scheint mich mit seiner Tristesse anzustecken. Gerade als ich den Mund öffne, um eine Rückkehr an die Wärme vorzuschlagen, beginnt Tom zu sprechen.

«Joshua aus dem zweiten Stock nennt den See Lake ILIVE.»

«Ha! Lake IDEAD würde besser passen!», lache ich.

«Ja, so nenne ich ihn auch», sagt Tom leise.

Seine Stimme klingt seltsam. Ich betrachte ihn von der Seite und erinnere mich daran, wie mir T.J. von Toms Stimmungsschwankungen erzählt hat.

«Der Name passt wirklich besser», fährt Tom fort, «denn es ist der einzige Ort, den ich kenne, an dem ich ohne fremde Hilfe den Tod suchen könnte.»

«Wie bitte?» Ich hoffe, dass ich mich verhört habe.

«Ich meine, ich kann mich nicht erhängen, ich kann mich nicht erschießen, ich kann nicht selbständig eine Überdosis Tabletten nehmen. Vielleicht könnte ich mich auf die Bahngeleise stellen oder vor ein fahrendes Auto rollen, aber dann müsste irgendein Unbekannter damit leben, dass er mich zu Brei gefahren hat.»

«Hey, red' nicht so einen beschissenen Mist!», sage ich.

Tom ignoriert mich und beginnt, rhythmische Schlangenlinien zu fahren. «Aber hier könnte ich ohne Probleme alleine hinkommen. Und ... wenn ich wollte ... würde schon ein kleiner Schlenker genügen ... dann ...» Tom drückt den Steuerknüppel hart nach links und rast auf den See zu.

«HALT!», schreie ich und der Schock fährt mir in die Glieder.

Knapp dreißig Zentimeter vor der Kante bremst Tom scharf.

Fassungslos starre ich ihn an.

Er wirft mir einen triumphierenden Blick zu und sagt: «Nun mach dir mal nicht gleich in die Hose, es war ja nur Spaß!»

«Spaß?», keuche ich, «Spaß???»

«Ach komm, sei ehrlich. Hast du dir noch nie überlegt, wie es wäre, wenn es dich nicht mehr gäbe?»

«Nein!», lüge ich. «Außerdem ist so eine Gedankenspielerei meilenweit entfernt von dem, was du gerade tun wolltest!»

«Nur die Ruhe, ich würde mich doch nicht umbringen.»

Ich fauche Tom an und fahre davon. Der Schock hat sich in Verärgerung verwandelt.

Tom holt mich ein, fährt neben mir her und nach einer weiteren Runde sagt er: «Weißt du, manchmal frage ich mich schon, was ich auf dieser Welt soll.»

«Das nennt man die Sinnfrage, die stellt sich jeder Mensch! Und auf dem Grund des Sees findest du garantiert keine Antwort darauf!», keife ich.

«Weißt du, ich habe mal gelesen, dass man ein Kind zeugen, ein Buch schreiben und einen Baum pflanzen soll, dann hätte man ein erfülltes Leben geführt», sagt Tom. «Du hinterlässt deine Gene, deine Gedanken und hast die Welt verschönert. Das ist dein Vermächtnis.»

Ich ziehe eine Augenbraue hoch. «Was willst du mir damit sagen?»

«Dass ich manchmal am Sinn meiner Existenz zweifle. Meine Krankheit schreitet fort, und ein Kind in die Welt zu setzen ist problematisch, wenn man nicht weiß, wie lange man überhaupt lebt. Ein Buch schreiben werde ich kaum jemals – ich wüsste nicht, worüber. Und einen Baum pflanzen kann ich auch nicht selbständig. Da frage ich mich schon: Was mache ich dann überhaupt auf dieser Welt?»

«Dieser Spruch ist doch nicht wörtlich zu verstehen! Du kannst auf hunderttausend andere Arten ein Vermächtnis hinterlassen!»

«Trotzdem habe ich das Gefühl, ich sei weniger wert als andere, weil ich gewisse Dinge nicht tun kann. Ich schaffe es ja nicht einmal, eine Freundin abzukriegen.»

«Völliger Quatsch.» Ich schüttle vehement den Kopf.

«Sag das meinem Vater!»

«Wieso, was ist mit dem?»

«Mein Vater hat mich abgeschrieben. Für ihn zählen genau zwei Dinge: die Gründung einer Familie und eine steile Berufskarriere. Mir traut er keines von beidem zu, darum bin ich für ihn uninteressant. Mein jüngerer Bruder, Sam, hat schon zwei Kinder. Einen Sohn und eine Tochter. Als er siebzehn war, wurde seine Freundin ungewollt schwanger. Da hat er seine Studienpläne verworfen, einen Job gesucht und sie geheiratet. Nun ist er zwanzig, sieht aus wie dreißig und wendet bei McDonald's Hamburger, aber er ist Papas größter Stolz, weil er der Stammhalter der Familie ist. Ich glaube, in der Familienhierarchie meines Vaters komme ich noch nach den Flöhen unseres Köters!» Er wirft mir einen finsteren Blick zu.

«Krass», sage ich. «Und deine Mutter?»

«Meine Mutter ist ganz anders. Eigentlich ist sie eine tolle Frau. Vor knapp sieben Jahren, als ich fünfzehn war, kam ich ins ILIVE. Sie versuchte zu Beginn, die mangelnde Aufmerksamkeit meines Vaters zu kompensieren, indem sie mich täglich besuchte. Damals machte mich das unglaublich aggressiv und ich habe meinen Frust immer wieder an ihr ausgelassen.» Tom blickt nachdenklich nach oben und betrachtet die Wolken. «Bevor ich es selbst realisierte, verstand sie, dass mich ihre übersteigerte Aufmerksamkeit genauso verletzte wie die fehlende Anerkennung durch meinen Vater. Bei jedem ihrer Besuche begann ich mich bemitleidenswert zu fühlen. Ich glaubte, sie besuche mich nicht, weil sie es wollte, sondern aus Pflichtbewusstsein. Sie kam dann nur noch einmal die Woche, und von da an änderte sich alles. Ich lernte ihre Besuche zu schätzen und fühlte mich nicht mehr so nutzlos. Seither habe ich ein gutes Verhältnis zu ihr.»

«Dann braucht es bei deinem Vater vielleicht einfach noch Zeit», sage ich.

«Weiß nicht, kann sein.» Grimmig starrt Tom auf den See.

«Aber ich bleibe bei meiner Meinung», sage ich, «das ist Quatsch, dass du weniger wert bist.»

«Lass uns an die Wärme gehen», erwidert Tom. «Da wird man ja trübsinnig an diesem See.»

* * *

7. September 2010 – Glück

Das mit Tom am See war ja unheimlich! Vielleicht sollte ich jemandem davon erzählen? Anderseits hat er danach so nüchtern und offen von seinen Eltern erzählt, dass ich mich frage, wieviel ihm von dem Gerede über Selbstmord überhaupt ernst war. Womöglich hat er tatsächlich nur einen grotesken Schabernack mit mir getrieben.

Betrachtet ihn sein Vater wirklich wegen der Behinderung als weniger wertvoll? Ich dachte immer, Eltern wollen im Grunde bloß, dass ihre Kinder glücklich sind. Aber das ist wohl ein bisschen naiv. Manche Eltern haben ganz konkrete Vorstellungen, wie das Glück ihres Kindes aussehen soll. Kurz nach der Geburt eröffnen sie ihrem Säugling ein Sparkonto für das spätere Medizinstudium, und zum zweiten Geburtstag schenken sie ihm den ersten Tennisschläger. Solche Eltern haben Mühe damit, wenn ihr Spross einen anderen Weg einschlägt als jenen, den sie sich für ihn wünschen. Da wird das Taschengeld gestrichen, wenn das undankbare Gör lieber draußen mit seinen Freunden spielen will, anstatt das Training zu besuchen, und es wird mit Enterbung gedroht, wenn Junior später darauf beharrt, Soziologie statt Medizin zu studieren. Kaum auszumalen, wie viele Elternträume zerplatzen, wenn beim Kind eine Schwerstbehinderung festgestellt wird.

Möglicherweise gehört Toms Vater zu dieser Sorte Eltern. Wenn der Weg zum Glück in seiner Vorstellung nur über eine steile Berufskarriere oder die Zeugung möglichst vieler Nachkommen führt, so schließen sich für ihn Behinderung und Glücklichsein gegenseitig aus, weil er glaubt, diese zwei Wege stünden Tom nicht frei. Seine Ablehnung entspringt vielleicht einem Gefühl der Hilflosigkeit, weil er überzeugt ist, sein Kind sei unglücklich und es gebe nichts, was er dagegen tun könne.

Ich glaube, Behinderung und Glücklichsein schließen einander keineswegs aus. Ich mag mein Leben so, wie es ist, und ich hatte noch nie den Eindruck, es sei weniger wert, oder die Behinderung mache mich unglücklich. Klar, es gibt Dinge, auf die ich verzichten muss, weil mein Körper sie nicht zulässt – etwa die Hundeschlittenfahrt. Aber das finde ich nicht weiter tragisch. Es gibt genug andere Dinge, die ich tun kann. Warum soll ich mich auf das fixieren, was mir verwehrt ist, anstatt mich auf das zu konzentrieren, was klappt?

Mehr Mühe macht mir, dass ich mich manchmal von Menschen betreuen lassen muss, die ich nicht sympathisch finde und denen ich dann ausgeliefert bin. Ich will nicht behaupten, dass Jane mir etwas Böses will, aber ich fühle mich unwohl, wenn sie mich betreut, einfach weil wir zwei völlig verschiedene, inkompatible Menschen sind. Es belastet mich, dass ich diesen Situationen nicht ausweichen kann. Ich bin *immer* behindert. Egal, ob ich gerade gute oder schlechte Laune habe, ob ich ausgeschlafen oder verkatert bin, ich kann einen Betreuer nicht einfach wegschicken und sagen: Heute brauche ich dich nicht, ich nehme eine Auszeit von der Behinderung.

Es gibt Momente, da fällt es mir schwer, diese ständige Abhängigkeit zu akzeptieren. Da könnte ich aus der Haut fahren. Da stelle ich alles in Frage und die Welt wirkt düsterer, als sie tatsächlich ist. Bei nüchterner Betrachtung sind diese Momente allerdings ziemlich rar und weit davon entfernt, mir die Lebenslust zu verderben.

Glück ist niemandem garantiert. Auch jemand, der reich und schön, klug und sportlich ist, kann unglücklich sein. Es kommt nämlich darauf an, was man aus seinen Voraussetzungen macht! Nicht das Talent macht glücklich, sondern seine sinnvolle Anwendung.

Der Umkehrschluss ist, dass auch niemandem Unglück garantiert ist. Auch wer mit ungünstigen Voraussetzungen geboren wird, kann glücklich sein. Ich habe zweifellos eingeschränkte Möglichkeiten im Vergleich zu Nichtbehinderten, aber auch ich habe Talente, über die andere nicht verfügen. Ich glaube, solange ich versuche, meine Fähigkeiten gut zu nutzen, werde ich mich nie unglücklich oder wertlos fühlen.

5

Tags darauf kommt der große Moment: das Studienjahr beginnt! Um dreizehn Uhr wird meine erste Unterrichtsstunde stattfinden – Schreibtechnik in Zimmer 808 des Fraser-Gebäudes. Mit einem leichten Kribbeln im Bauch stehe ich vor dem ILIVE-Eingang und schaue zu, wie das Taxi vorfährt. Ich fühle mich erleichtert, dass die Untätigkeit ein Ende hat, die Decke droht mir nämlich langsam auf den Kopf zu fallen. Auch heute ist Eugene wieder mein Fahrer, und noch ehe der Rollstuhl festgezurrt ist, sind wir bereits in eine lebhafte Diskussion vertieft.

Gut zwanzig Leute sind vertraut miteinander am Plaudern, als ich mich im Klassenzimmer einfinde. Ich pflanze mich an den äußersten linken Rand des Raumes, nahe an die Tür. Mein Sitznachbar spielt an seinem iPhone rum, blickt aber kurz auf, grüßt mich und stellt sich vor – er heißt Phil. Ansonsten schenkt mir niemand besondere Beachtung.

«Ruhe bitte, wir fangen an», dringt eine leise, aber bestimmte Stimme durchs allgemeine Gerede und Gelächter. Die Dozentin ist eine unscheinbare Gestalt mit dünnrandiger Brille, die hinter ihrem großen Lehrerpult ein wenig verloren wirkt. Zu meiner Überraschung wird es tatsächlich still im Zimmer.

«Willkommen, meine Damen und Herren», sagt die Dozentin. «Sie befinden sich in der Vorlesung ‹Schreibtechnik und Rhetorik›. Mein Name ist Jacky Verbeek. Ich werde in den nächsten Monaten Ihre härteste Kritikerin und erbarmungsloseste Antreiberin sein, aber auch Ihre wohlwollendste Leserin und geduldigste Ratgeberin. Sie werden in meinem Kurs vor allem eines tun: schreiben, schreiben und nochmals schreiben. Der Zeitaufwand außerhalb der Unterrichtsstunden ist enorm. Ich bitte all jene unter Ihnen, die diesen Aufwand nicht in Kauf nehmen wollen, oder die gerade gemerkt haben, dass sie sich im falschen Zimmer befinden, jetzt den Raum zu verlassen.»

Jacky neigt den Kopf nach vorne und mustert uns über den Rand ihrer Brille hinweg. Niemand wagt es, sich zu bewegen.

«Fein, es sind also alle bereit, zu lernen und zu arbeiten», sagt Jacky. «Um Ihre Motivation noch etwas anzustacheln, setze ich eine Belohnung aus: Die Verfasserin oder der Verfasser der besten Jahresarbeit erhält von mir einen Überraschungspreis im Wert von fünfzig Dollar.»

«Letztes Jahr gab es für den Sieger einen silbernen Kugelschreiber», raunt mir Banknachbar Phil zu. «Mit eingravierten Initialen, habe ich gehört.»

«So, nun ist es Zeit für eine Vorstellungsrunde», sagt Jacky und deutet ein Lächeln an. «Bitte nennen Sie Ihren Namen und beschreiben Sie in einem einzigen Satz, wer Sie sind, was für Ziele und Erwartungen Sie haben, wie Sie sich gerade fühlen, oder was auch immer Sie uns mitteilen möchten. Sie haben drei Minuten Zeit, um sich etwas auszudenken.»

Papiergeraschel und Stuhlgerutsche setzt ein, als Jacky sich an ihr Pult setzt. Knapp zwei Dutzend Augenpaare wenden sich nachdenklich nach unten, richten sich hilfesuchend nach oben oder kneifen sich krampfhaft zusammen, auf der Suche nach einem Geistesblitz.

Sich selbst in einem einzigen Satz zu beschreiben – das ist keine leichte Aufgabe! Während ich überlege, lasse ich meinen Blick durch den Raum schweifen. Er bleibt an einer Studentin auf der gegenüberliegenden Seite des Zimmers hängen. Sie hat leicht gerötete Wangen und schulterlanges, dunkelblondes Haar, von dem sie gerade eine Strähne um den Zeigefinger zwirbelt. Plötzlich begegnet sie meinem Blick und hält inne. Ihre Augen blitzen amüsiert auf und sie lächelt mir zu. Verlegen erwidere ich das Lächeln, wende den Blick ab und schaue zum Fenster hinaus auf den Lake Ramsey, den größten See der Stadt.

«Nun denn, meine Lieben, ich hoffe, es ist euch etwas Schönes eingefallen.» Jacky erhebt sich von ihrem Stuhl. Sie stellt sich vor die Klasse und fragt: «Wer mag den Anfang machen?»

Es ist wohl ein universelles Naturgesetz, dass in allen Schulzimmern der Welt nach dieser Frage eine Schweigeminute eingelegt wird. Mit einem aufmunternden Lächeln versucht die Dozentin, jemanden zum Sprechen zu bewegen; mit teilnahmsloser Miene versuchen wir Studenten, ihrem Blick auszuweichen.

«Na gut, dann opfere ich mich mal!», tönt es zur allgemeinen Erleichterung aus der entfernten hinteren Ecke. Die Studentin mit den rosa Wangen hat das Wort ergriffen. Sie steht auf und räuspert sich.

Ich registriere, dass sie ein langes, weißes Kleid trägt. Elegant umspielt es ihre Unterschenkel, als sie einen Schritt nach vorne macht und sich mit der Hand auf die Kante des Pults abstützt. Sie trägt einen Reif am linken Knöchel und ist barfuß, was mir an einer Universität unpassend vorkommt, aber irgendwie gefällt.

«Mein Name ist Lynn Lalive», sagt die Studentin mit klarer und deutlicher Stimme. «Ich bin eine leidenschaftliche Emanze, die auch gerne mal einen Minirock trägt.»

Wir anderen lachen vergnügt und Lynn setzt sich wieder hin.

«Vielen Dank, Lynn», sagt Jacky. «Ich bin sicher, mindestens die Hälfte der Klasse freut sich bereits auf den Minirock. Ich für meinen Teil würde mich freuen, wenn Sie bei unserem nächsten Treffen Schuhe tragen würden.»

Lynn zögert, dann lächelt sie und sagt: «Gerne, Sie sind der Boss!»

Nachdem nun das Eis gebrochen ist, melden sich weitere Studenten zu Wort. Brav erheben sie sich von ihren Stühlen und bringen ihren Satz vor. Schließlich komme auch ich an die Reihe. Ich erwäge, ob ich einen dummen Spruch machen soll im Sinne von ‹ich hoffe, ihr verzeiht mir, dass ich nicht aufstehe›, verwerfe die Idee jedoch wieder.

«Hallo, ich bin Marc», sage ich stattdessen. Dann setze ich ein zerknirschtes Gesicht auf und sage: «Also, eigentlich bin ich ja bloß ein Tourist aus der Schweiz, der sich verfahren hat – könnt ihr mir sagen, wo es zum Lake Ramsey geht?»

«Haha, ein Tourist, in Sudbury», kichert Phil neben mir. «Köstliche Ironie, eher schneit es in Togo!»

Ich blicke durch den Raum und stelle zufrieden fest, dass ich nicht nur Phils Humor getroffen habe. Ich ernte nämlich ein weiteres Lächeln von Lynn.

* * *

Gehetzt rase ich einen Gang entlang. Ich müsste schon längst in der Psychologiestunde sitzen! Alan hat zwar dafür gesorgt, dass alle meine Vorlesungen in rollstuhlgängigen Räumen stattfinden, aber es muss ihm entgangen sein, dass ich auf dem Weg vom Schreibtechnikzimmer zum Psychologiehörsaal das Gebäude wechseln und zweimal den Fahrstuhl nehmen muss. Es gibt zwar einen kürzeren Weg zwischen den beiden Räumen, doch der führt über eine Treppe, neben der es keinen Fahrstuhl gibt. Deshalb muss ich einen großen Umweg in Kauf nehmen. Nicht einmal mit Toms Turbo-Rollstuhl wäre das in den fünf Minuten Pause zwischen den Unterrichtsstunden zu schaffen!

Nun stehe ich vor dem zweiten Fahrstuhl und bitte keuchend eine aussteigende Studentin, mir den Knopf für in den zweiten Stock zu drücken. Seltsam, dass ich so außer Atem bin, überlege ich, als sich die Tür schließt. Ich musste ja gar nicht rennen? Wahrscheinlich ist es eine Stressreaktion, denn ich hasse es, zu spät zu kommen. Außerdem zerbreche ich mir den Kopf über das, was vorhin geschehen ist: Am Ende der Schreibtechnikstunde hat mich Jacky mit ernster

Miene gebeten, später noch in ihrem Büro vorbeizuschauen. Was will sie wohl von mir? Habe ich mir bereits ihren Unmut zugezogen? Die Fahrstuhltür öffnet sich und ich flitze weiter.

Die Psychologieklasse ist riesig. Weit über zweihundert Studenten sitzen in dem gigantischen Hörsaal, als ich endlich ankomme – kein Vergleich zu der fast schon familiären Atmosphäre in Jackys Klasse. Immerhin nimmt darum niemand davon Notiz, dass ich zehn Minuten zu spät komme.

Der Hörsaal ist aufgebaut wie ein Kino: Die Sitzreihen sind nach vorne hin immer tiefer gestaffelt und der Dozent steht unten vor einer großen Leinwand. Ich bin ganz oben rechts in den Saal gekommen, bei der hintersten Reihe. Gleich neben der Tür führt eine Treppe nach unten. Ich muss an der obersten Stufe parken, nur einen halben Meter von der Tür entfernt. An ein Pult kann ich mich nicht setzen, aber glücklicherweise habe ich wie immer mein Rollstuhltischchen dabei.

Ich versuche meinen Puls hinunterzufahren, mich auf den Dozenten zu konzentrieren und nicht daran zu denken, dass wenige Zentimeter vor meinen Rädern eine tödliche Treppe lauert. Der Dozent wuchtet gerade einen Mordsschinken von einem Buch in die Höhe und erklärt, dieses Buch werde in der nächsten Zeit unser treuester Begleiter sein. Selbst aus dieser großen Entfernung sieht das Ding schwer und bedrohlich aus. Ich kann dicke Bücher nicht leiden, denn ich habe keine Chance, sie aus eigener Kraft aufzuklappen oder umzublättern.

Erschreckt zucke ich zusammen, als neben mir die Tür aufgeht und drei Nachzügler eintreten, die noch später dran sind als ich.

«Geht's?», frage ich freundlich, als sich die drei mit ihren Schulsachen an mir vorbeiquetschen.

«Jaja, kein Problem!», sagt einer, schaut mich aber befremdet an, als ob er mich hier fehl am Platz fände.

Ich weiß nicht, was letztlich den Ausschlag gibt, aber ich beschließe, dass ich in diesem Kurs nicht bleiben will. Vielleicht ist es der lange Weg, oder das dicke Buch, oder meine Position als Pfropfen oben an der Treppe – ich fühle mich nicht wohl hier. Ich habe mich für fünf Fächer eingeschrieben, muss aber nur vier davon bestehen. Darum kann ich es mir leisten, Psychologie sausen zu lassen.

Als sich eine Studentin aus der dritten Reihe auf den Weg zur Toilette macht, schlüpfe ich mit ihr zur Tür hinaus und suche das Weite.

* * *

«Kommen Sie herein! Freut mich, dass Sie es sich so schnell einrichten konnten», begrüßt mich Jacky, als ich in ihrem Büro vorbeischaue. Ich habe mir gesagt, dass ich mich nach meiner Flucht aus der Psychologievorlesung wenigstens gleich darum kümmern kann, was sie mit mir besprechen will.

Der Raum wirkt eng, was daran liegt, dass die linke Wand von einem Regal mit Hunderten von Büchern eingenommen wird, und dass vor der rechten Wand zwei große Topfpflanzen stehen.

Jacky schließt die Tür, setzt sich und sagt: «Ich will Sie nicht unnötig auf die Folter spannen. Ich wollte Sie nur kurz sprechen, um Ihnen mitzuteilen, dass ich Sie trotz Ihrer besonderen Umstände genau gleich benoten werde wie alle anderen in der Klasse.»

«Oh, das ist für mich selbstverständlich. Ich wüsste nicht, weshalb ich eine Sonderbehandlung kriegen sollte», erwidere ich überrascht. Der Rollstuhl stört mich ja nicht beim Schreiben.

«Nun, Sie werden es zweifellos schwieriger haben als Ihre Mitstudenten. Und ich dachte, vielleicht erwarten Sie, dass Ihre Arbeiten deswegen weniger streng bewertet werden.»

«Nein, keineswegs. Ich möchte genau gleich behandelt werden wie alle anderen!», sage ich mit Nachdruck.

«Wunderbar, dann verstehen wir uns ja», sagt Jacky und wippt entspannt auf dem Bürostuhl vor und zurück.

«Absolut! Es gibt keinen Grund, weshalb Sie mich wegen meiner Behinderung bevorzugen müssten.»

Jacky hält beim Wippen inne und öffnet perplex den Mund. «Wovon sprechen Sie?»

«Äh naja, wovon sprechen Sie denn?», erwidere ich, nun ebenfalls verwirrt.

«Ich spreche davon, dass Sie Austauschstudent sind», sagt Jacky. «Dass Englisch nicht Ihre Muttersprache ist, im Gegensatz zu den anderen Studenten. Dass Sie nicht auf das gleiche Sprachgefühl, den gleichen Wortschatz, das gleiche kulturelle Hintergrundwissen zurückgreifen können!»

«Oh.»

«Ich weiß ja nicht, wie es dort ist, wo Sie herkommen, aber hier in Kanada studieren sehr viele Menschen, die im Rollstuhl sind, und sie leisten das Gleiche wie nichtbehinderte Studenten. Und falls Ihnen irgendein Nachteil aus der Behinderung erwächst, dann haben wir ein eigens dafür zuständiges Büro, das sich darum kümmert, dass Sie faire Bedingungen erhalten. Da habe ich als Dozentin nichts damit zu tun.»

«Ja, äh, weiß ich ...», stammle ich.

«Mir geht es darum, dass ich während des Unterrichts keine besondere Schiene für Sie fahren will, weil Sie die Sprache nicht auf dem gleichen Niveau beherrschen wie die anderen. Ich werde bei Ihnen Rechtschreib- und Grammatikfehler nicht so stark ins Gewicht fallen lassen, aber in allen anderen Beurteilungskriterien müssen Sie das Gleiche leisten wie Ihre Mitstudenten.»

«Klar, verstehe ich, klar ...»

Ich muss sehr betreten aus der Wäsche gucken, denn Jacky fühlt sich offenbar genötigt, mit tröstender Miene hinzuzufügen: «Aber seien Sie unbesorgt. Wer bei mir seriös arbeitet, muss keine Angst haben, durchzufallen.»

«Ich werde mein Bestes geben», bringe ich endlich wieder einen ganzen Satz zustande. Die Situation ist mir schrecklich peinlich. «Wissen Sie, man wollte mir schon so oft eine unnötige Spezialbehandlung zukommen lassen, weil ich im Rollstuhl sitze, da habe ich Sie wohl missverstanden.»

«Schon in Ordnung, das kann ich nachvollziehen», sagt Jacky und erhebt sich, um mir die Tür zu öffnen. «Also dann, bis nächsten Montag!»

* * *

«Oh, noch mehr Besuch», sagt Jacky, als ich gerade rückwärts aus ihrem Büro manövriere. Zum Wenden hat es drinnen keinen Platz gehabt. «Ich bin gleich bei Ihnen, ich hole mir nur einen Kaffee», sagt sie zu der Person hinter mir.

«Kein Problem, Boss, ich warte hier», kommt die Erwiderung. Es ist Lynn.

Schnell drehe ich mich um. «Oh, hallo!»

«Hi», sagt sie und schenkt mir ein Lächeln. Das dritte Mal heute!

Sie sitzt auf dem Wartestuhl vor Jackys Büro, hat den linken Fuß aufs rechte Knie gelegt und spielt an ihrem Fußreif herum. Jacky verschwindet um die Ecke in Richtung des Kaffeeautomaten.

«Ich fand es mutig von dir, dass du dich heute als Erste gemeldet hast», spreche ich den ersten Gedanken aus, der mir durch den Kopf geht.

«Und ich finde es mutig von dir, dass du es als Fremdsprachler gewagt hast, dich für diesen Kurs einzuschreiben», erwidert Lynn das Kompliment.

Instinktgetrieben beginnen meine Augen, auf ihren nackten Fuß und den dazugehörigen Schenkel zu schielen. Sie bemerkt es und grinst breit.

«Musst du wegen der Schuh-Sache bei Jacky antanzen?», erkundige ich mich und hoffe, dass diese Frage meinem Blick ein Alibi verschafft.

«Nein, ich wollte sie bloß fragen, ob sie mir Literatur für ein Projekt in einem anderen Fach empfehlen kann.»

«Was für ein Projekt denn?» Ich zwinge meine Augen, nicht wieder abwärts zu wandern.

«Ich will modernisierte Fassungen von klassischen Theaterstücken untersuchen.»

«Du studierst Theater?»

«Nein, ich belege nur eine Vorlesung dazu, als Hobby», sagt Lynn. «Ich orientiere mich mehr in Richtung Unternehmenskommunikation und Public Relations, davon kann man später besser leben. Und was studierst du?»

«Übersetzen.»

Auf dem Flur sind Schritte zu hören. Lynn lehnt sich zur Seite und späht um die Ecke, setzt sich dann aber wieder gerade hin. Es ist noch nicht Jacky.

«Darf ich fragen, was du für eine Behinderung hast?», sagt Lynn.

«Spinale Muskelatrophie», antworte ich überrumpelt. Die Frage wird mir zwar oft gestellt, aber selten so früh und so direkt, ohne einleitendes Herumgedruckse.

«Und das bedeutet?»

«Vereinfacht ausgedrückt bedeutet das, dass im Rückenmark bestimmte Nervenstränge beschädigt sind und die Befehle des Gehirns nicht an die Muskeln weiterleiten.»

«Aber du kannst dich ja trotzdem bewegen», stellt Lynn fest und zeigt auf meine rechte Hand, die während meiner Erklärung eifrig mitgerudert hat.

«Ja, ich kann alles bewegen und habe überall im Körper Gefühl. Es sind nicht alle Nerven kaputt, sondern nur ein Teil davon. Naja, ein Großteil, um genau zu sein. Darum sind meine Bewegungen extrem schwach. Je weiter unten im Körper, desto schwächer. Immerhin schreitet diese Krankheit nicht fort, mein Zustand bleibt also stabil.»

«Hmm», sagt Lynn und mustert nachdenklich meine Beine.

Wieder hören wir Schritte. Lynn guckt um die Ecke und erhebt sich vom Stuhl.

«Hey Marc, wenn du Lust hast, können wir ja jeweils gemeinsam für Jackys Kurs lernen?», schlägt sie vor.

«Klingt gut!», sage ich hastig. Ich registriere erfreut, dass sie sich meinen Namen gemerkt hat.

Dann biegt Jacky mit einem dampfenden Becher Kaffee in der Hand um die Ecke und mein Gespräch mit Lynn ist leider beendet.

* * *

8. September 2010 – Schonung

Es geschieht immer wieder, dass mir jemand Mühen ersparen will, weil ich im Rollstuhl sitze. Wenn ich an einem Schalter Schlange stehe, lassen mir die Leute den Vortritt, oder ich werde vom Beamten gleich ganz nach vorne gewinkt. Wenn ich ein Open-Air-Konzert besuche, werden vom Sicherheitspersonal alle gründlich gefilzt – bloß ich nicht. Als ich zehn war und unsere Schulklasse von Tür zu Tür gehen sollte, um für einen guten Zweck Gebäck zu verkaufen, hieß es: Du brauchst nicht mitzugehen, das können die anderen tun. Ich bin allergisch auf diese Art von Bevorzugung. So allergisch, dass ich sie sogar dort vermute, wo sie gar nicht existiert, wie etwa im Gespräch mit Jacky.

In manchen Situationen mögen durchaus praktische Überlegungen dahinter stecken, weshalb die Leute sowas tun. Und für mich kann es bequem sein, diese kleinen Nettigkeiten anzunehmen. Aber das Geschontwerden birgt auch Nachteile: Man fühlt sich ausgeschlossen. Es ist ein beklemmendes Gefühl, wenn man rechts an der Schlange entlang fährt, an allen Wartenden vorbei, und am Schalter ihre Blicke im Rücken spürt. Dann gibt es nämlich nicht mehr die Wartenden als Einheit, sondern dann gibt es *die* und *mich*. Mich, den Spezialfall, für den die Regeln des Schlangestehens außer Kraft gesetzt werden. Noch stärker spürte ich das damals an der Schule beim Spendensammeln. Ich wäre gerne mit meinen Klassenkameraden durchs Dorf gezogen! Am nächsten Tag hatten alle eine tolle Geschichte zu erzählen, die sie erlebt hatten, nur ich nicht.

Man wird auch unselbständiger, wenn man von klein auf lernt, dass die anderen einem gerne gewisse Pflichten abnehmen. Das kann zur Taktik werden: Wenn man keine Lust hat, etwas zu erledigen, spielt man den Behinderten-Joker aus und schon wird man entlastet. Es ist kein Zufall, dass ich überfordert bin, wenn ich mit Vivian eine Einkaufsliste erstellen soll, oder wenn mich T.J. fragt, wie heiß er meine Wäsche waschen darf. Ich habe mich stets erfolgreich davor gedrückt, mich mit solchen Dingen zu befassen.

Es ist für mich nachvollziehbar, dass mich manche Leute zu schonen versuchen. Bisweilen weiß ich ja selbst nicht, wieviel ich mir zutrauen kann. Seit der Psychologiestunde heute Nachmittag habe ich ein halbes Dutzend Mal die Meinung geändert, ob es eine vertretbare Entscheidung war, das Fach sausen zu lassen. Mein Urteil pendelt hin und her zwischen ‹es war richtig, denn es wäre unmöglich gewesen, unter diesen widrigen Umständen effizient zu lernen› und ‹ich bin ein Waschlappen›. Als Nichtbehinderter ist diese Einschätzung noch schwieriger. Da denkt man wahrscheinlich, einen Rollstuhlfahrer zu überfordern sei schlimmer, als ihn zu unterfordern, deshalb entscheidet man sich automatisch fürs Schonen. Ich finde, das ist falsch. Überfordert zu sein ist zwar nicht angenehm und permanente Überforderung tut niemandem gut, doch wenn man am Ende immer geschont wird, lernt man nichts dazu und kann sich nicht entwickeln.

Aber ich glaube, meine Empfindlichkeit gegenüber dem Geschontwerden hat noch einen anderen Grund. Kürzlich habe ich einen Text gelesen, in dem sich der Verfasser fürchterlich darüber aufregte, dass es in unserer Gesellschaft immer nur darum gehe, der Beste zu sein. Der Erstplatzierte eines Sportanlasses werde hochgejubelt, aber vom Zweitplatzierten spreche kaum einer, obwohl dieser auch eine großartige Leistung erbracht hätte. Soweit pflichtete ich dem Autor bei. Dann aber schrieb er davon, wie er an einem Fest für Behinderte teilgenommen habe und wie toll es gewesen sei, Menschen zu treffen, die nicht von diesem unsäglichen Streben nach Platz eins erfüllt seien. Behinderte wären schließlich befreit von jeglichem Leistungsdruck.

Ich hätte kotzen können! Genau dieses Bild von Behinderten sorgt dafür, dass wir so um unsere Integration kämpfen müssen. Welcher Arbeitgeber stellt mich ein, wenn er denkt, ich strebe nicht auch danach, möglichst gute Arbeit zu leisten? Wer nimmt mich ernst, wenn ich mich nie beweisen und durchsetzen muss? Und wie entwickle ich mich charakterlich weiter, wenn sich jedes Versagen und jede Niederlage bequem auf die Behinderung schieben lässt?

Es stimmt einfach nicht. Ich bin keineswegs befreit vom Leistungsdruck. Ich erwarte von mir, dass ich im Studium mein Bestes gebe, und meine Eltern tun das auch. Ich will genauso Jackys Kugelschreiber gewinnen wie alle anderen Mitstudenten. Es bricht keine Welt zusammen, wenn ich es nicht schaffe, aber versuchen kann ich es trotzdem. Und es mag sein, dass die Leute nur dem Sieger zujubeln, doch das heißt nicht, dass ich nicht auch mit dem vorletzten Platz zufrieden sein kann, wenn ich das Gefühl habe, ich hätte mir Mühe gegeben.

Genau das ist der Punkt: Wenn man permanent geschont wird, wird einem vermittelt: Du brauchst dir keine Mühe zu geben. Schonung macht passiv. Dann lethargisch. Dann gleichgültig. Irgendwann siehst du keinen Sinn mehr darin, dir Mühe zu geben und resignierst. Und davor habe ich eine Scheiß-Angst.

6

Völlig geschafft lehne ich meinen Kopf gegen die Nackenstütze, als ich an Bord des Rollstuhltaxis in Richtung Wochenende fahre. Draußen ist es bereits dunkel, und seit gestern weht ein unermüdlicher Herbstwind, der gerade kräftig gegen die linke Seite des Fahrzeugs drückt.

Ich schließe die Augen und lasse die vergangenen Wochen gedanklich noch einmal Revue passieren. Ein Monat ist seit dem Start ins Studienjahr vergangen. Ein anstrengender Monat. Die Vorlesungen sind intensiv und erfordern auch außerhalb der Unterrichtsstunden großes Engagement. Mein Lieblingsfach ist zweifellos Schreibtechnik. Die Stunden bei Jacky sind zwar anstrengend, aber äußerst lehr- und abwechslungsreich. Außerdem fühle ich mich in der Klasse wohl. Das liegt nicht zuletzt an Lynn, mit der ich jeden Mittwochnachmittag in der Cafeteria die Kursunterlagen durcharbeite. Soziologie und Anthropologie sind ebenfalls spannend, allerdings sind da die Klassen bedeutend größer und ich habe noch nirgends so richtig Anschluss gefunden.

Vor ein Problem der besonderen Art stellt mich Filmkunde. Die Vorlesung findet jeweils mittwochabends von 18:00 bis 22:00 Uhr statt. Wir schauen gemeinsam einen Film und diskutieren danach über die darin angewandten Techniken. Die ungewöhnliche Uhrzeit des Kurses hat zur Folge, dass ich von morgens um neun bis abends um elf auf Achse bin – das ist selbst für meine durchtrainierte Blase zu lange, um es ohne Toilettenpause durchzuhalten. In den ersten Wochen hat mir T.J. ausgeholfen: Er fuhr nach seiner Morgenschicht bei ILIVE einen Umweg und kam an die Uni, um mit mir auf die Toilette zu gehen. Da ich ihm diesen zeitraubenden Gefallen aber nicht jedes Mal abverlangen will, habe ich für die kommenden Wochen mit Hilfe von Julie jemanden vom städtischen Hilfsdienst bestellt – eine Art Spitex. Einfacher wäre es natürlich, einen Mitstudenten um Hilfe zu bitten. Phil oder Lynn hätten sicherlich kein Problem damit, mir bei meinem intimen Geschäft zu helfen. Eine diffuse Hemmschwelle hält mich jedoch davon ab.

Wir halten an einer Ampel und ich höre draußen den Wind heulen. Die Fahrerin macht eine Bemerkung über das ‹elende Sauwetter›, die ich – obwohl mir der böige Wind gefällt – mit einem Nicken quittiere und mich wieder meinen Gedanken widme.

Nicht nur die Uni, sondern auch die Gewöhnung an ILIVE kostet Kraft. An manchen Tagen kann ich mich nur mit Mühe auf die wesentlichen Dinge konzentrieren, wenn ich am Morgen von Jane aus dem Bett gebrüllt worden bin oder der Transfer mit dem Hebelift nicht reibungslos geklappt hat. Allerdings ist es nicht so, dass ich mich matt und ausgelaugt fühle. Im Gegenteil, die abendliche Erschöpfung nach der Uni hat etwas zutiefst Befriedigendes an sich und weckt in mir stets schon die Vorfreude auf den nächsten Schultag. Seltsame Sache, das mit der Kraft.

Ich öffne die Augen und stelle fest, dass wir bald am Ziel sind. Der Wind drückt nun heftig von oben auf das Fahrzeug. Es ist ein wahrhaftiger Herbststurm, der draußen tobt. Wenn das nicht ein verheißungsvolles Omen ist für den heutigen Abend: In zwei Stunden beginnt die Eishockeysaison der NHL, der nordamerikanischen Profiliga. Da Hockey einer meiner Beweggründe war, nach Kanada zu kommen, bin ich natürlich wahnsinnig gespannt darauf, all die Stars der besten Liga der Welt endlich in Aktion zu sehen! Zum Auftakt lockt ein echter Knüller: ‹Meine› Montreal Canadiens spielen gegen ihren Erzrivalen, die Toronto Maple Leafs.

«Hey, alter Stinker», begrüßt mich Tom am ILIVE-Eingang.

«Hey Tom.» Hat er etwa extra hier auf mich gewartet?

«Was fällt dir eigentlich ein, mir so eine Monster-Mail zu schreiben!», sagt Tom. «Hast du das Gefühl, ich habe den ganzen Tag nichts Besseres zu tun, als Buchstaben für Buchstaben eine Antwort zu tippen?»

«Monster-Mail? Das waren doch höchstens zehn Sätze!», verteidige ich mich. Nach der Sache am See hat sich Tom eine Weile rar gemacht, darum habe ich ihm neulich einige Zeilen geschrieben. Wie es ihm gehe und so. Ich hatte das Gefühl, es sei meine Pflicht.

«Weißt du, wie lange ich im Durchschnitt pro Buchstaben brauche?», klagt Tom. «Zehn Sätze sind für mich eine Viertelstunde Schwerstarbeit!»

«Du brauchst ja nicht zurückzuschreiben, wenn du nicht willst», erwidere ich eingeschnappt.

«Hab' ich aber, siehst es ja dann ...» Er zwinkert mit den Augen und fügt nahtlos hinzu: «Hör mal, hast du an Thanksgiving schon was vor?»

«Thanksgiving? Das mit dem Truthahn? Nicht dass ich wüsste, wieso?»

«Gut, dann hast du jetzt was vor. Sechs Uhr bei mir, bring Wein mit!», sagt er und wendet den Rollstuhl. «Bye, man sieht sich!»

Ich blicke ihm verdattert nach, dann gehe ich rauf in mein Zimmer und checke die E-Mails. Tom hat mir tatsächlich geschrieben. «Danke Kumpel», lautet die knappe Botschaft. Ich werde aus diesem Typen einfach nicht schlau.

Vivian hilft mir beim Abendessen – es gibt Mikrowellenpizza. Zwischen zwei Bissen fragt sie: «Du willst doch heute sicher auch das Spiel sehen, oder?»

«Keine Macht der Welt kann mich davon abhalten!», erwidere ich.

«Und hast du dir schon überlegt, wo du es schauen wirst?»

«Naja, ich ziehe ein sogenanntes Fernsehgerät in Betracht ...»

«Ha-ha, witzig», grinst Vivian und stopft mir das nächste Pizzastück in den Rachen. «Nein, es geht um Folgendes: Ein Mitbewohner im oberen Stock möchte dich einladen, mit ihm das Spiel zu schauen.»

«Wer denn?», frage ich mampfend.

«Patrice Giscard, er wohnt in 3D.»

Ich zögere. Der Name sagt mir nichts, diesen Bewohner habe ich bei meiner Hausführung nicht kennen gelernt. «Ist er auch so ... äh ... anstrengend wie Tom?»

«Das pure Gegenteil.»

«Ach, ich weiß nicht.» Eigentlich habe ich mich darauf eingestellt, das Spiel in Ruhe und alleine zu verfolgen.

«Wenn du nicht magst, ist das schon okay, aber er ist ein echt netter Kerl», sagt Vivian. «Und außerdem ist er der einzige Mitbewohner, der wie du die Montreal Canadiens mag.»

* * *

Zwanzig Minuten später stehe ich vor Patrices Tür. Vivian klingelt für mich – mein Zauberstab reicht knapp nicht hin. Mit einem metallischen Klicken öffnet sich die Tür.

«Hallo Pat?», ruft Vivian in die Wohnung hinein. «Du hast Besuch. Marc möchte sich mit dir das Spiel ansehen.»

«Kommt ruhig rein!», tönt es von vorne rechts.

«Also dann, viel Spaß», sagt Vivian zu mir und wendet sich zum Gehen. «Ich schaue später mal nach euch.»

Zögerlich fahre ich in die fremde Wohnung. Die Luft ist unangenehm warm und wirkt verbraucht. Gleich links vom Eingang befindet sich eine sauber aufgeräumte Küche. Geradeaus kann ich durch eine offene Tür ins Schlafzimmer spähen, wo ein identischer Hebelift hängt wie bei mir. Rechts um die Ecke höre ich die Stimme eines TV-Reporters, dort muss sich dann wohl das Wohnzimmer befinden. Ich setze ein freundliches Lächeln auf und biege um die Kurve.

«Boah, was ist denn das hier, die NASA-Hauptzentrale?», entfährt es mir, als ich in Pats Wohnzimmer rolle. Der Raum ist vollgestellt mit vier riesigen Sound-Boxen, einer Stereoanlage, einem Computer mit Drucker und allem Drum und Dran, einem gigantischen Flachbildfernseher mit HD- und DVD-Gerät, einem Ventilator und diversen Kopfhörern und Kabeln. Wo ich nur hinblicke, überall stehen technische Geräte. Und mittendrin, fast wie als Teil des Inventars, befindet sich ein Elektrorollstuhl, der sich gerade zu mir umdreht.

«Hi Marc, willkommen», sagt Pat.

«Danke.» Ich lasse meinen Blick nochmals durch das Zimmer schweifen und betrachte dann neugierig Pat. Er muss um die dreißig sein und hat wie Tom einen schwarzen Kinnbart, allerdings ist seiner nicht ganz so sorgsam gepflegt. Anstelle eines Steuerknüppels hat er links vorne an der Seitenlehne eine breite Gabel ohne Mittelzinken, in die er zum Lenken die gesamte Hand hineinlegt. Ich schließe daraus, dass er die einzelnen Finger nicht gut kontrollieren kann. An der anderen Armstütze ist ein Gerät mit vielen Zahlen und Buchstaben montiert, das ständig blinkt.

«Unheimlich, wie?», sagt Pat, der meinem Blick gefolgt ist. «Manchmal komme ich mir vor wie eine Art Roboter.» Es scheint ihm nichts auszumachen, dass ich ihn und sein Wohnzimmer so unverhohlen mustere.

«Was ist das für ein Ding?», frage ich und recke das Kinn in Richtung des blinkenden Kästchens.

«Das ist mein virtueller Butler. Ein sogenanntes Umweltkontrollgerät.» Pat bewegt seine rechte Hand langsam über die Zahlen und Buchstaben und macht dabei ein konzentriertes Gesicht, wie ich es auch schon bei Alan gesehen habe. «Damit kann ich fast alles in diesem Zimmer steuern, sieh mal!», sagt Pat und drückt auf einen Knopf. Der Ventilator beginnt zu brummen und schleudert uns die warme Luft ins Gesicht. Pat drückt den Knopf erneut und das Brummen erstirbt.

«Wow.»

«Ich kann damit auch Fenster und Türen öffnen, den Fernseher und die Stereoanlage steuern, das Telefon bedienen, das Licht einschalten – alles per Knopfdruck.»

Mit offenem Mund starre ich abwechselnd auf das Gerät und auf Pat und biete dabei zweifellos keinen besonders intelligenten Anblick.

«Also dann, mach's dir bequem, gleich geht das Spiel los», sagt Pat und dreht sich wieder zum Fernseher.

«Danke vielmals für die Einladung», sage ich artig, als ich mit Staunen fertig bin, und parke neben ihm.

«Nichts zu danken, ich habe dich eigentlich gar nicht eingeladen.»

«Oh?», sage ich überrascht.

«Das ist ein Komplott von Julie, sie will uns verkuppeln. Also rein hockeytechnisch natürlich. Dir wurde gesagt, ich hätte dich eingeladen; mir wurde gesagt, du möchtest gerne raufkommen.»

«Aber wieso hat sie das getan?»

«Weil sie denkt, ich würde hier oben vereinsamen», sagt Pat, und fügt mit einem Hauch von Sarkasmus in der Stimme hinzu: «Du wirst instrumentalisiert, um eine verlorene Seele zu retten.»

Nachdenklich schweige ich und sage dann: «Wenn du lieber alleine schauen möchtest, ist das schon okay, dann kann ich auch runter gehen.» Ich schalte den Rollstuhl ein und mache mich zum Wenden bereit.

«Nein, nein, bleib ruhig hier, ich habe nichts gegen deine Gesellschaft», sagt Pat. «Ich wollte bloß, dass du Bescheid weißt.»

«Okay.» Ich schalte den Rollstuhl wieder aus.

Das Spiel beginnt und zieht uns in seinen Bann.

* * *

«Verdammt!», fluchen wir beide zeitgleich, als Montreal kurz vor der ersten Pausensirene eine große Torchance verpasst und mit einem 2-1 Rückstand in die Kabine muss. Das Spiel ist spannend und hat uns bisher beide begeistert. Pat scheint über meine erzwungene Gesellschaft gar nicht unglücklich zu sein, denn er analysiert angeregt das Spielgeschehen mit mir und bringt mir gerade einige kanadische Hockey-Slangwörter bei, als Vivian ins Wohnzimmer tritt.

«Pinkelpause, Pat!», verkündet sie und wedelt mit einer Urinflasche.

«Soll ich schnell draußen warten?», frage ich.

«Nein, bleib ruhig, es ist mir nicht peinlich, wenn du meinen nackten Knöchel siehst», antwortet Pat.

«Knöchel?» Ich bin verwirrt, doch Pat lächelt nur, ohne darauf einzugehen. Interessiert schaue ich zu, wie Vivian ihm das Hosenbein hochkrempelt, die Flasche neben den Fuß hält und aus einem prallen, gelben Beutel knapp einen Liter Urin abzapft.

«Das ist ja zweckmäßig!», stelle ich fest, als Vivian wieder weg ist. Sowas habe ich noch nie zuvor gesehen.

«Oh ja, eindeutig», erwidert Pat. «Es geht schnell und ist zuverlässig.»

«Aber ist dieser Beutel am Bein nicht unbequem?»

«Für mich nicht, ich habe kein Gefühl im Unterkörper. Da ich die Blase nicht kontrollieren kann, gibt es ohnehin nur wenige Alternativen. Windeln kommen für mich nicht in Frage!»

«Kann ich verstehen», sage ich. «Aber wie funktioniert das genau? Mit einem Katheter?»

«Nicht ganz. Oben ist ein Kondom mit einer Öffnung an der Spitze und daran ist ein Schlauch, durch den der Urin in den Beutel fließt. Am Morgen zieht man das Kondom über und befestigt den Beutel am Bein, und abends nimmt man beides wieder weg, das ist alles», erklärt Pat. «Wie pinkelst du denn?»

«Auch in eine Urinflasche», sage ich, «aber im Sitzen. Und ohne Schläuche und Kondome.»

«Du hast also eine gute Blasenkontrolle?»

«Ja.»

«Dann bezweifle ich, dass der Urinbeutel für dich besser ist. Das Kondom hat so einen speziellen Klebstoff dran, damit es nicht rutscht. Kann sein, dass es mit der Zeit ziemlich zu jucken beginnt.»

«Wo kriegt man die Sachen her?», erkundige ich mich. Vielleicht ist die Schlauchvariante ja eine gute Alternative, falls es mit diesem Hilfsdienst mittwochs an der Uni nicht klappen sollte.

«Die kannst du in guten Apotheken kriegen oder online bestellen. Wenn du es bloß mal ausprobieren willst, kann ich dir gerne aushelfen.»

«Danke, vielleicht komme ich auf das Angebot zurück», sage ich. Vivian hat recht gehabt – Pat ist wirklich ein netter Kerl.

«Was hast du eigentlich für eine Behinderung?», frage ich in der Werbepause vor Beginn des zweiten Drittels.

«Ich bin Tetraplegiker.»

«Ach so.» Ich überlege einen Moment lang, ob es ungebührlich wäre, danach zu fragen, was er für einen Unfall hatte. «Wie ... ist es denn eigentlich ... naja ... passiert?», gebe ich meiner Neugier nach und kann plötzlich nachvollziehen, weshalb viele Leute herumdrucksen, wenn sie *mir* eine Frage über *meine* Behinderung stellen.

«Ach, es war ein dummer Unfall, willst du es wirklich hören?», erwidert Pat.

Ich nicke.

«Na gut», sagt er und stellt den Fernseher leiser. «Es passierte vor drei Jahren, in den letzten Semesterferien vor meinen Abschlussprüfungen. Ich studierte Architektur und brauchte eine Auszeit von meiner Diplomarbeit, also buchte ich spontan einen Tauchurlaub und flog mit meiner Freundin nach Australien. Am zweitletzten Tag ging ich alleine an den Strand und wollte Schnorcheln. Wir hatten uns heftig gestritten und ich war deshalb ein wenig unachtsam.» Pat hält inne und scheint zu überlegen, ob er wirklich weiter erzählen will. Dann sagt er: «Um es kurz zu machen – als ich gerade auftauchen wollte, traf mich der Fuß eines anderen Schwimmers in einem so ungünstigen Winkel im Nacken, dass die Wirbelsäule schwer verletzt wurde. Ich verlor sofort das Bewusstsein.» Er atmet aus und blickt mich an.

«Was geschah dann?»

«Ich hatte riesiges Glück: Der Schwimmer merkte, dass er mit dem Fuß etwas getroffen hatte, schaute sich um und sah mich im Wasser treiben. Er zog mich vorsichtig heraus und holte Hilfe. Wahrscheinlich hat er mir das Leben gerettet.»

«Klingt so, als ob du überhaupt nicht sauer auf ihn wärst», stelle ich fest.

«Nein, wieso sollte ich?», entgegnet Pat überrascht. «Es war ein Unfall!»

«Das würden manche Leute in deiner Situation nicht so nüchtern sehen.»

«Wie gesagt, ich war unachtsam. Und er hat mich ja nicht mit Absicht getroffen. Es ändert nichts an meiner Lage, wenn ich ihn zum Sündenbock mache. Gewisse Dinge geschehen einfach, ohne dass jemand dafür die Schuld trägt. Für ihn ist das übrigens auch nicht leicht – er macht sich große Vorwürfe.»

«Habt ihr denn noch Kontakt?»

«Gelegentlich», sagt Pat. «Er ist ein Geschäftsmann aus Florida und muss alle paar Monate nach Chicago fliegen. Dann kommt er jeweils extra noch einen Tag hier rauf in den hohen Norden, um mich zu besuchen. Meistens bringt er mir dann etwas Teures mit.» Pat weist mit dem Kopf auf die technischen Geräte und sagt: «All den Kram hier habe ich von ihm. Er meint, er müsse damit seine Schuld begleichen. Zu Beginn habe ich das abgelehnt, weil ich ihn ja gar nicht für den Unfall verantwortlich mache, aber er bestand darauf. Mittlerweile wehre ich mich nicht mehr gegen die Geschenke. Es ist ja nett gemeint und hilft ihm, sein Gewissen zu beruhigen, auch wenn ich den Schnickschnack gar nicht brauche.»

Wir schauen uns schweigend an.

«Nur das Spracherkennungssystem für den Computer, das ist enorm nützlich», sagt Pat. Dann lächelt er und fügt hinzu: «Und der Fernseher, der ist richtig toll!»

* * *

«Gibt es die Freundin von damals noch?», erkundige ich mich in der zweiten Drittelspause schüchtern. Mir ist bewusst, dass ich schon vorhin weit in intimes Territorium vorgedrungen bin, obwohl wir uns erst seit knapp zwei Stunden kennen. Aber das Gespräch mit Pat erscheint mir auf eine schwer fassbare Weise wichtig für mich, vielleicht, weil er mir jetzt schon vertrauter vorkommt als Tom. Und bisher hat Pat ja bereitwillig Auskunft gegeben. Ich vermute, er wird es mich schon merken lassen, wenn ihm meine Fragerei lästig wird.

«Nein, die Freundin ist Geschichte, genauso wie das Studium», antwortet er.

«Vermisst du sie?»

«Nicht wirklich. Es kriselte schon damals zwischen uns, und die Beziehung wäre auch ohne den Unfall bald zu Ende gegangen. Wieso fragst du?»

«Für Tom scheinen Frauen ein wichtiges Thema zu sein», erkläre ich. «Und ich habe mich gefragt, wie du das siehst.»

«Tom ist völlig anders als ich», erwidert Pat unwirsch. «Er definiert sein persönliches Glück über den Erfolg in der Liebe. Wenn er frisch verliebt ist, ist er eine Weile glücklich. Und wenn er realisiert, dass nichts daraus wird, ist er eine Weile unglücklich. Dann beginnt er wieder von vorne.»

«Und du? Wie definierst du dein Glück?»

«Ich weiß nicht.» Pats Blick schweift zum Fenster. «Ich denke, ich habe hier alles, was ich brauche. Gute Betreuung. Eine schöne Wohnung. Über zweihundert Fernsehkanäle. Ich habe Freunde, die mich besuchen kommen, und meine Eltern wohnen auch in der Nähe. Ich kann also zufrieden sein.»

«Du *kannst* zufrieden sein?» Ich ziehe fragend eine Augenbraue hoch.

«Ich *bin* zufrieden.»

«Aber bist du auch glücklich?»

«Ich bin zumindest nicht unglücklich», erwidert er und presst die Lippen aufeinander.

Ich spüre, dass nun der Zeitpunkt gekommen ist, keine weiteren Fragen zu stellen. Wir hören eine Weile dem Reporter zu, der gerade die Highlights des zweiten Drittels kommentiert.

«Weißt du, manchmal habe ich das Gefühl, eines Tages verrotte ich bei lebendigem Leib in dieser elenden Wohnung», sagt Pat auf einmal energisch. «Ich habe mein Studium geliebt und brannte darauf, endlich in die Berufswelt einzusteigen. Als ich dann den Unfall hatte, hegte ich in den ersten Monaten die völlig bescheuerte Hoffnung, ich könnte die Ausbildung irgendwann zu Ende führen.»

«Wieso soll das bescheuert sein?»

«Weil ich den Beruf sowieso nicht mehr ausüben kann.» Pat schnaubt verächtlich. «Wie soll ich die Pläne zeichnen? Oder eine Baustelle besichtigen?»

«Pläne kannst du doch auf dem Computer zeichnen, tun das heute nicht die meisten?», werfe ich ein. «Und von der Baustelle lässt du dir von jemandem Fotos schießen.»

«Das dachte ich am Anfang auch. Aber das ist doch alles viel zu umständlich.» Pat starrt feindselig auf den Schreibtisch mit dem Computer darauf. «Trotz all der Technik bin ich bei der Bedienung des Computers schrecklich langsam. Und wenn ich dauernd jemanden brauche, der mir Fotos schießen geht, dann ist es doch einfacher, wenn derjenige gleich selber den Architekten spielt. Nein, mein Freund, das macht so keinen Sinn!»

«Und wie wäre es mit einem anderen Job? Selbst wenn du nicht so schnell arbeiten kannst wie ein Fußgänger, vielleicht findest du trotzdem Arbeit?»

«Auf dem freien Markt? Die wollen uns doch nicht, Effizienz heißt das Zauberwort! Und wenn ich auf dem freien Markt nicht arbeiten kann, arbeite ich lieber gar nicht. Ich brauche keine Beschäftigungstherapie. Sonst hätte ich den Job annehmen können, den Tom nun hat, als er mir angeboten wurde.»

«Aber das ist doch toll, was Tom in diesem Integrationsbüro macht», wende ich ein. «Was stört dich daran?»

«Ich mag keinen Job ausüben, bei dem ich mich ausschließlich mit Behinderten und Behinderungen auseinandersetzen muss. Es reicht mir, selbst behindert zu sein. Da brauche ich das nicht auch noch bei der Arbeit. Verstehst du, was ich meine?»

Ich nicke zögerlich. Auch wenn ich vielleicht anders entscheiden würde, kann ich Pats Haltung nachvollziehen.

Die Spieler versammeln sich am Mittelkreis für den Start des letzten Drittels und wir wenden unsere Aufmerksamkeit wieder der Partie zu. Am Ende verliert Montreal knapp mit 3-2. Nach dem Spiel taucht Vivian auf, um mich abzuholen.

«Wenn ihr wollt, könnt ihr auch noch ein Bier zusammen trinken», sagt sie. «Ich liege gut im Zeitplan und kann Marc auch nachher noch ins Bett bringen.»

Erwartungsvoll blicke ich zu Pat. Die Stimmung ist zwar seit der Job-Diskussion etwas gedämpft, aber gerade deswegen würden uns ein paar abrundende Worte gut tun.

«Lieber nicht», sagt Pat. «Ich bin zu müde, vielleicht ein andermal.»

Als mich Vivian im Fahrstuhl mit nach unten nimmt, sagt sie: «Ich glaube, der Abend hat ihm gut getan.»

«Denkst du?», frage ich zweifelnd. Mich beschleicht nämlich das bedrückende Gefühl, dass ich mit meinen Fragen zu weit gegangen bin und mehr Staub aufgewirbelt habe, als ich wollte.

«Definitiv! Er sitzt so oft alleine in seiner Wohnung und zieht sich völlig zurück. Nach draußen will er nicht, weil ihm das zu anstrengend ist. Das kann auf Dauer nicht gut für ihn sein», sagt Vivian. «Vielleicht schaffst du es, ihn ein wenig aus der Reserve zu locken.»

* * *

7. Oktober 2010 – Arbeit

Effizienz will der freie Markt. Effizienz, Flexibilität und Belastbarkeit. Pat hat Recht, da haben wir beide schlechte Karten. Als Übersetzer bin ich davon zwar nicht so stark betroffen wie er, aber auch ich kann nicht dasselbe bieten wie ein nichtbehinderter Berufskollege. Ich tippe langsamer, habe beim Recherchieren weniger Optionen und kann abends nicht beliebig viele Überstunden anhängen, wenn ein Auftrag eilt, weil mir sonst niemand mehr ins Bett hilft.

Falls mich der Markt tatsächlich zurückweisen sollte, wie werde ich reagieren? Entwickle ich dann auch dieses Gefühl, alles sei mühsam und den Aufwand nicht wert? Werde ich einen Job wie den von Tom ebenfalls als Beschäftigungstherapie empfinden und ihn gekränkt ablehnen? Beginne ich vielleicht sogar, an meinen Fähigkeiten zu zweifeln und fühle mich eines Tages gar nicht mehr in der Lage, einer Arbeit nachzugehen?

Es zwingt einen keiner zum Arbeiten, wenn man eine Schwerstbehinderung hat. Und weil das Wohnen und die Pflege so teuer sind, ist man permanent auf finanzielle Unterstützung angewiesen. Die ist immer genau so hoch, dass es knapp zum Leben reicht. Die Existenz ist gesichert, egal ob man arbeitet oder nicht. Falls man einen Job findet, erhält man weniger Unterstützungsgeld, und vom Lohn bleibt nur ein kleines Taschengeld. Das finde ich absolut gerecht, aber der monetäre Anreiz zu arbeiten ist dadurch natürlich gering. Die Konsequenz ist, dass es finanziell weder besonders weit rauf noch runter gehen kann, unabhängig davon, ob man ackert wie ein Besessener oder auf der faulen Haut liegt.

Wieso zieht man sich also nicht einfach in seine Wohnung zurück und feiert lebenslangen Urlaub? Ich denke, weil man das spätestens nach ein paar Monaten nicht mehr aushält! Auch wenn wir Arbeit häufig mit negativen Dingen verbinden – früh aufstehen, Leistungsdruck, Ermüdung – so lässt sie uns dafür unsere freie Zeit umso mehr schätzen. Der wohlverdiente Feierabend, das erholsame Wochenende, der Urlaub zum Ausspannen, das alles genießen wir intensiver, wenn wir das Gefühl haben, wir hätten es uns redlich verdient. Freizeit ist nur dann eine begehrte Sache, wenn man wenig davon hat.

Unser Soziologiedozent hat neulich etwas Interessantes erwähnt, als es ums Thema Arbeitslosigkeit ging: Es gibt ja das bekannte

Burnout-Syndrom, eine depressionsähnliche Krankheit, die man durch Stress und permanente Überlastung bei der Arbeit erleidet. Er sagte, es gebe aber auch das weniger bekannte Boreout-Syndrom, eine Art Gegenstück zum Burnout. Beim Boreout wird man krank durch Langeweile. Dem Betroffenen fehlen spannende Herausforderungen, Anerkennung seiner Arbeit und eine Entwicklungsperspektive. Am Ende kann dies genauso zu einer Depression führen wie ein Burnout.

Wenn man als Schwerstbehinderter keine Arbeit hat – weil man keine findet oder sich keine zutraut – dann ist so ein Boreout eine ernstzunehmende Gefahr. Als Pat erzählte, wie sehr er das Studium geliebt habe, beschlich mich der Verdacht, dass er zurzeit eine Herausforderung vermisst. Arbeit verleiht dem Leben Inhalt. Und wenn dieser Inhalt fehlt, dann wird die übermäßige Freizeit auf einmal zur Belastung. Darum kann ich mir nicht vorstellen, dass lebenslanger Urlaub ein Genuss ist.

Falls ich also nach dem Studium keine Arbeit finde, muss ich mich unbedingt nach einer anderweitigen Herausforderung umsehen. Ich weiß nicht, was das sein könnte, aber es sollte mir am Abend das Gefühl geben, dass ich den Tag sinnvoll genutzt habe. Sonst langweile ich mich buchstäblich zu Tode.

7

Es klappt einwandfrei mit dem öffentlichen Hilfsdienst: Am nächsten Mittwochnachmittag um Punkt drei Uhr wartet am vereinbarten Treffpunkt ein junger Mann namens Jocelyn auf mich und begleitet mich auf die Toilette. Ich erkläre ihm, was er tun muss und verrichte das Geschäft. Eine Viertelstunde später verabschiedet er sich wieder. Schnell, verlässlich, unkompliziert. Ich beschließe, auch zukünftig auf diese Lösung zu setzen und Pats Urinbeutel gar nicht erst auszuprobieren. Die Sache mit dem Kondom und dem Schlauch am Bein ist mir ohnehin nicht ganz geheuer.

Da Lynn heute keine Zeit hat, Jackys Unterrichtsstoff mit mir durchzuarbeiten, habe ich mich stattdessen mit meinem mexikanischen Freund Francisco verabredet. Wir trinken gemütlich einen Kaffee und tauschen unsere Erfahrungen der ersten Wochen aus.

Danach ist Filmkunde angesagt. Ich bin viel zu früh dran und muss vor dem Zimmer warten. Dabei schließe ich Bekanntschaft mit einem Mitstudenten namens Simon. Er sitzt in der Vorlesung schräg hinter mir und wir haben uns schon letzte Woche freundlich gegrüßt, aber gesprochen haben wir bisher nicht miteinander.

Simon erweist sich als redseliger Zeitgenosse, der jeden Satz mit bedeutungsschwangerer Betonung und ausladenden Gesten unterstreicht. Ich unterdrücke ein Grinsen, als er mir erzählt, dass er politisch aktiv ist – es passt einfach zu gut! Simon engagiert sich stark für die noch junge Grüne Partei von Sudbury und plant, bei den nächsten Stadtratswahlen zu kandidieren. Er verrät mir, dass er gar nicht damit rechnet, gewählt zu werden, denn das sei in dieser von traditionellen Parteien dominierten Stadt nicht realistisch. Aber er hofft, immerhin ein gutes Ergebnis zu erzielen. Im Gegenzug erzähle ich ihm vom politischen System der Schweiz und den Perspektiven der Grünen bei uns. Ich stelle fest, dass er mir interessiert zuhört.

Nach einer Weile stößt seine Freundin Samantha zu uns, die ebenfalls die Vorlesung in Filmkunde belegt. Samantha ist ähnlich mitteilsam wie Simon, allerdings verzichtet sie beim Sprechen auf den rhetorischen Pomp.

«Hey, wir veranstalten morgen Abend eine Party», sagt Samantha kurz vor Beginn der Vorlesung. «Simon und ich haben einen Kurzfilm zum Thema ‹Vereinsamung in Großstädten› gedreht und feiern die Premiere!»

«Klingt spannend», erwidere ich.

«Magst du auch kommen?», fragt Simon und breitet einladend die Arme aus.

«Wo findet die Party denn statt?»

«Bei mir zuhause», sagt Samantha, «wir verfügen über einen geräumigen Gemeinschaftskeller und haben dort eine große Leinwand und einen Beamer installiert.»

«Genügend Bier wird auch da sein», fügt Simon grinsend hinzu und vollführt eine elegante Trinkbewegung.

Die beiden strahlen mich erwartungsvoll an.

«Und ist es da rollstuhlgängig?», frage ich verlegen.

Das Strahlen erlischt.

«Mist, daran habe ich gar nicht gedacht», erwidert Simon zerknirscht. «In den Keller gelangt man nur über eine Treppe.»

Wir verstummen alle.

«Vielleicht», bricht Samantha das Schweigen, «kann ich meinen Nachbarn fragen, ob wir die Feier in seine Garage verlegen dürfen. Dort würde es platzmäßig auch klappen.»

«Nein, macht euch keine Umstände, ich kann es wahrscheinlich sowieso nicht einrichten», wehre ich ab. «Beim Rollstuhltaxi muss man die Fahrten zwei Tage im Voraus anmelden, da wäre ich also ohnehin zu spät dran.»

«Ach, daran soll es nicht scheitern, ich kann dich gerne fahren», schlägt Simon vor und dreht mit den Händen an einem unsichtbaren Steuerrad.

«Den Rollstuhl bringst du nicht in ein normales Auto rein», weise ich auch dieses Angebot zurück. «Und außerdem ist meine Betreuung so geplant, dass ich um zehn Uhr schon wieder zuhause sein sollte, sonst bringt mich niemand mehr ins Bett. Darum müsste ich die Party so früh wieder verlassen, dass es sich sowieso kaum lohnt. Es ist wirklich nett, dass ihr mich einladen wollt, aber das kann ich so kurzfristig unmöglich einrichten. Tut mir leid.»

«Kein Problem, dann eben ein andermal», sagt Simon und hebt abwehrend die Hände.

«Ja, ein andermal», sagt Samantha. «Und sorry, dass es bei uns nicht rollstuhlgängig ist.»

* * *

«Das kann ich unmöglich einrichten. Un-mög-lich. Un-MÖÖÖG-lich!», äffe ich mich selbst nach und starre durch die gläserne Haupteingangstür des Fraser-Gebäudes. Es ist 22:30 Uhr und das Schulgebäude ist mit Ausnahme der Putzequipe und mir völlig verlassen. Wild tanzen draußen im Schein der Laternen die ersten Schneeflocken des anbrechenden Winters. Das ist wohl auch der Grund, warum das Taxi Verspätung hat.

Es wäre keineswegs unmöglich, die Party von Simon und Samantha zu besuchen. Das Taxi kriege ich zwar für morgen Abend tatsächlich nicht mehr – achtundvierzig Stunden Voranmeldezeit, da schließt der Taxibetreiber keine Kompromisse. Aber ich weiß, dass Toms Eltern ein umgebautes ‹Rollstuhl-Auto› besitzen, das ich möglicherweise ausleihen dürfte. Und eine Verschiebung des Ins-Bett-Geh-Termins würde Julie mir problemlos gewähren.

Ich habe nicht deswegen abgesagt. Zumindest nicht nur. Ich verspüre keine besondere Lust, mit meinem Anliegen bei Tom und Julie vorzusprechen, aber ich könnte mich dazu durchringen. Ich habe abgesagt, weil es mir unangenehm wäre, wenn meine beiden neuen Freunde ihre ganze Party umorganisieren müssten, bloß damit ich auch dabei sein könnte. Den Nachbarn um seine Garage anbetteln, den Beamer und die Leinwand ab- und wieder aufbauen, mich abholen, allen Gästen erklären, warum man nun woanders feiert und aus Rücksicht auf den Nachbarn leise sein muss – das will ich den beiden nicht aufbürden. Außerdem befürchte ich, dass ich dann auf der Party nicht ‹der interessante Typ aus der Schweiz› wäre, sondern ‹der Kerl, wegen dem alles umgeplant werden musste›.

«Nein, ich habe keinen Fehler gemacht», sage ich energisch zu mir selbst und presse die Lippen zusammen. Es sind unglückliche Umstände, das ist alles. Es war richtig, abzusagen. Was mich jedoch plagt, ist, dass ich so kompromisslos Nein gesagt habe und nicht einmal in Erwägung ziehen wollte, ob es sich vielleicht doch einrichten ließe.

Wo bleibt eigentlich dieses verfluchte Taxi? Ich blicke auf mein Handy, es zeigt 22:46. Tagsüber sind Verspätungen nichts Ungewöhnliches, aber abends hat es bisher stets geklappt wie am Schnürchen. Es muss am Schnee liegen. Ganz sicher.

22:54. Meine Blase drückt. Seit drei Uhr mit Jocelyn habe ich keine Gelegenheit mehr gehabt, aufs Klo zu gehen. In ILIVE bin ich um Viertel nach elf eingeplant. Ob das noch reicht? Hat man mich beim Taxi denn einfach vergessen? Missverständnis bei der Anmeldung, Flüchtigkeitsfehler bei der Planung, unkonzentrierter Fahrer – ausschließen kann ich es nicht.

22:59. Ich beschließe, anzurufen. Fünfzig Minuten Verspätung sind nicht mehr normal.

«Die Zentrale ist nur von 6:30 bis 22:00 Uhr besetzt», erklärt mir ein Tonband. «Von 22:00 bis 0:00 Uhr wird Ihr Anruf an den Fahrer weitergeleitet.» Es knackt in der Leitung, dann kommt ein Besetztzeichen.

Ich probiere es noch zwei weitere Male, mit dem gleichen Ergebnis.

«Mist», seufze ich und lehne mich resigniert zurück. Um Mitternacht hat der letzte Fahrer Feierabend. Wenn bis dahin kein Taxi auftaucht, muss ich die Nacht an der Uni verbringen. Ich, meine Blase und ein Liter Urin.

Reglos schaue ich dem Treiben der Schneeflocken zu. Möglicherweise ist das Ganze ja Schicksal? Wer weiß, vielleicht kommt jeden Moment Lynn durch die Tür geschneit? Vielleicht hat sie etwas an der Uni vergessen? Sie wird mich sicherlich nicht alleine hier zurücklassen. Nur sie und ich, die ganze Nacht, und draußen die weiße Flockenpracht ...

«Brauchen Sie Hilfe?», reißt mich eine Stimme aus der Träumerei. Eine ältere Frau mit Wischmob und Putzwagen steht vor mir.

«Nein, nein, ich warte bloß auf das Taxi, es kommt sicher gleich», sage ich abwehrend. Wie soll sie mir schon helfen? Sie kann schließlich auch kein Taxi herbeizaubern.

Als sie weg ist, rufe ich noch einmal an. Statt des Besetztzeichens klingelt es diesmal am anderen Ende, es geht jedoch niemand ran.

«Wenigstens mal was Neues», murmle ich grimmig und stelle fest, dass es mittlerweile halb zwölf ist. Ich pflanze mich in eine Ecke, stecke das Handy weg und will mich wieder dem Gedanken von Lynn und mir zuwenden. Unser wöchentliches Lerntreffen hat mir heute gefehlt. Wir arbeiten nicht immer ganz so konzentriert, wie wir es könnten, aber wir scheinen beide eine lockere Atmosphäre höher zu gewichten als Effizienz. Wenn wir jeweils mit dem Schulstoff durch sind, plaudern wir über andere Dinge und vergessen dabei manchmal völlig die Zeit. Ich kneife die Augen zu und stelle mir vor, Lynn sei hier, doch meine Blase sabotiert die Träumerei hartnäckig.

Um zehn vor zwölf fährt das Taxi doch noch vor. Eugene eilt auf mich zu und entschuldigt sich wortreich. Es hat einen Notfall gegeben: Eine Passagierin erlitt im Taxi einen Zusammenbruch und Eugene musste sie sofort ins Krankenhaus fahren. Die Verspätung konnte er wegen des starken Schneefalls nicht mehr aufholen, im Gegenteil, er geriet noch mehr in Verzug.

«Ist schon okay», sage ich erleichtert, «lass uns einfach nach Hause fahren.»

* * *

«Ich bin froh, dass ich dich mal alleine im Bus habe», sagt Eugene, als wir das Unigelände verlassen und auf die Hauptstraße einbiegen. Er blickt mich über den Rückspiegel an.

«Ach ja? Wieso denn?», frage ich verwundert.

«Ich möchte dir etwas Wichtiges erzählen.» Mit feierlicher Miene mustert er mich ein paar Herzschläge lang. «Aber du musst mir versprechen, dass das, was ich dir sage, unter uns bleibt.»

Meine Neugier erwacht und lässt mich sogar die volle Blase vergessen. «Okay, was auch immer du mir anvertrauen willst, ich gelobe, ich erzähle es niemandem weiter.»

«Ich muss ein wenig ausholen», erklärt Eugene. Er schöpft tief Atem und zögert einen Moment. Es wirkt, als ob er sich nicht sicher ist, dass er das Geheimnis wirklich preisgeben will.

Aufmunternd nicke ich ihm zu.

«Ich bin Mitglied eines uralten Bundes. Einer Bruderschaft», sagt er schließlich. «Es gibt uns bereits seit einigen Jahrhunderten. Wir haben weltweit mehrere Millionen von Mitgliedern, die in einzelnen sogenannten Logen organisiert sind.» Er blickt beim Sprechen abwechselnd auf die Straße und dann wieder in den Rückspiegel, um mich zu beobachten. «Viele einflussreiche Persönlichkeiten waren und sind bei uns aktiv. Wir veranstalten regelmäßige Treffen, während derer wir geheime Rituale abhalten und alte Bräuche pflegen, oder auch einfach nur miteinander diskutieren.»

Meine Augen weiten sich mehr und mehr, je länger Eugene spricht. Will er mich veräppeln? Nein, er meint es ernst, das sehe ich ihm an. Aber was für ein Geheimbund soll das sein, von dem er spricht? Ich durchforste mein klägliches Wissen, das zu einem Großteil aus Romanen von zweifelhafter Glaubwürdigkeit stammt. Die Illuminati? Oder die Freimaurer? Gibt es die überhaupt noch? Hoffentlich ist es nicht sowas wie Scientology.

«Wir fördern den freien Austausch von Meinungen und Ideen», fährt Eugene fort und streicht sich mit der Hand über seinen ergrauten Bart. «Außerdem halten wir fünf Grundideale hoch, nach denen wir uns auch im Alltag stets richten: Freiheit, Gleichheit, Brüderlichkeit, Toleranz und Menschlichkeit.» Er lässt mich die Informationen verdauen und fügt dann mit einem Lächeln hinzu: «Ich sehe uns gerne als die Ritter der heutigen Zeit, weißt du?»

«Wow», sage ich. Es fällt mir nichts Besseres ein. Ich lege die Stirn in Falten und schaue durchs Fenster nach draußen. Wir fahren an einer riesigen Rasenfläche vorbei, auf der sich immer Hunderte von Vögeln aufhalten. Wie auf ein unsichtbares Kommando hin schießt ein Dutzend von ihnen in die Höhe und schraubt sich durchs Schneegestöber hinauf in den Nachthimmel.

Eugene blickt mich über den Rückspiegel erwartungsvoll an und schweigt.

«Das klingt äußerst beeindruckend, aber was hat das mit mir zu tun?», frage ich schließlich.

Er hat die Frage wohl erwartet. «Du bist ein heller Kopf, das ist mir von Anfang an aufgefallen. Unsere bisherigen Diskussionen empfand ich stets als große Bereicherung. Und ich habe den Eindruck, dass dir unsere Tugenden ebenfalls etwas bedeuten. Um es kurz zu machen: Ich glaube, dass du gut in unseren Bund passen würdest und möchte dich meinen Logenbrüdern empfehlen.»

«Wow», sage ich wieder. Geheimbund, Rituale, Neuzeit-Ritter ... Die Sache wirkt so surreal, dass ich nicht weiß, was ich davon halten soll.

Eugene deutet mein Zögern falsch: «Es macht nichts, dass du im Rollstuhl bist. Gemäß dem Grundideal der Gleichheit ist das unwichtig. Wichtig ist bloß, was du hier hast.» Er tippt sich an die Stirn. «Und hier.» Er fasst sich ans Herz.

‹Krass, so müssten alle Menschen denken›, schießt es mir durch den Kopf, ich spreche den Gedanken aber nicht aus. Eine Restskepsis nagt weiterhin an mir. Ich bin schon zwei, drei Seelenfängern begegnet, die dachten, ich sei ein leichtes Opfer und als Rollstuhlfahrer besonders empfänglich für gewisse Versprechungen. Wunderheilung, Wiedergeburt, was-auch-immer. Eugene wirkt zwar überhaupt nicht so und scheint keine unredlichen Absichten zu haben, doch ich bleibe misstrauisch.

«Wo ist der Haken?», verleihe ich meiner Skepsis Ausdruck.

«Es gibt keinen.»

«Kostet diese Mitgliedschaft etwas? Muss man weitere Mitglieder anwerben oder so?»

«Kosten fallen nur dann an, wenn du einen Rang aufsteigst, oder wenn du bestimmte Utensilien besorgen musst. Aber falls einem Mitglied die finanziellen Mittel dafür fehlen, springt oft die Gemeinschaft für ihn ein. Es ist uns wichtig, dass Standesunterschiede innerhalb der Bruderschaft keine Rolle spielen.»

«Ich bin nur noch wenige Monate in Kanada, danach kehre ich in die Schweiz zurück», gebe ich zu bedenken.

«Das macht doch nichts. Wenn es dir bei uns gefällt, besteht sicherlich die Möglichkeit, dass du dich später einer Schweizer Loge anschließt. Wir sind eine große Familie im Geiste, da sind geographische Grenzen unbedeutend.»

«Ach, ich weiß nicht so recht», hadere ich mit mir selbst.

Wir biegen in die Quartierstraße ein, an deren Ende ILIVE liegt. Es wird Zeit, eine Entscheidung zu treffen.

Mir fällt eine letzte Frage ein: «Habt ihr denn auch junge Leute mit dabei?»

«Aber natürlich! Der Austausch zwischen den Generationen ist uns wichtig! Es sind mehrere junge Männer bei uns, einer davon studiert auch an der Laurentian University, so wie du.»

«Und junge Frauen?», hake ich nach. Mir ist aufgefallen, dass Eugene einen Sekundenbruchteil gezögert hat, als er ‹junge Männer› sagte.

Zerknirscht gesteht er: «Das nicht. Wir nehmen keine Frauen auf.»

«Was? Wieso denn nicht?»

«Naja, wir sind eine Bruderschaft.» Eugene weicht meinem Blick aus und starrt auf die Straße. «Nur *Brüder*, verstehst du?»

«Keineswegs, nein, das macht für mich keinen Sinn. Der Austausch zwischen den Geschlechtern ist doch sicherlich genauso wichtig wie derjenige zwischen den Generationen, oder?»

«Das mag sein, aber es ist einfach Tradition. Es gibt an manchen Orten auch Logen für Fra...»

«Aber dann stellt ihr ja die Tradition über das Grundideal der Gleichheit, oder nicht?», schneide ich ihm das Wort ab. Ich habe einen Haken gefunden.

«Ich spüre, du möchtest lieber nicht bei uns mitmachen», sagt Eugene.

«Naja, weißt du, ich fühle mich geehrt von deinem Angebot. Und dass die Behinderung für euch kein Faktor ist, finde ich toll. Doch wenn zwar nicht ich diskriminiert werde, aber dafür jemand anderes, dann kann ich nicht hinter der Mitgliedschaft stehen. Denn am Ende kommt das aufs Gleiche raus.»

«Schade», sagt Eugene. «Aber ich muss dein Argument akzeptieren.»

Wir halten vor dem ILIVE-Eingang.

«So, da wären wir.» Eugene zieht die Handbremse an und macht sich ans Aussteigen. Er meidet dabei den Blick in den Rückspiegel. «Ich hoffe, du denkst jetzt nichts Schlechtes von mir.» Er klingt enttäuscht.

«Nein, absolut nicht, keine Sorge. Danke für dein Vertrauen», versichere ich ihm hastig. «Ich hoffe, wir haben noch viele spannende Diskussionen, solange ich hier bin.» Doch mein Inneres sagt mir, dass es von nun an anders sein wird zwischen Eugene und mir.

* * *

13. Oktober 2010 – Integration

Wieso stoße ich alle Leute vor den Kopf, die mich mögen und bei ihren Aktivitäten dabei haben wollen? Zuerst Simon und Samantha, und dann auch noch Eugene! Habe ich eine seltsame Sozialphobie, die mich in solchen Momenten unbemerkt kontrolliert, oder stimmt sonst was nicht mit mir?

Na gut, die erste Entscheidung war vertretbar. Es wäre schwierig geworden, die Partyteilnahme für den nächsten Abend zu organisieren. Außerdem wollte ich Simon und Samantha wirklich keine Umstände machen, nachdem wir uns gerade erst kennen gelernt hatten. Aber dass ich Eugenes Einladung abgeschmettert habe, war einfach nur dumm. Ich habe recherchiert und bin mir ziemlich sicher, dass er von den Freimaurern gesprochen hat. Das ist keine

Sekte oder sonst etwas, vor dem man sich fürchten müsste. Ich weiß nicht, ob das tatsächlich mein Ding gewesen wäre, aber vielleicht hätte ich dort spannende Erfahrungen sammeln können.

Wieso habe ich abgelehnt? Mein Argument war eine Ausflucht, nichts weiter. Kann es sein, dass ich zurückscheue vor unkontrollierbaren Situationen? Dass ich alles ablehne, was ich nicht in Ruhe planen kann und bei dem ich nicht weiß, worauf ich mich einlasse? Gut möglich, denn ich bin jemand, der gerne für alle Eventualitäten gerüstet ist. Sonst habe ich ständig das Gefühl, dass etwas schieflaufen könnte. Dem versuche ich offenbar auszuweichen.

Ich bin ohnehin schon abhängig genug von Taxifahrern, Betreuern und Hilfsdiensten. Es reicht mir, wenn ich bisweilen fürchten muss, nachts an der Uni verloren zu gehen. Wenn es um das Studium geht, kann ich dieses Gefühl der permanenten Ungewissheit ertragen, weil ich in der Ausbildung eine Notwendigkeit sehe. Aber wenn mir in der Freizeit so etwas geschieht, ist es schlimmer. Ich habe dann das Gefühl, dass ich mich übernommen habe. Dass mir die Behinderung meine Grenzen aufzeigt. Und das ist schmerzlich. Deshalb fürchte ich mich davor, das Glück herauszufordern und mich auf etwas Unsicheres einzulassen. Darum habe ich Eugene abgesagt. Dieses Verhalten muss ich ablegen, sonst gefährde ich meine Integration.

Wobei, was ist Integration überhaupt, abgesehen von einem überstrapazierten politischen Schlagwort? Bin ich integriert, wenn ich einem Job nachgehe? Wenn ich über einen großen Freundeskreis verfüge? Oder wenn ich mich in der Öffentlichkeit bewegen kann, ohne ständig auf Hindernisse zu stoßen? Arbeit, Freunde, Mobilität – das sind wohl die zentralen Elemente der Integration. Alle drei spielen eine Rolle, und für manche Menschen ist eines davon wichtiger, für manche ein anderes.

Ich gewichte Freundschaften stärker als die anderen Bereiche. Für mich ist Integration eine subjektive Empfindung, ein Gefühl. Wenn ich oft zuhause rumsitze und nichts unternehme, obwohl ich möchte, fühle ich mich schlecht integriert. Genauso würde ich mich aber auch nicht gut integriert fühlen, wenn viele Leute etwas mit mir unternehmen wollten, ich aber genau wüsste, sie tun das aus einem karitativen Antrieb heraus. «Lass uns wieder mal was mit dem armen Marc unternehmen, der sitzt sonst immer nur rum.» Man ist nicht automatisch Teil der Gesellschaft, wenn man ein Dutzend Weihnachtskärtchen kriegt und mehr als zweihundert Kontakte auf Facebook vorweisen kann. Gut integriert fühle ich mich, wenn ich ungezwungen mit Mitstudenten Hausaufgaben mache. Oder wenn ich Einladungen erhalte wie jene von Simon oder Eugene. Die wollen mich nicht dabeihaben, um etwas Gutes zu tun, sondern weil sie mich mögen und schätzen. Anders ausgedrückt, ich fühle mich integriert, wenn ich wegen meines Charakters wahrgenommen werde, statt wegen meines Rollstuhls.

Aber eben, Integration hat zwei Seiten. Wenn jemand einen Schritt auf mich zu macht, liegt es an mir, dem anderen ebenfalls ein Stück entgegenzukommen. Allzu viele Chancen wie die heute darf ich nicht auslassen, denn irgendwann werden die Leute aufhören, mich einzuladen, wenn ich sie jedes Mal zurückweise.

8

Der Duft des Truthahns strömt mir schon auf dem Flur entgegen. Es ist Thanksgiving, und mit einer Flasche Wein bewaffnet folge ich Toms Einladung zum Festschmaus.

Ich habe zunächst völlig vergessen, das Mitbringsel zu besorgen. Allerdings gehört es sich für einen guten Gast nicht, mit leeren Händen aufzukreuzen. Darum habe ich am Nachmittag Jeff, einen Betreuer, der mir gerade beim Pinkeln half, gefragt, wo ich auf die Schnelle noch eine Flasche Wein auftreiben könnte. Jeff ist ein äußerst schweigsamer Zeitgenosse, aber auch ein hilfsbereiter. Er bot mir an, während seiner Kaffeepause schnell mit dem Auto einen netten Tropfen zu besorgen, den ich mit zu Tom nehmen könnte. Dankbar akzeptierte ich das Angebot.

Nun stehe ich also vor Toms Wohnung. Ich konsultiere die Anzeige meines Handys – es ist exakt sechs Uhr. Sanft fahre ich dreimal gegen die Tür, als Klopfzeichen, und bereite mich auf einen schelmischen Spruch über die schweizerische Pünktlichkeit vor. Oder die Schwedische.

Anstelle von Tom öffnet T.J. die Tür. Er hat sich eine viel zu klein wirkende Schürze umgebunden und hält einen Kochlöffel in der Hand.

«Tretet ein, Sir, der Herr des Hauses erwartet Euch an seiner Tafel», sagt er und verbeugt sich theatralisch. Gedämpft fügt er hinzu: «Doch seid gewappnet, er hat eine Stinklaune.»

Ich rolle über die Schwelle und stelle fest, dass Toms Wohnung gleich aufgebaut ist wie die von Pat: links die Küche, geradeaus das Schlafzimmer und rechts das Wohnzimmer. Ich würde gerne einen Blick in sein Schlafzimmer werfen, um zu sehen, ob er es auch so mit Postern zugepflastert hat wie sein Büro, doch die Tür ist geschlossen. Also biege ich um die Ecke ins Wohnzimmer.

Der Raum ist sparsam eingerichtet und nicht so mit Technik vollgestopft wie bei Pat, wodurch er mir viel größer vorkommt. Ein kleiner Fernseher steht an der hinteren Wand, flankiert von zwei Holzmöbeln mit Büchern, CDs und Fotos. Im Zentrum des Raumes steht ein liebevoll gedeckter Tisch, an dessen Kopfende ich Tom entdecke. Seine Miene ist stockfinster und die Augenbrauen stehen auf Sturm.

«Hey Tom, wie geht's, alles im Lot?», frage ich.

«Ja ja, alles bestens», zischt er.

«Ich habe Wein mitgebracht.»

«Wie nett!», sagt er spöttisch.

Gekränkt erwäge ich, gleich wieder zu gehen, beschließe aber, abzuwarten. Ich habe mir schließlich vorgenommen, in Zukunft keine Einladungen mehr leichtfertig abzulehnen. Schweigend beobachte ich, wie T.J. mehrere dampfende Schüsseln aufträgt. Es gibt Mais, Erbsen, Kartoffelpüree und einen prächtigen gefüllten Truthahn an Cranberry-Sauce. Wortlos beginnt T.J. uns von allem ein wenig auf den Teller zu häufen. Ich nicke ihm anerkennend zu. T.J. nickt zurück und stellt Toms Teller auf ein kleines Holzpodest, dank welchem Tom selbständig die Speisen zum Mund führen kann. Dann setzt er sich neben mich und hilft mir beim Essen.

«Wow, schmeckt toll!», unterbreche ich nach zwei Bissen das monotone Gabelgeklapper.

T.J. quittiert das Kompliment mit einem gequälten Lächeln, Tom ignoriert mich. Stumm essen wir weiter.

Ein helles Lachen erklingt vom Flur draußen vor der Wohnung. Wahrscheinlich ist es Vivian, ich bin mir jedoch nicht sicher. Toms Gabel platscht ins Kartoffelpüree und sein Gesichtsausdruck durchläuft eine ganze Palette an Gefühlsfärbungen von erwartungsvoll bis entsetzt und von schmerzlich bis resigniert. Er fasst sich aber wieder und setzt die grimmige Miene von zuvor auf.

Als wir zu Ende gegessen haben, räumt T.J. den Tisch ab, spült das Geschirr und geht. Wir hören, wie er draußen auf dem Flur auf Jeff trifft, der ihn um Hilfe bei einem Transfer bittet.

«Elender Pisser», zischt Tom.

«Wer, T.J.?», frage ich erstaunt.

«Jeff», würgt er die Antwort hervor. «Jeff, dieser elende, verfluchte ... Wenn ich nur schon den Namen höre wird mir übel! Der größte Versager auf diesem Planeten, und der Beschränkteste noch dazu! Wenn jemand vom Konflikt im Nahen Osten spricht, glaubt der, es sei Quebec gemeint. Selbst die Truthahnfüllung ist intelligenter als *der*!» Toms Augen verengen sich zu zwei schmalen Schlitzen. «Wie kann man ... Wie kann *sie* so einen Typen toll finden?» Er schnaubt verächtlich.

«Wer ist *sie*?»

«Na wer wohl, Vivian natürlich!» Er schnaubt erneut, dann senkt er den Blick und seufzt.

Wir legen eine weitere Schweigeminute ein, und ich mustere die Fotos auf der Holzkommode. Auf einem Bild entdecke ich einen jungen Mann, der Tom im Gesicht verblüffend ähnlich sieht und mit einem Säugling im Arm vor einer Kirche steht. Ein anderes Foto zeigt Tom und eine Frau mit silbergrauem Haar und gütigem Lächeln, von der ich annehme, dass es seine Mutter ist. Ich überfliege die anderen Bilder und suche nach einer Person, die sein Vater sein könnte. Ergebnislos.

«Vivian», seufzt Tom erneut. «Ich glaube, ich liebe sie. Verdammte Scheiße!»

Ratlos blicke ich ihn an und nage an meiner Unterlippe.

«Es ist wegen des Rollstuhls, oder?», fragt er in die Stille hinein. «Wegen dieses beschissenen, beknackten, bescheuerten Rollstuhls.»

«Schwer zu sagen ...», setze ich zu einer Erwiderung an.

«Natürlich ist es der Rollstuhl», unterbricht mich Tom, «es ist immer der Rollstuhl.» Er fährt zum Fenster und stiert durch die Scheibe. «Was soll sonst der Grund sein? Jeff ist ein Verlierer, der kriegt nichts auf die Reihe. Ich kann's nicht fassen!»

«Hast du Vivian gesagt, dass du sie ... toll findest?», umschiffe ich das heikle Wort mit ‹L›.

«Gestern Abend, als sie meine Wäsche einräumte.»

Mir entfährt ein überraschter Grunzer. «Das war vielleicht nicht gerade der romantischste Zeitpunkt.»

«Ja, ist mir auch klar!» ruft Tom, dreht sich vom Fenster weg und wieder zu mir. «Die Worte mussten einfach raus, verstehst du, es hätte mich sonst innerlich zerrissen! Aber nachdem ich es gesagt hatte, wurde sie ganz abweisend und behauptete, sie fände Jeff toll.» Tom seufzt melodramatisch. «Wir haben doch immer so viel Spaß zusammen, wir gehen gemeinsam auf Partys, oder an Konzerte, wir verstehen uns prächtig! Zählt das denn gar nichts?»

«Natürlich zählt das etwas. Eine gute Freundschaft ist doch nicht zu verachten, oder?»

«Pah, Freundschaft!», speit Tom, «ja, das hat sie auch gesagt, wir seien doch gute Freunde und das wolle sie nicht verlieren. Drauf geschissen!»

«Vielleicht hast du zu hohe Ansprüche? Vivian ist sehr attraktiv dic Männer stehen bei ihr sicher bis nach North Bay hinüber Schlange.»

«Ach ja? Und dann kürt sie Jeff zu ihrem Prinzen? Einen fünfzehn Jahre älteren Kerl, einen geschiedenen Vater von zwei Kindern, der kaum die Alimente bezahlen kann? Einen ziegenbärtigen Winzling, dessen monotone Art selbst einen tollwütigen Hund einschläfern würde? Nein, es ist wegen des Rollstuhls, sage ich!»

Obwohl ich Jeff nicht unsympathisch finde, muss ich innerlich zugeben, dass er auf mich auch nicht wie ein Lotteriehauptgewinn wirkt. «Vielleicht mag sie eher ruhigere Typen», sage ich. «Er ist sicher ein guter Zuhörer. Möglicherweise hat er einen subtilen Humor, der erst offenbar wird, wenn man ihn besser kennt?»

«Es ist der Rollstuhl», sagt Tom entschieden. Und der Tonfall lässt wenig Spielraum für weitere Diskussionen.

* * *

«Lass uns raus an die frische Luft gehen», schlägt Tom nach einer Weile vor.

«Okay, aber nicht an den See!», erwidere ich.

«Ach herrje, hast du immer noch Schiss, dass ich reinhüpfe?» Tom drückt auf seinen Klingelknopf, damit jemand kommt, um uns mit der Jacke zu helfen. «Wir sind doch nicht in einem Shakespeare-Stück, hier bringt sich niemand um.»

«Trotzdem, lass uns woanders hingehen.»

T.J. taucht auf und rüstet uns für die Kälte. Wir begeben uns nach draußen.

«Kennst du Dr. House?», fragt Tom, als wir einen Kiesweg entlang fahren. Die Dämmerung ist schon weit fortgeschritten, und wir schalten die Scheinwerfer der Rollstühle ein. Der Weg führt zwischen den Häusern des Quartiers hindurch und auf einen verlassenen Kinderspielplatz zu, der von kahlen Bäumen umgeben ist.

«Den Kerl aus der TV-Serie?» Ich muss grinsen, als ich an den miesepetrigen, aber genialen Fernseh-Arzt denke, der alle Regeln der Höflichkeit und der politischen Korrektheit mit Füßen tritt. «Ja, den kenne ich, wieso fragst du?»

«Es gibt eine Folge, da stellt er eine interessante Hypothese auf. Er behauptet, man kann jeden Menschen auf einer Skala von eins bis zehn nach seiner Attraktivität bewerten. Und in der Liebe kommen dann nur Leute des gleichen Wertes zusammen. Fünfen mit Fünfen, Neunen mit Neunen, vielleicht mal eine Drei mit ‹ner Vier›», erklärt Tom, «aber im Grunde spielt jeder in der Liga, in die ihn die Gesellschaft einteilt. Hast du viel Kohle, kriegst du einen oder zwei Punkte dazu, hast du Schuppenflechten, verlierst du einen, und so weiter.»

«Worauf willst du hinaus?»

«Manchmal kriege ich den Eindruck, ich stecke in einer Kategorie fest, wo ich nicht hingehöre, verstehst du? Vielleicht wäre ich eine Sechs, oder eine Fünf, und irgendwo auf dieser Stufe gäbe es eine Traumfrau für mich. Vivian zum Beispiel. Aber der blöde Rollstuhl gibt mindestens vier Strafpunkte, darum lande ich so etwa bei der Zwei. Und da unten hat es nur noch durchgeknallte Spinner und hässliche Kröten, plus mich.»

«Der Gedanke hat einen großen Schwachpunkt», werfe ich ein. «Wertsysteme sind etwas Subjektives. Auf meiner Skala gibt Reichtum keine Extrapunkte, auf jemandes anderen Skala vielleicht schon. Für die einen ist ein Altersunterschied relevant, für andere nicht. Manche mögen blondes Haar, andere braunes.»

«Kann sein, aber den Rollstuhl mag niemand!»

Wir haben mittlerweile den Spielplatz erreicht und parken neben einer verwaisten Kinderschaukel.

«Machst du es dir damit nicht zu einfach?», frage ich. «Klar, bei manchen Menschen gibt der Rollstuhl vielleicht ‹Strafpunkte›, aber doch nicht bei allen!» Ich blicke zu Tom, der abwesend die Rutsche betrachtet. «Diese Skala-Hypothese ist Schwachsinn», fahre ich fort, «jeder Mensch sucht in einer Beziehung etwas anderes. Und bloß, weil Vivian nicht jemanden wie dich sucht, brauchst du nicht gleich alle Frauen, die sich für dich interessieren würden, als Spinner und Kröten zu bezeichnen.»

«Okay, den Satz nehme ich zurück», räumt er ein, fügt jedoch trotzig hinzu: «Aber der Rest stimmt!»

«Hast du den Gedanken, dass es *nicht* am Rollstuhl liegen könnte, jemals in Erwägung gezogen?»

«Wie alt bist du», sagt Tom, ohne auf meine Frage einzugehen, «dreiundzwanzig?» Er löst den Blick von der Rutsche und fixiert mich mit den Augen.

Ich nicke.

«Wie viele Freundinnen hattest du bisher?», fragt er, wartet aber gar keine Antwort ab. «Und wie viele hättest du ohne die Behinderung gehabt? Mein jüngerer Bruder war schon mit mehr als einem halben Dutzend Frauen zusammen und ist bereits Papa. Ich bin einundzwanzig und hatte noch keine einzige Freundin!»

«Ich streite ja nicht ab, dass wir in diesem Bereich ein gewisses Handicap haben, aber ...»

«Tiefstapler!»

«... aber geringere Chancen sind nicht *keine* Chancen. Ich denke, was wir hauptsächlich verpassen, sind die körperlichen Erfahrungen, die man in der Pubertät sammelt. Damit lässt es sich leben. Die zahlreichen Beziehungen deines Bruders können nicht allzu tiefgründig gewesen sein, sonst wären sie ja eben nicht so zahlreich gewesen.»

Nachdenklich schweift Toms Blick in Richtung der blattlosen Bäume.

«Sieh es mal von der positiven Seite», dopple ich nach. «Wenn sich eine Frau in dich verliebt, kannst du davon ausgehen, dass sie wirklich *dich* als Menschen mag. Wie viele Ehen werden heutzutage geschieden, weil die Beziehung von vornherein auf Äußerlichkeiten beruht hat? Und wie viele reiche Leute fragen sich ständig, ob sie bloß wegen ihres Geldes umworben werden?»

«Was würdest du an meiner Stelle tun?», fragt Tom.

«In Bezug auf Vivian, oder auf die Frauen insgesamt?»

«Beides.»

«Ich würde versuchen, die Freundschaft mit ihr zu bewahren. Wenn du sie wirklich liebst, dann lass sie glücklich sein, mit wem auch immer. Und allgemein würde ich dir raten: Bewahre die Geduld, sei du selbst, genieße das Leben – das kann man auch als Single! Je mehr du etwas zu erzwingen versuchst, umso unwahrscheinlicher wird es.»

«Sag mal», sagt Tom, und ein paar Lachfältchen stehlen sich in sein Gesicht, «hast du eigentlich mal ein Buch mit Binsenwahrheiten verschluckt, oder erfindest du diesen Mist ganz alleine?»

«Meistens erfinde ich ihn», erwidere ich und schneide eine Grimasse.

* * *

Es ist kalt draußen und so fahren wir schon bald wieder zurück. Vor der Haustür steht Vivian. Sie hat die Arme fest um ihren Körper geschlungen und scheint nicht so recht zu wissen, wohin sie ihren Blick richten soll.

«Hallo ihr zwei», sagt sie und schaut an uns vorbei.

Ich grüße ebenfalls, während Tom sie mit zusammengekniffenen Augen fixiert.

«Willst du auch gleich mit dem Fahrstuhl mit nach oben kommen, Marc? Ich muss bei dir noch ein wenig aufräumen.»

«Also eigentlich wollten wir jetzt Nachtisch essen», wende ich ein.

«Doch, doch, geht ruhig aufräumen», keift Tom und fährt in Richtung Tür. «Mir ist der Appetit gerade vergangen.»

Ich gehe mit Vivian hoch auf mein Zimmer. Dort ist alles sauber und ordentlich, so wie ich es zurückgelassen habe.

«Da wären wir also», sage ich. «Danke für die Begleitung, aber wie du siehst, gibt es hier nichts zu tun.»

Anstelle einer Erwiderung lässt sich Vivian auf mein Bett nieder und fragt: «Wie geht es ihm?»

«Wem, Tom? Nun, eine Auszeichnung für besonderen Charme und gute Laune gewinnt er heute nicht mehr.»

«Hat er dir erzählt, was vorgefallen ist?», fragt Vivian.

Ich zögere. Eigentlich will ich die Geschichte gar nicht aus der anderen Perspektive hören. Wenn sich nämlich dabei herausstellt, dass es tatsächlich der Rollstuhl ist, der zwischen den beiden steht, so bringt das meine Auffassung von Liebe langsam aber sicher ins Wanken. Auf der anderen Seite bin ich neugierig, was Vivian zu sagen hat.

«Ja, er hat mir davon berichtet», lasse ich mich auf das Gespräch ein.

«Und was ist dir dabei durch den Kopf gegangen?»

«Dass Jeff in akuter Lebensgefahr schwebt», erwidere ich und versuche, ihr ein Lächeln zu entlocken. Erfolglos, ihre Grübchen zeigen sich heute nicht.

Vivian lässt die Schultern hängen. «Da ist nichts zwischen Jeff und mir. Das habe ich Tom bloß erzählt, weil ich mit der Situation überfordert war. Ich meine, da faltet man nichtsahnend ein paar T-Shirts zusammen, als der plötzlich von der großen Liebe, ewiger Treue und der Gründung einer Familie zu faseln beginnt.» Sie streicht sich eine Haarsträhne aus dem Gesicht. «Was hätte ich denn tun sollen? Nach der Notlüge habe ich schleunigst das Weite gesucht.»

«Ich kann deine Reaktion nachvollziehen» erwidere ich. «Das Problem ist, dass Tom nun überzeugt ist, dass alles am Rollstuhl liegt und er nie eine Chance auf Liebe hat.»

Sie schweigt und legt ihre Hände in den Schoß.

«Liegt es denn ... *daran*?»

«Ja ... nein ... vielleicht teilweise ... ich weiß es nicht», druckst sie herum.

«Ich vermute, wenn T.J. für einen Feierabend-Drink mit uns eine Abmahnung kriegt, dann könntest du bei einer Beziehung mit Tom gleich die Kündigung schreiben, oder?»

«Ja, aber daran liegt es nicht. Das wäre mir egal – ich lasse mir in Liebesdingen weder von Julie noch von sonst jemandem etwas vorschreiben», sagt Vivian mit Überzeugung. «Entweder würde ich so eine Beziehung im Versteckten führen, oder einen anderen Job suchen.»

«Woran liegt es dann?», bohre ich weiter. «Hast du Angst davor, wie dein Umfeld reagiert, wenn du mit einem Freund auftauchst, der im Rollstuhl ist?»

«Ich denke, meine Eltern hätten keine Schwierigkeiten damit. Und falls jemand aus meinem Freundeskreis etwas dagegen hätte, dann wären das keine echten Freunde.»

«Und wie sieht es mit den Zukunftsperspektiven aus? Fürchtest du dich vor dem Zeitpunkt, in dem sich sein Zustand verschlechtert?»

«Das ist schon eher ein Grund», sagt sie. «Es gibt so viele Unsicherheitsfaktoren: Wie schnell schreitet seine Krankheit voran? Könnten wir jemals zusammenziehen? Und falls ja, wäre ich dann wirklich seine Freundin oder eher seine Betreuerin?» Vivian schaut zu Boden und sagt fast flüsternd: «Wäre es verantwortungslos, Kinder zu kriegen? Hätten sie die Behinderung auch? Würden sie ohne Vater aufwachsen?» Sie schüttelt energisch den Kopf, als könne sie die Vorstellung so aus ihrem Bewusstsein scheuchen. «Das sind alles Fragen, die im Moment noch keine Rolle spielen, und an die Tom keinen Gedanken verschwenden will, weil er sich vor der Zukunft fürchtet. Ich mache ihm keine Vorwürfe deswegen. Aber irgendwann werden diese Fragen aktuell, und ich habe Angst, dann alleine dazustehen oder das Falsche zu tun.»

Nachdenklich betrachte ich sie und stelle fest: «Aber eigentlich magst du ihn sehr, oder?»

«Natürlich, er ist mein bester Freund!», ruft Vivian. «Ich habe ihm stets alles anvertraut, was mich beschäftigt, und ich habe immer gerne Dinge mit ihm unternommen, obwohl ich wusste, dass es verboten ist. Die ganze letzte Nacht habe ich überlegt, ob es nicht doch einen Versuch wert wäre mit ihm, aber es stimmt für mich einfach nicht. Ich bin nicht verliebt. Und außerdem ...» Sie stockt. «... außerdem *glaube* ich es ihm nicht, dass er mich liebt.»

«Wow», rufe ich erstaunt, «ein heftiger Vorwurf! Wie kommst du darauf?»

«Ich habe den Eindruck, er sucht bloß jemanden, weil er nicht alleine sein will.»

«Geht das nicht allen Menschen so?»

«Ja, aber für ihn scheint es völlig egal zu sein, *wer* mit ihm zusammen ist. Im Frühling schwärmte er noch für eine Sally, die er auf einem Konzert kennengelernt hatte. Vor drei Monaten erzählte er mir strahlend von einer Cindy, die er treffen wollte. Und nun bin *ich* plötzlich seine große Liebe? Das ist doch absurd!» Vivian sucht in meinem Gesicht nach Bestätigung. «Er glaubt vielleicht, er sei weniger wert, wenn er keine Freundin hat. Darum darf es auch jemand x-Beliebiges sein, Hauptsache, er kann eine Jagdtrophäe vorweisen. Dabei hat er das gar nicht nötig. Aber ich will nicht die austauschbare Lückenbüßerin spielen, die er nur darum zu lieben glaubt, weil er sich Chancen ausrechnet, verstehst du?»

Ich nicke langsam. Danach zu urteilen, wie ich Tom bisher erlebt habe, ist Vivians Interpretation nicht völlig abwegig.

«Vielleicht solltest du ihm genau das sagen», schlage ich vor. «Denn er ist sich dessen nicht bewusst. Auch wenn dein Eindruck über seine Motive stimmen mag, so ist sein Liebeskummer trotzdem real.

Und solange er jedes Mal, wenn er einen Korb kriegt, alles auf die Behinderung schieben kann, wird er sich nie ändern.»

«Da hast du vielleicht recht», sagt sie. «Aber ich weiß nicht, ob er es verstehen wird. Ob er es verstehen *will.*»

«Wenn du mit ihm sprichst, hat er wenigstens die Chance dazu.»

* * *

25. November 2010 – Liebe

Wie stark beeinflusst die Behinderung eine Liebesbeziehung? Ist sie nur ein Nebengeräusch, das die Liebenden mit ein wenig gutem Willen ausblenden können? Oder ist man als Schwerstbehinderter quasi beziehungsunfähig?

Die erste Hürde ist es, überhaupt jemanden zu finden, der sich auf eine Beziehung mit einem Behinderten einlässt. Tom hat wohl recht, für viele Leute ist dies undenkbar. Sie haben Kontaktängste und Vorurteile, die sie nicht überwinden können. Der Rollstuhl lenkt sie so sehr ab, dass sie es nicht schaffen, den Menschen darin kennen und schätzen zu lernen. Möglicherweise empfinden sie die Behinderung sogar als inakzeptablen Makel, den man selbst mit der Ausstrahlung eines George Clooney nicht wettmachen kann.

Und wenn sich ein Fußgänger doch einmal in einen Rollstuhlfahrer verliebt und sich überlegt, eine Beziehung einzugehen, so wird ihm schnell bewusst, dass er damit gewissermaßen freiwillig die Nachteile des anderen auf sich lädt: Das Lieblingsrestaurant ist gestrichen, weil es davor eine Treppe hat. Gemeinsame Bergwanderungen fallen ebenfalls aus, denn Steilpfade und Rollstühle sind nicht besonders kompatibel. Und auch die Romantik mag darunter leiden, dass beim Schmusen immer dieses sperrige Gefährt im Weg ist. Angesichts dieser Opfer verschwindet die Verliebtheit möglicherweise schnell wieder. Ich glaube aber, dass es durchaus Menschen gibt, die bereit sind, all das in Kauf zu nehmen. Vivian hätte sich vielleicht auf Tom eingelassen, wenn die Umstände anders gewesen wären.

Angenommen, eine Beziehung Fußgänger-Rollstuhlfahrer kommt zustande. Die beiden lieben sich und wollen zusammenziehen. In einem Wohnheim geht das nur schlecht. Zum Glück gibt es heute Möglichkeiten für unabhängiges Wohnen. Da erhält man einen bestimmten Geldbetrag, mit dem man sich Assistenz einkauft. Es ist nur in einem engen Rahmen erlaubt, seinen Partner als Betreuer einzustellen, wodurch man eine flexible Option bei der Organisation des Alltags verliert, denn der Partner wohnt ja am selben Ort und könnte ideal einen Teil der Assistenz übernehmen, besonders zu Randzeiten. Anderseits teile ich auch Vivians Bedenken bezüglich einer Doppelrolle Partner/Betreuer. Klar kann der Partner bei kleineren Handreichungen, beim Gang auf die Toilette, oder beim nächtlichen Umlagern helfen. Eine ausgewogene Beziehung erträgt ein bestimmtes Maß an körperlicher Abhängigkeit. Aber nicht zu viel: Für die tägliche Routine des Aufstehens und Zu-Bett-Gehens würde ich unbedingt externe Betreuung organisieren. Sonst geht man sich zwangsläufig eines Tages auf die Nerven. Und die Lösung von Konflikten gestaltet sich schwierig, wenn einer der Partner weiß, dass er nach jedem Streit angekrochen kommen muss, weil er die Betreuung schlicht und einfach braucht, während der andere Partner weiß, dass es unfair wäre, die Hilfe zu verweigern, egal, wie verletzend der Streit gewesen ist. Darum braucht es eine gute Planung der Wohnsituation und der Betreuung, um die Beziehung nicht zu belasten.

Irgendwann kommt dann die Zeit, in der man verstohlen in fremde Kinderwagen schielt und dabei Hormonschübe kriegt. Viele glückliche Paare schmieden Familienpläne, warum sollte das anders sein, wenn einer von beiden im Rollstuhl sitzt? Aber wenn der Storch gekommen ist und man nachts aus dem Nebenzimmer ein Plärren hört, wird der Fußgänger niemals sagen können: «Diesmal bist du dran, Schatz!» Ebenso verhält es sich mit Wickeln, Füttern, Baden und ähnlichen Dingen. Diese Vorstellung hat etwas Erdrückendes, darum verstehe ich Vivians Sorge, dass sie sich plötzlich auf sich allein gestellt fühlen könnte.

Anderseits gibt es ja zahlreiche alleinerziehende Mütter oder Väter, die auch alles bewältigen. Und im Unterschied dazu ist in unserem Fall der Fußgänger nicht wirklich *alleine* erziehend. Manche Dinge kann man dem Partner trotz Behinderung abnehmen – administrative Aufgaben erledigen, an den Elternabend gehen, eine Gutenachtgeschichte erzählen – einfach nichts Körperliches. Ich denke, ich würde alles daran setzen, um meiner Partnerin einen möglichst großen Teil der Verantwortung abzunehmen.

Natürlich wären heikle Situationen unvermeidlich. Sowohl für das Kind als auch für mich wäre es schwierig, damit umzugehen, dass ich es nicht auffangen kann, wenn es stürzt, und es nicht in den Arm nehmen kann, wenn es weint. Teilweise könnte ich diese Dinge mit Worten ersetzen, aber nicht vollständig. Und was geschieht, wenn das Kind feststellt, dass ich ihm körperlich unterlegen bin? Wenn es anfängt, seine Überlegenheit gegen mich auszuspielen? Ich müsste kreative Wege finden, um damit umzugehen.

Insgesamt ist die Behinderung wohl weitaus mehr als bloß ein Nebengeräusch in der Beziehung. Sie ist aber auch kein unüberwindbares Hindernis. Es verlangt beiden Partnern einiges ab, das in einer herkömmlichen Beziehung nicht nötig wäre. Aber letztendlich ist die Liebe für alle Menschen ein Test, ob sie fähig sind, ihre individuellen Interessen dem gemeinsamen Wohl unterzuordnen und ihre Kräfte und Fähigkeiten zu vereinen. Das gilt für jedes Liebespaar. Bei einer Beziehung zwischen Fußgänger und Rollstuhlfahrer wird dieser Test einfach schon viel früher akut.

Ich wüsste gerne, was Lynn zu diesem Thema sagen würde ...

9

Die Adventszeit ist angebrochen. Wo man auch hinblickt, überall strahlen glitzernde Weihnachtssterne, geschmückte Tannenbäume und fröhliche Gesichter. So auch in der großen Halle der Universität, wo ich zum Lernen direkt neben dem prächtigen Weihnachtsbaum parke und die Atmosphäre genieße. Ich stecke meine Nase tief in ein Lehrbuch über angewandte Anthropologie und ignoriere die Heerscharen von Studenten, die mit Getöse durch die Halle strömen. Der Lärm stört mich nicht im Geringsten. Im Gegenteil, die pompöse Geräuschkulisse lässt sich beim Lesen besser ausblenden als das gelegentliche Schnäuzen, Rascheln und Räuspern in der Bibliothek.

Ich bin so sehr in einen Artikel über die Gastfreundschaftsrituale der ursprünglichen nordamerikanischen Kulturen vertieft, dass ich das glockenhelle «Hallo», das vor mir erklingt, zunächst überhöre. Beim zweiten, nachdrücklicheren «Hallo!» blicke ich erschrocken auf und sehe mich einer hübschen jungen Studentin gegenüber. Sie hat wallendes blondes Haar fast bis an die Hüften, ein engelsgleiches Gesicht mit bernsteinfarbenen Augen und ein weihnächtliches Lächeln auf den Lippen.

«Hi», sage ich und ziehe reflexartig die Mundwinkel nach oben. Ich bin zu überrumpelt für eine geistreichere Begrüßung.

«Wie geht es dir?», fragt sie.

«Gut, blendend, und dir?», erwidere ich, während ich mich frage, wer in Dreiteufelsnamen da vor mir steht.

«Auch gut, danke.» Sie schweigt mich lächelnd an.

Ich zwinge mich, den Blick von ihren rosigen Lippen zu lösen und frage: «Sag mal, kennen wir uns irgendwoher?»

«Nein, bisher noch nicht. Ich bin Hannah, freut mich!» Sie streckt die Hand aus und berührt mich sanft an der Schulter.

«Freut mich auch, ich bin Marc», erwidere ich. Und nun bin ich dran mit abwartendem Schweigen.

«Du ... äh ... bist mir schon einige Male aufgefallen», sagt sie.

«Kein Wunder.» Zärtlich tätschle ich die Steuerung meines Rollstuhls. «Ich habe mich damit abgefunden, dass ich auffalle.»

«Ich wollte dich fragen, ob du am Freitagabend schon etwas vorhast?»

«Nächsten Freitag? Nichts, was sich nicht verschieben ließe, wieso?»

«Hättest du Lust, mich wo hin zu begleiten?» Sie schenkt mir diesen speziellen Augenaufschlag, den kleine Mädchen einsetzen, wenn sie ihren Papa dazu bringen wollen, ihnen ein Pony zu kaufen.

Mir bricht der Schweiß aus. Hat mich dieses Engelswesen tatsächlich gerade gefragt, ob ich mit ihr ausgehen will? Argwöhnisch lasse ich den Blick kreisen. Ist das Ganze womöglich wieder so ein Traum, der jeden Moment von einer ins Zimmer stürmenden Jane zerstört wird? Nein – das Lehrbuch, die Halle, der Lärm – alles ist real, also muss auch diese Hannah da vor mir Wirklichkeit sein. Leichtfüßig hüpft mein Ego auf der Leiter des Selbstwertgefühls ein paar Sprossen nach oben.

«Das ließe sich einrichten!», erwidere ich beschwingt, zucke aber zusammen, als mein Gehirn (oder vielleicht auch ein anderes lebenswichtiges Organ) plötzlich Lynns Gesicht vor meinem inneren Auge erscheinen lässt und mir ein schlechtes Gewissen verpasst. Ich ringe nach Atem und sage: «Aber wohin willst du mich denn konkret entführen, L... Hannah?»

«Ach, weißt du», erwidert sie, «du wirkst immer so schrecklich einsam und verloren, wenn ich dich auf dem Flur der Uni sitzen sehe.» Ihr Blick liegt nun irgendwo zwischen zärtlich und mitleidig. «Da dachte ich, du möchtest mich vielleicht einmal in unsere Kirche begleiten. Ich gehe jeden Freitag und Sonntag hin und treffe mich mit Gleichgesinnten zum Beten.»

«W... was?», stammle ich. Ächzend purzelt mein Ego die Leiter wieder hinunter.

«Ich finde, in der Weihnachtszeit sollte sich niemand alleine und ausgeschlossen fühlen», sagt Hannah. «Wir lassen dich gerne mal bei uns mitmachen.»

«Ach so», sage ich mit belegter Stimme, «ich verstehe.» Geräuschvoll räuspere ich mich. «Das ist vielleicht keine gute Idee. Ich hab's nicht so wahnsinnig mit der Kirche, weißt du. Da gehöre ich nicht hin.»

«Bist du dir sicher?», fragt sie erstaunt und legt die Stirn in Falten.

«Todsicher, ja.»

Hannah mustert mich eindringlich, und einen Moment lang glaube ich, einen Zug von Härte in ihren Augen zu entdecken. «Schade, dass du nicht mitkommen möchtest», sagt sie. «Weißt du, Gott trägt viele Gesichter, und eines davon hättest du sein können. Wirklich schade.»

Entgeistert starre ich sie an.

Ihr Lächeln, das auf einmal künstlich wirkt, verschiebt sich noch ein bisschen mehr in Richtung Mitleid. «Aber keine Sorge, Gott kümmert sich um dich, auch wenn du nicht an ihn glaubst.»

Bevor ich zu einer Erwiderung ansetzen kann, beugt sie sich vor, greift mir noch einmal sanft an die Schulter und sagt: «Hat mich gefreut, dich kennen zu lernen, Marc. Ich werde für dich beten!» Dann dreht sie sich schwungvoll um und geht.

Verdutzt schaue ich ihr hinterher, wie sie im Strom der Studenten verschwindet.

* * *

«Wieso bist du so geistesabwesend heute?», erkundigt sich Francisco. Wir sitzen in der Uni-Cafeteria, essen Karottenkuchen und trinken heiße Schokolade.

«Sorry, mir ist vorhin etwas Seltsames passiert», entschuldige ich mich. Die Begegnung mit Hannah geht mir einfach nicht aus dem Kopf. Sie will für mich beten? *Beten*? Wieso denn? Steht es so schlecht um mich, dass ich Beistand von oben benötige? Ich wirke einsam und verloren, hat sie gesagt. Aber so fühle ich mich doch keineswegs! Denken insgeheim viele Menschen wie sie, wenn sie mir begegnen?

«Nun rück schon raus damit, spann mich nicht auf die Folter», sagt Francisco und nickt mir aufmunternd zu. Er hilft mir, das Kuchenstück so in die Hand zu nehmen, dass ich es selbständig essen kann und fragt: «Was ist geschehen?»

Ich zögere mit der Antwort, denn ich weiß, dass ihm der Glaube viel bedeutet. Er hat einmal mit dem Gedanken gespielt, ins Priesterseminar einzutreten, hat sich dann allerdings für eine weltliche Ausbildung entschieden. Ich ziere mich noch ein wenig und knabbere lustlos an meinem Kuchen, doch dann erzähle ich ihm von der Episode mit Hannah.

«Wie ist denn dein persönliches Verhältnis zu Gott?», fragt Francisco, als ich fertig bin.

«Ich praktiziere den Glauben nicht», erwidere ich. «Grundsätzlich empfinde ich die moralischen Werte des Christentums als nützliche Leitplanke durchs Leben, doch das ist auch schon alles. Ich denke jedoch, mein Hauptproblem liegt nicht bei Gott, oder beim Glauben an sich, sondern woanders.»

Francisco blickt mich erwartungsvoll an.

«Mein Problem liegt bei den Christen.» Ich atme tief durch und wage es nicht, aufzuschauen. Es fühlt sich an wie damals, als Knirps bei der ersten Beichte, als ich dem Dorfpfarrer beschämt gestand, dass es mir in der Kirche ein wenig zu kühl und zu langweilig war. «Ich habe den Eindruck, dass ich in den Augen vieler gläubiger Christen etwas Minderwertiges darstelle.»

«Um Himmels Willen, wieso denn das?», ruft Francisco.

«Nun, offenbar denken die ja, es sei notwendig, dass man für mich betet, und dass Gott auf mich besonders gut aufpasst, weil ich so ein armer, armer Kerl bin.»

«Aber das hat doch nichts mit Minderwertigkeit zu tun, wenn jemand für dich betet», wirft Francisco ein, «vielmehr mit Sympathie.»

«Denkst du? Diese Hannah hätte mich niemals angesprochen, wenn ich nicht im Rollstuhl säße. Es ist doch kein Zufall, dass sie von den neuntausend Studenten hier ausgerechnet mich als Ziel für ihre Gebete aussucht!»

«Damit magst du recht haben», räumt er ein. «Aber ein wichtiger Grundsatz des Christentums ist nun mal die Barmherzigkeit und damit – versteh mich bitte nicht falsch – die Unterstützung der ‹Schwachen›. Dazu gehört, dass man auf Menschen zugeht, die am Rande der Gesellschaft leben. Dass Behinderte heute immer besser integriert sind und sich von diesem Rand entfernen, haben viele Menschen noch nicht verinnerlicht.»

«Auf andere Menschen zuzugehen ist sicherlich gut und wichtig», erwidere ich. «Aber manche Christen tun das auf eine Art, die mir gewaltig auf den Keks geht. Die sagen dann Dinge wie: ‹Ach, du armer Bub, du wurdest wohl von Gott im Stich gelassen›, oder ‹Gott vergisst keines seiner Schäfchen, auch an dich wird er sich eines Tages erinnern›.» Ich merke, wie ich mich in Rage rede. «Man kann doch auf jemanden zugehen, ohne ihm zu vermitteln, er sei eine arme Sau, oder?»

Francisco legt nachdenklich den Kopf schief.

«Mein Lieblingssatz aus dieser Sprüchekiste lautet: ‹Im Himmel wird es dir dann besser gehen›. Wenn ich sowas nur schon höre! Dann würde ich am liebsten ...» Ich vollführe mit den Händen einige kuchenschädigende Quetschbewegungen und überlasse es Francisco, sich ein passendes Ende des Satzes auszumalen.

«Vielleicht haben manche Menschen Mühe damit, Barmherzigkeit von Mitleid zu unterscheiden», sagt er ruhig. «Wenn man auf jemanden zugeht, sollte man das mit Respekt und auf Augenhöhe tun.»

«Ja, das bringt es auf den Punkt!», rufe ich und bin erleichtert, dass er mich versteht. «Das ist das Problem, denn Mitleid ist der Todfeind jedes Behinderten!»

«Möglicherweise musst du mit Leuten wie Hannah ein bisschen Nachsicht üben.» Francisco wischt mit der Hand ein paar Krümel meines Kuchens zusammen. «Sie gehen es zwar falsch an, aber im Grunde wollen sie bloß etwas Gutes tun.»

«Ist mir schon klar, dass sie das wollen», erwidere ich, «aber es fällt mir schwer, nachsichtig zu sein mit Menschen, die offenbar glauben, Behinderte würden nur existieren, damit man ihnen Gutes tut. Oder damit die Religion sie erlösen kann von ihrem ‹schrecklichen Leiden›. Ich hatte in der Schweiz mal eine Rollstuhltaxi-Fahrerin, die mich davon überzeugen wollte, dass meine Seele nur zu retten sei, wenn ich fleißig zur Kirche ginge und mich mit Gott gut stellte. Ich machte den Fehler, mich auf die Debatte einzulassen. Nach wenigen Minuten wurde mir klar, dass sie mir gar nicht zuhörte. Sie war so fest der Überzeugung, dass sie etwas Gutes tat und meine Seele rettete, dass sie mich gar nicht mehr als Mensch wahrnahm. Als sie merkte, dass ich mich nicht von ihr erlösen lassen wollte, begann sie, mich zu beschimpfen. Sie behauptete, ich hätte in meinem letzten Leben etwas Schlimmes getan, und Gott bestrafe mich nun mit dem Rollstuhl dafür. Ich sei behindert, weil ich eine Schuld sühnen müsse.»

Francisco hält beim Krümelwischen inne und starrt mich ungläubig an. «Das hat sie gesagt?»

«Wortwörtlich», bestätige ich. «Ich kochte vor Wut, aber gleichzeitig befand ich mich in einer Abhängigkeitsposition. Ohne ihre Hilfe konnte ich das Auto ja nicht verlassen. Also hatte ich keine andere Wahl, als mir ihren Müll anzuhören und das Ende der Fahrt herbeizusehnen. Das waren die längsten zwanzig Minuten meines Lebens.»

«Was geschah dann?», fragt Francisco.

«Ich rief den Chef des Taxiunternehmens an und berichtete ihm alles. Er erklärte mir, ich sei jetzt schon der Sechste, der sich über diese Fahrerin beschwere und ich solle mir keine Sorgen machen, die Dame würde nie mehr Rollstuhltaxi fahren.»

«Seltsame Geschichte», sagt Francisco. «Aber nun kann ich natürlich nachvollziehen, warum dir die Nachsicht schwer fällt.»

Ich nicke matt.

«Jeder Mensch interpretiert den Glauben eben anders», sagt Francisco. Er beginnt, unsere Tassen und Teller aufs Tablett zu stellen. «Und manche Interpretationen sind offenbar ziemlich daneben. Dass die Behinderung eine Strafe Gottes sein soll, ist ja wirklich bescheuert.»

Ich zucke nur ratlos mit der Schulter.

Wir verlassen die Cafeteria und verabschieden uns voneinander.

* * *

Am Abend besuche ich Pat in seiner NASA-Hauptzentrale und wir schauen uns gemeinsam ein Spiel an. Montreal empfängt die Ottawa Senators, aber die Partie vermag uns heute nicht zu fesseln. Während das Match träge vor sich hindümpelt, beginnen wir zu plaudern. Ich erzähle ihm von Hannah, und er berichtet mir von einem spektakulären Spielertransfer, den Montreal Gerüchten zufolge plant.

«Hast du Lust, am Freitag mit mir das Spiel der *Wolves* zu besuchen?», frage ich irgendwann spontan. Die Sudbury Wolves sind das ansässige Junioren-Eishockeyteam.

«Freitag?» Pat starrt mich verständnislos an.

«Ja, Freitag. Der Tag nach Donnerstag, schon mal davon gehört?», necke ich ihn.

«Gegen wen spielt Montreal da?»

«Gegen die Red Wings, glaube ich.»

«Ach so, dann muss heute Dienstag sein, oder?»

«Äh, korrekt!» Ich mustere Pat verwundert. «Sag mal, du errechnest also anhand des Spielplans, welcher Wochentag gerade ist?»

«Ja», erwidert er. «Weißt du, ob Montag oder Dienstag ist, hat für mich wenig Relevanz. Aber ob ich am Abend ein Spiel gucken kann oder nicht, macht einen großen Unterschied.»

«Das ist krank, mein Freund!»

«Hmm ja, irgendwie schon», stimmt Pat zu. «Aber keine Sorge, ich bin bereits in Therapie deswegen. Dort üben wir die Namen der Tage und Monate und malen sie im Kalender bunt an.»

«Wie, echt jetzt?», frage ich naiv, eine Millisekunde bevor ich die Ironie registriere.

«Du bist mir ja einer», lacht Pat, «wie hast du es bloß an die Uni geschafft?»

Wir amüsieren uns noch ein wenig auf meine Kosten, werden dann aber wieder ernst.

«Also, wegen nächsten Freitag, wie sieht's aus?», wiederhole ich.

«Ach, ich weiß nicht.» Pat blickt aus dem Fenster und dann auf seine technische Ausrüstung.

«Wann warst du eigentlich das letzte Mal an der frischen Luft?», frage ich argwöhnisch.

«Gerade erst gestern, da war ich kurz auf dem Balkon.»

«Balkon zählt nicht! Wann bist du das letzte Mal richtig rausgekommen hier?»

«Muss schon ein paar Wochen her sein ...»

«Na, dann wird's wieder mal Zeit! Kommst du also mit am Freitag?»

«Es ist doch viel zu kalt dafür, da draußen holt man sich den Tod», wendet er ein.

«Im Gegenteil, da draußen lebt man das Leben!»

Ich hole gerade Luft für einen weiteren Überzeugungsanlauf, als plötzlich unsere Aufmerksamkeit wie magnetisch vom Bildschirm angezogen wird. Dort ist weit und breit kein Hockeyspieler mehr zu sehen – es muss gerade Werbepause sein – sondern ein kleiner Junge in einem viel zu großen Rollstuhl. Er hat unglaublich dürre Ärmchen und Beinchen und trägt eine verbogene Brille, unter der eines seiner Augen mit einem riesigen Pflaster überklebt ist. Er sitzt ziemlich schief, so wie ich vor der Rückenoperation, und er erinnert mich auch sonst stark daran, wie ich in diesem Alter ausgesehen habe. Der Junge wird von einem bekannten Basketballspieler über einen dichtbevölkerten Kiesplatz mit vielen Zeltständen geschoben und strahlt über das ganze Gesicht – zumindest über jenen Teil, den das Pflaster nicht verdeckt.

Pat und ich tauschen gerade fragende Blicke aus, als eine samtweiche Frauenstimme zu sprechen beginnt: «Für den kleinen Mikey ist heute ein Traum in Erfüllung gegangen. Er durfte mit seinem großen Idol einen ganzen Tag auf dem Rummelplatz verbringen!» Ein paar kurze Filmschnitte zeigen den Jungen und den Basketballer, wie sie zusammen Riesenrad fahren, wie der Star Luftballons an den Rollstuhl bindet, und wie die beiden an einem Stand Büchsenwerfen spielen. «Mikey leidet seit Geburt an einer schweren Krankheit und wird sein ganzes Leben lang an den Rollstuhl gefesselt bleiben», säuselt die Frauenstimme weiter, während Mikey krampfhaft versucht, einen Ball auf die Büchsen zu werfen und dabei seinen linken Fuß trifft. «Dank der Unterstützung durch unsere Spender konnten wir von der Aktion Zauberfee es möglich machen, dass Mikeys Traum wahr wird», erklärt die Stimme. Derweil räumt der Basketballer mit einem gezielten Wurf alle Büchsen ab und reicht Mikey einen gigantischen blauen Plüschelefanten.

«Oje, ich kotz' gleich», stöhnt Pat.

Ich will etwas erwidern, halte aber inne, als das Fernsehbild den Basketballer in Großaufnahme zeigt und dieser sagt: «Oh, es war sicher ein Riesenspaß für den Kleinen, ich freue mich, dass ich ihm diese Freude machen konnte. Es ist wichtig, dass wir auch für jene Menschen da sind, denen das Leben wenig Sonne schenkt!» Die Kamera schwenkt hinunter zu Mikey, der den Kopf weit in den Nacken gelegt hat, um zu seinem Idol aufzuschauen. Eine Männerstimme fragt: «Und wie hat es dir gefallen, Mickie?» Ein Mikrophon wird in Mikeys Gesicht gestreckt. Mikey räuspert sich, holt Luft und krächzt: «Es war toll, ich ...», doch dann wird das Bild abrupt geschnitten und man sieht, wie die beiden den Rummelplatz verlassen, im Hintergrund ein malerischer Sonnenuntergang. Die Frauenstimme meldet sich nun wieder und schlägt vor: «Bereiten doch auch Sie einem vom Schicksal schwer getroffenen Kind einen unvergesslichen Tag und schenken Sie ihm ein bisschen Sonne. Überweisen Sie am besten noch heute eine Spende auf unser Glückskonto, damit wir auch in Zukunft möglichst vielen Kindern Besuch von der Zauberfee bescheren können. Im Namen der Kinder danken wir Ihnen bereits im Voraus und wünschen Ihnen ganz frohe Weihnachten!» Das letzte Wort betont sie eindringlich.

«Und da fragst du dich noch, warum diese Studentin für dich beten will?», sagt Pat. «Nach so einer Werbung stürzen sich die Leute doch auf alles, was Räder hat, um ein wenig ‹Sonne zu schenken›!» Seine Stimme trieft vor Sarkasmus.

«Findest du das denn keine gute Sache?», frage ich. Vielleicht ist dies ja bereits die erste Gelegenheit, um die von Francisco nahegelegte Nachsicht zu testen! Ich beschließe, den Advocatus Diaboli zu spielen und die Gegenposition einzunehmen. «Mikey hatte doch offenbar großen Spaß!»

«Oh ja, es ist geradezu ergreifend! Siehst du die Schleimspur da unter dem Fernseher?»

«Was stört dich denn so sehr an dieser Werbung?», bohre ich weiter. «Wohltätigkeit ist doch eines der edelsten Motive, das die Menschheit überhaupt kennt, oder nicht?»

«Mich stört, dass dieser Mikey hingestellt wurde als wäre er der ärmste Tropf», erwidert Pat. «Mich stört, dass der Promi nun als strahlender Held dasteht, weil er ein wenig neben diesem Jungen in die Kamera gelächelt hat. Dabei will er doch bloß etwas für sein Image tun, nach dem Sexskandal letzten Sommer. Und vor allem stört mich diese Einstellung von ‹schenken wir ihm *einen* unvergesslichen Tag›, die zwischen den Zeilen aussagt ‹denn an allen anderen Tagen hat er nichts zu lachen›.» Pat überlegt kurz und sagt dann: «Natürlich ist Wohltätigkeit eine edle Sache. Aber nicht, wenn sie auf diese Art und Weise betrieben wird.»

«Wie könnte man es denn besser machen?», erkundige ich mich.

«Man könnte das Geld so verwenden, dass es Mikey nicht nur einmalig etwas bringt, sondern nachhaltig – von einer neuen Brille und einem besseren Rollstuhl hat er auch morgen noch einen Nutzen. Man könnte die ganze Mitleidstour mit dem ‹Sonnenschein schenken› streichen. Und vor allem könnte man den Jungen ausreden lassen, wenn man ihm schon das Mikrophon vors Gesicht hält!»

Ich nicke stumm. So ähnlich hätte ich auch argumentiert.

«Weißt du, was krass ist?» Pat lacht verächtlich. «Vor meinem Unfall habe ich jedes Jahr für diese Aktion gespendet. Ich war überzeugt, etwas Gutes für arme Menschen zu tun und fühlte mich toll deswegen. Jetzt stehe ich auf der anderen Seite des Zauns und kriege Ausschlag, wenn ich so einen Werbespot sehe.»

Das Gespräch erstirbt, weil wir ohnehin gleicher Meinung sind. Auf dem Bildschirm sind nun wieder Hockeyspieler zu sehen. Wir schweigen beide.

Dann frage ich: «Was sagst du nun wegen nächstem Freitag? Kommst du mit?»

«Möchtest du wirklich, dass ich dich begleite?» Pat beäugt mich kritisch. «Oder handelst du auf Julies Anweisung und willst auch bloß eine weihnächtliche Tat vollbringen?»

«Ich würde mich niemals für Julies Machenschaften einspannen lassen, und das weißt du.»

«Gut, dann komme ich mit.»

* * *

7. Dezember 2010 – Gott

Irgendwo da draußen gibt es eine junge Studentin, die vielleicht gerade in diesem Moment für mich betet. Sie weiß praktisch nichts über mich. Nichts darüber, wer ich bin, wie ich lebe, oder was ich denke. Sie kennt bloß meinen Namen und weiß, dass ich im Rollstuhl bin. Offenbar genügt ihr das, um sich gewiss zu sein, dass ich höheren Beistand brauche.

Irgendwo da draußen lebt auch diese Schreckschraube, die damals im Rollstuhltaxi das Jüngste Gericht über mich abgehalten hat. Auch sie wusste nichts von mir, aber sie war überzeugt, dass die

Behinderung eine verdiente Strafe Gottes für meine verdorbene Seele sein muss.

Beide glauben an den gleichen, den christlichen Gott. An ein Wesen, vor dessen Augen alle Menschen gleich sind. Ein gütiges Wesen. Ein unfehlbares Wesen. Aber wie kommt Hannah auf die Idee, gerade ich sei besonders bemitleidenswürdig, wenn vor Gott doch alle Menschen gleich sind? Und wieso denkt die Schreckschraube, Gott würde mich strafen wollen, wenn er doch gütig ist? Sind womöglich beide Denkweisen ein Versuch, zu erklären, wieso es trotz der Unfehlbarkeit Gottes überhaupt Behinderungen geben kann?

Ich will gar nicht wissen, wie viele Behinderte in früheren Jahrhunderten von ihren engsten Verwandten lebenslänglich auf dem Dachstock eingesperrt wurden. Die Nachbarn sollten ja auf keinen Fall sehen, dass Gott die Familie mit *solch einem Kind* gestraft hatte. Und ich will auch nicht wissen, wie viele Menschen damals im Namen der Kirche verbrannt wurden, weil sie einen Klumpfuß hatten, oder epileptische Anfälle, oder eine geistige Behinderung. Man musste ihnen schließlich diesen Fluch abnehmen, diese Besessenheit austreiben, ihre vom Teufel verwirrte Seele läutern.

Gottseidank sind diese Zeiten vorbei. Nur noch wenige, reichlich rückständige Menschen scheinen zu denken, Behinderungen seien eine Strafe Gottes. Zu dieser Entwicklung hat die Kirche im zwanzigsten Jahrhundert wohl selbst einen beträchtlichen Beitrag geleistet: Manch ein Dorfpfarrer hat hart dafür gekämpft, dass die Behinderten aus ihrem Dachstockgefängnis rausgelassen wurden, zur Kirche gehen durften und damit ans Licht der Öffentlichkeit gelangten. Vielleicht könnte man sogar sagen, dass wir die allerersten integrativen Maßnahmen der Kirche verdanken.

Doch damit die ‹normalen› Menschen diese Entwicklung verstanden und akzeptierten, mussten die Dorfpfarrer, beziehungsweise die Kirche, die Mitleidskarte ausspielen: «Gerade weil die kleine Hildi und der arme Seppl sooo schwer behindert sind, ist es umso wichtiger, dass wir sie in unserer Mitte aufnehmen und besonders innig für sie beten, damit auch diese beiden Seelen einmal den Weg in den Himmel finden», sagte man damals vielleicht. Zu Beginn bedeutete das einen Quantensprung für die Lebensqualität der Behinderten – alles ist besser als die Isolation im Dachstock! Aber der nächste logische Schritt ist die anschließende ‹seelische Emanzipation›. Ein Prozess, an dessen Ende es nicht mehr nötig ist, dass man für Hildi und Seppl betet, weil sich die beiden nun Hildegard und Josef nennen, ein hohes Maß an Selbständigkeit und Persönlichkeit entwickelt haben und ihr Seelenheil in die eigenen Hände nehmen wollen! Francisco hat wohl recht: Diesen Schritt zu verdauen fällt offenbar vielen Leuten noch schwer.

Ein zwiespältiges Phänomen im Zusammenhang mit dem Mitleids-Denkmuster ist die Wohltätigkeit. Unzählige Organisationen sammeln Geld für alles Mögliche und können damit viel Gutes bewirken. Auch Behindertenverbände sind stark auf Spendengelder angewiesen und müssten ohne sie den Laden dicht machen. Manche Organisationen setzen bei der Spendenjagd ganz bewusst auf die Mitleidskarte – wahrscheinlich lohnt sich das finanziell enorm. Ich glaube jedoch, dass damit auch Schaden angerichtet wird, denn das Bild, das so der Öffentlichkeit von Behinderten vermittelt wird, schüttet Sand ins Getriebe all jener, die für mehr Akzeptanz und Selbständigkeit kämpfen.

Man könnte es das ‹Dilemma der stolzen Behinderten› nennen: Die Gesellschaft gewährt Unterstützung lieber einem armen, hilflosen, bemitleidenswerten Behinderten als einem stolzen, unabhängigen, selbstbewussten Behinderten. Wer macht schon Geld locker für jemanden, dem es vielleicht besser geht als einem selbst? Es ist eine Zwickmühle: Je mehr man sich emanzipiert, desto stärker sinkt die Bereitschaft der Gesellschaft, einem die finanzielle Unterstützung zu gewähren, die man für die Führung dieses emanzipierten Lebens benötigt.

Aber zurück zu Gott: Was habe ich nun eigentlich für eine Beziehung zu ihm? Wenn ich an ihn glaubte, voller Überzeugung, wie würde ich da meine Behinderung einordnen? Ich müsste sie wohl als göttliche Prüfung betrachten. Als Charaktertest für mich und mein Umfeld. Soweit ich die Bibel kenne, stellt Gott die Menschen bisweilen gerne auf die Probe.

Der Vorteil dieser Interpretation ist, dass sie der Behinderung einen tieferen Sinn verleiht. Das ist ja generell die Funktion einer Religion – sie erfüllt Dinge, die wir nicht verstehen, mit Bedeutung. Ich glaube, für manche Menschen ist es wichtig, einer Krankheit oder Behinderung auf diese Weise einen Sinn zuzuschreiben, weil sie sich dann leichter akzeptieren lässt. Und für diese Menschen kann der Glaube eine große Stütze sein. Doch für mich klappt dieser Weg nicht. Ich bin der Überzeugung, dass nicht alles auf der Welt einen Sinn hat oder haben muss.

Und die ‹Prüfungs-Interpretation› hat auch einen Nachteil: Sie rückt die Behinderung zu stark in den Mittelpunkt der Existenz. Anders gesagt, wer seine Behinderung als Prüfung Gottes betrachtet, läuft Gefahr, sich in allen Bereichen des Lebens auf die Behinderung zu fixieren, sie zu wichtig zu nehmen – schließlich will man sich ja des Tests würdig erweisen ... Darum denke ich, mir persönlich bietet das Christentum keine Antwort darauf, wie ich mit meiner Behinderung umgehen soll.

10

Erleichtert strahle ich Jacky an, als sie meinen Prüfungsbogen einsammelt. Es ist Freitagnachmittag, genau eine Woche vor Heiligabend, und die meisten Studenten sind bereits auf dem Weg in die Ferien. Der Prüfungsplan sieht vor, dass nur unsere Klasse heute von drei bis vier noch eine Prüfung schreibt. Die ist nun überstanden.

Am anderen Ende des Zimmers entdecke ich Lynn, die ebenfalls entspannt wirkt. Während unserer letzten Lernverabredung haben wir abgemacht, dass wir nach der Prüfung gemeinsam das Ende des Semesters feiern gehen. Wir treffen uns also vor der Zimmertür und begeben uns in Richtung Ausgang.

«Es gibt ein tolles italienisches Restaurant am See, das *Pasta-Paradise*, die machen großartige Spaghetti mit Fleischbällchen-Sauce», sagt Lynn. «Es liegt etwa einen Kilometer von hier entfernt. Reicht deine Batterie soweit?»

«Die Batterie ist kein Problem, die würde noch viel weiter reichen», erwidere ich. «Aber in der Kälte wird meine Hand steif, was das Fahren immer schwieriger macht. Vielleicht brauche ich dann deine Hilfe.»

«Kein Problem.»

Wir begeben uns zum Lake Ramsey hinunter. Es weht ein eisiger Wind und die Sonnenstrahlen fallen schon recht flach durch die Äste der kahlen Bäume, die den Weg säumen. Viele Menschen wollen offenbar noch ein bisschen frische Luft schnappen, bevor die Sonne untergeht und flanieren wie wir gemütlich am See entlang.

Während wir spazieren, diskutieren Lynn und ich angeregt über die Prüfung. Doch plötzlich, mitten in meinen Ausführungen zu Frage 3b, schnaubt Lynn verächtlich.

«Was ist?», erkundige ich mich.

«Ach nichts, erzähl weiter.»

«Okay, also wie gesagt, bei 3b war ich unschlüssig, ob ich ...» Wieder werde ich unterbrochen, diesmal durch ein bedrohliches Knurren. Ich schaue nach rechts zu Lynn und sehe, wie sie grimmig einer Gruppe Passanten nachblickt. «Was ist denn los, Lynn?»

«Sag mal, gaffen dich die Leute immer so blöd an?», erwidert sie entrüstet.

«Wie, wo, hat jemand gegafft?» Ich stoppe und schaue mich suchend um.

«Na und wie! Als ob du der letzte Mensch wärst!»

«Ist mir gar nicht aufgefallen.»

«Und der da, schau mal, der Typ da mit dem Skateboard, wie der starrt!», faucht Lynn.

Tatsächlich entdecke ich einen Teenager, der mich mit halboffenem Mund anglotzt. «Ach, das ist halb so wild», erwidere ich, «ich merke das mittlerweile kaum no...»

«HEY DU, WAS GUCKST DU SO BEHINDERT?!?», brüllt Lynn den Burschen an.

Mehrere Dutzend Augenpaare richten sich auf Lynn, dann auf den Jungen, dann auf meinen Rollstuhl und dann wieder auf Lynn, die vor Zorn rot angelaufen ist. Der Teenager schaut ziemlich verdutzt aus der Wäsche und überlegt wohl gerade, ob Lynn tatsächlich ihn meint. Dann ergreift er die Flucht.

Mit kämpferischer Miene blickt Lynn ihm nach. Dann zuckt sie auf einmal erschreckt zusammen, dreht sich zu mir um und stammelt: «Das ... habe ich nicht so gemeint ... das mit dem ‹behindert› ... ich wollte nicht ... SORRY!»

Ich bin mittlerweile auch rot angelaufen, allerdings nicht vor Wut, sondern aus Verlegenheit. Ich werfe einen flüchtigen Blick auf die starrende Menge und murmle zu Lynn: «Schon okay, lass uns abhauen.»

Zügig legen wir das letzte Wegstück zum Restaurant zurück. Als wir das Pasta-Paradies erreichen, ist die Sonne schon fast untergegangen. Wir gehen rein und suchen uns einen freien Tisch. Lynn entfernt einen Stuhl und hilft mir aus der Jacke.

«Bitte glaub mir, das ist mir vorhin einfach rausgerutscht, das ist so eine Redensart», entschuldigt sie sich erneut.

«Es ist wirklich nicht weiter tragisch», beschwichtige ich, «weißt du, wie oft *ich* schon jemanden als ‹Spasti› bezeichnet habe, oder jemanden angebrüllt habe: ‹bist du taub›? Dass dahinter eine Krankheit oder eine Behinderung steht, vergisst man schnell. Solange man es nicht persönlich meint, ist das kein Drama.»

Lynn erwidert nichts und zupft an ihrer Serviette.

«Mich überrascht vielmehr, dass du überhaupt so explodiert bist», sage ich.

«Ich finde es einfach unverschämt, wie die alle gaffen! Die haben kein Recht dazu!», bricht es in einer weiteren Mini-Explosion aus Lynn heraus. Sie schüttelt den Kopf und fügt hinzu: «Das muss doch schrecklich unangenehm sein, oder?»

«Naja, angenehm ist es nicht gerade», erwidere ich, «aber es stört auch nicht besonders. Man wird mit den Jahren immun dagegen. Und es ist nachvollziehbar, dass sie gaffen. Neugier ist ein natürlicher Trieb.»

«Aber ist dir das nicht peinlich?»

«Ich habe das Verlegenheitsgefühl überwunden», behaupte ich. «Das muss man früher oder später, sonst getraut man sich kaum mehr vor die Tür.» Als ich das sage, muss ich auf einmal an Pat denken. Verlässt er deswegen so selten die Wohnung? Als wir letzten Freitag ans Spiel der Wolves gegangen sind, hat er zu Beginn etwas verunsichert gewirkt. Für ihn ist das Begafftwerden noch neu im Vergleich zu mir, vielleicht war das der Grund. Mit der Zeit ist er jedoch spürbar aufgetaut und am Ende hat er sich sogar erkundigt, ob wir bald wieder mal zusammen an ein Spiel gehen könnten.

Der Kellner bringt uns die Speisekarte und wir bestellen schon mal zwei Colas.

«Kann man das Verlegenheitsgefühl einfach so überwinden?», fragt Lynn kritisch, als der Kellner wieder weg ist.

«Für gewisse Situationen schon. Es ist wie ein Kampf, den man manchmal gewinnt und manchmal verliert. Mit den Gaffern muss ich schon seit zwanzig Jahren leben, und früher waren mir ihre Blicke tatsächlich peinlich. Da gab es Tage, an denen mir das sehr zu schaffen machte. Aber es gab auch Tage, an denen ich das Gefühl besiegte, und mit jedem Sieg wurde der Kampf beim nächsten Mal etwas einfacher. Das Verlegenheitsgefühl schrumpfte immer mehr zusammen, und heute nehme ich die Blicke der Menschen kaum mehr wahr.»

«Dann ist dir also nichts mehr peinlich?», hakt Lynn nach.

«Doch, durchaus. Es gibt andere Dinge, die mir mehr Mühe bereiten.»

«Zum Beispiel?»

Ich überlege. An die Betreuung durch die ILIVE-Mitarbeiter habe ich mich mittlerweile gewöhnt, und so richtig peinlich war mir das sowieso nie, selbst in intimen Momenten der Betreuung. Das Peinlichkeitsgefühl kommt weniger stark zum Tragen, wenn etwas unausweichlich ist, als wenn man einer Situation aus dem Weg gehen könnte, um sich davor zu bewahren. Ich sage: «Zum Beispiel ist es mir unangenehm, mir in der Öffentlichkeit beim Essen helfen zu lassen. Bis vor kurzem kam ich noch selbst klar mit Messer und Gabel, aber es wird immer schwieriger. Und wenn ich in einem Restaurant jemanden um Hilfe bitten muss, stören mich die Blicke der Leute plötzlich wieder.»

«Ich dachte, deine Krankheit schreitet nicht voran?»

«Grundsätzlich nicht, aber bestimmte Fähigkeiten verlerne ich mit der Zeit, wenn ich sie eine Weile vernachlässige oder nicht aktiv trainiere. Darum gibt es eben doch einen schleichenden Fortschritt.»

«Und was denkst du, warum dir dieses beim-Essen-helfen-lassen peinlich ist?», fragt Lynn.

«Es gibt gewisse Verhaltensregeln, wie man in der Öffentlichkeit essen soll. Man schlürft nicht, man kleckert nicht, man isst nicht mit den Fingern. Und vor allem lässt man sich auf gar keinen Fall von jemandem füttern. Mir ist klar, dass ich einen guten Grund habe, warum ich diese Regel verletze, und niemand im Restaurant würde mir deswegen Vorwürfe machen. Aber es ist mir trotzdem peinlich, einfach, weil es noch neu ist für mich. Manchmal besiegt mich das Verlegenheitsgefühl darum noch und bringt mich dazu, nicht das Gericht zu wählen, auf das ich Lust habe, sondern eines, das ich selbständig essen kann. Ich weiche der Peinlichkeit aus, indem ich zum Beispiel Pizza anstatt Spaghetti bestelle, weil ich die Pizzastücke von Hand essen kann. Das ist eine viel kleinere Regelverletzung.»

«Ich verstehe», sagt Lynn.

Der Kellner tritt an unseren Tisch und zückt den Notizblock.

«Und, Marc, worauf hast du gerade Lust?», fragt Lynn lauernd.

«Pizza», lüge ich und grinse breit.

«Soso», sagt Lynn und zwinkert mir verschwörerisch zu. Dann sagt sie zum Kellner: «Wir nehmen zweimal die Spaghetti!»

* * *

Lynn ist begabt darin, mir beim Essen zu helfen. Es dauert allerdings eine Weile, bis sie die richtige Technik findet, um möglichst wenig zu kleckern. Beim zweiten Bissen purzelt im dümmsten Moment ein Fleischbällchen von der Gabel, rollt über mein Kinn, dann den Pulli hinunter, und hinterlässt bei seiner Talfahrt ein tomatiges Vermächtnis. Lynn quiekst erschrocken auf und trägt uns damit die Aufmerksamkeit der anderen Gäste ein. Zu meiner Überraschung macht mir das heute nicht das Geringste aus. Vielleicht liegt es an meiner gelösten Stimmung nach der überstandenen Prüfung, oder daran, dass ich Lynns Anwesenheit so genieße – ich empfinde die Situation nicht als peinlich, sondern als amüsant.

«Swuuusch, bäääm!», kommentiere ich den Absturz des Fleischbällchens, und eine ältere Frau am Nebentisch beginnt vergnügt zu lachen.

Lynn, die gerade mit betretener Miene den entstandenen Schaden begutachtet, schaut mich überrascht an. Ich zwinkere ihr zu, und sie wischt mir schmunzelnd mit der Serviette das Kinn ab.

Auch bei den nächsten paar Bissen geschehen noch ein, zwei Missgeschicke, aber Lynn lernt schnell aus den Fehlern und kriegt die Sache immer besser in den Griff. Es beginnt uns mit der Zeit sogar Spaß zu machen, und als wir mit den Spaghetti fertig sind, suchen wir auf der Speisekarte nach einem herausfordernden Nachtisch, um noch etwas mehr zu üben.

Als wir das Pasta-Paradies verlassen, sind wir in bester Feierlaune und haben Lust, noch woanders hinzugehen. Lynn schlägt eine Kneipe ein Stück weiter oben am See vor. Eine innere Stimme ermahnt mich, dass ich um zehn an der Uni das Taxi bestellt habe, aber da es noch nicht einmal acht Uhr ist, willige ich ein.

Die Kneipe ist schummrig und verraucht, aber äußerst gemütlich. Wir wollen eigentlich nur ein paar Drinks an der Bar verinnerlichen, aber diese ist so hoch oben, dass ich mit der Nase gerade einmal bis zur Kante reiche. Darum setzen wir uns stattdessen an einen der langen Tische. Neben uns sitzen vier junge Männer – wahrscheinlich Studenten – die bereits einige leere Biergläser vor sich stehen haben. Einer nickt uns freundlich zu, die anderen ignorieren uns.

«Guten Abend, was möchten Sie trinken?», erkundigt sich die Kellnerin bei Lynn.

«Ein Molson-Bier bitte.»

«Und was will *er* trinken?», fragt die Kellnerin und deutet mit dem Stift auf mich.

Etwas irritiert schaut Lynn mich an und ich sage: «Ich nehme auch so eins.»

Als ob sie mich nicht gehört hätte, blickt die Kellnerin weiterhin Lynn an, bis diese sagt: «Also zwei Bier.»

«Gerne.» Die Kellnerin schlurft davon.

«Passiert dir das oft?», fragt Lynn.

«Kommt gelegentlich vor.»

Nach dem ersten Bier erwacht unser Durst erst richtig und wir lechzen nach einer zweiten Runde. Erneut spielt die Kellnerin mit Lynn das ‹was-will-*er*-trinken-Spiel›. Als sich das zweite Bier schon kurze Zeit später zum ersten gesellt hat, steht die dritte Runde an. Lynn hat genug von Bier und bestellt einen Gin Tonic.

«Und was möchte *er* trinken?», fragt die Kellnerin wieder.

Nun habe ich genug davon. «*Er* hätte gerne einen Tequila!», sage ich unüberhörbar laut.

Die Bedienung zuckt zusammen.

«*Er* nähme sogar einen doppelten, wenn's recht ist!»

«L-lieber einen goldenen oder einen silbernen?» Sie dreht sich leicht zu mir hin, jedoch ohne mich direkt anzublicken.

«*Er* hat heute Lust auf einen silbernen, danke, mit Salz und Zitrone, bitte», reibe ich ihr die dritte Person Singular nochmals ins Gesicht.

«Gerne!» Sie eilt davon.

«Gut gebrüllt, Löwe!», sagt der Student weiter unten am Tisch, der uns vorhin zugenickt hat. «Du musst dich wehren gegen sowas.»

Ich weiß nicht so recht, was ich erwidern soll. Mit einem Anflug von schlechtem Gewissen blicke ich der Kellnerin nach und frage mich, ob es nicht übertrieben gewesen ist, sie so zu behandeln. Zum Abbau von Kontaktängsten habe ich damit jedenfalls nicht beigetragen.

«Ich bin Frankie, und das da drüben sind meine Kumpels Larry, Josh und Pete», sagt der Student, rutscht näher zu uns hin und streckt uns die Hand entgegen. Seine Augen glänzen und seine Wangen sind gerötet.

Lynn und ich stellen uns ebenfalls vor, schütteln ihm die Hand und nicken Frankies Freunden zu, die uns jedoch nicht beachten. Nur Josh prostet kurz mit dem Bierglas in unsere Richtung.

«Ich finde es unglaublich cool, dass du hier bist», sagt Frankie zu mir.

«Ja, ist ganz nett hier.»

«Auch wenn man im Rollstuhl ist, kann man ja trotzdem Bier saufen und mit hübschen Frauen abhängen, gelle!»

Ich nicke artig und zwinkere Lynn belustigt zu.

«Mein Cousin hat auch irgendsowas wie du, der ist auch im Rollstuhl, aber der geht nie vor die Tür, der hängt immer nur zuhause rum», lallt Frankie. «Ich hab' ihm schon tausendmal gesagt, er soll doch endlich das Leben genießen und so, aber der hängt immer nur vor seinem Computer!»

Die Bedienung bringt die Drinks und Lynn steht auf, um mir zu helfen. Amüsiert beobachtet Frankie, wie Lynn mich zunächst das Salz von ihrem Handrücken lecken lässt, mir dann den Tequila in den Rachen schüttet und mir schließlich die Zitrone hinhält, damit ich hineinbeißen kann. Der Drink ist stark und ich verziehe kräftig das Gesicht.

«Alter, *so* lebt man!», ruft Frankie und klatscht vergnügt in die Hände. «Hey Larry, Larry, das musst du dir ansehen!» Er stupst seinen Kumpel an. Dieser dreht sich schwerfällig um und sein müder, desorientierter Blick lässt darauf schließen, dass für sein Wohlbefinden ein Kaffee besser wäre als ein weiteres Bier – am besten gleich intravenös. Er mustert mich verwirrt und dreht sich wortlos wieder zurück.

«Wirklich toll, dass du hier bist», erwähnt Frankie erneut. «Sag mal, ist das hier eigentlich deine Schwester, oder deine Betreuerin, oder deine Freundin?» Er klopft Lynn kräftig auf die Schulter und legt dann den Arm um sie, was einen Hauch von Eifersucht durch meine Magengrube wehen lässt.

«Wir studieren zusammen», erklärt sie.

«Ich bin ein Austauschstudent aus der Schweiz», ergänze ich und registriere mit einer gewissen Genugtuung, wie Lynn mit einer eleganten und geübt wirkenden Bewegung Frankies Arm abschüttelt.

«Was, echt? Du studierst?», ruft Frankie. «Unglaublich, unfassbar, ist ja Wahnsinn! Du lässt nichts aus, wie?»

«Nein, wieso sollte ich?» Ich spüre, wie der Alkohol urplötzlich eine Welle der Euphorie über mich hinwegrollen lässt. «Man lebt nur einmal! Jeder hat sein Schicksal in den eigenen Händen! Ich lasse den Rollstuhl doch nicht mein Leben diktieren!», dresche ich ein paar Phrasen, die sich wohl leer anhören würden, wenn ich nicht so voll wäre.

«Toll, Alter, toll! Hey Larry, dreh dich mal um, Larry, der Typ hier ist der Hammer!» Frankie rüttelt begeistert am Arm seines Saufkumpanen. «Das ist so einer, auf den hört niemand, aber eigentlich sollten *alle* auf den hören! Der hat's gecheckt, Larry, der hat's drauf!»

Doch Larry ist es offenbar egal. Er hat den Kopf auf die Tischplatte gelegt und schläft.

«Hey, ich geb' euch ‹ne Runde aus, okay?», sagt Frankie.

Ich zögere. Eigentlich habe ich ja um zehn das Taxi bestellt und müsste mich langsam auf den Weg zurück zur Uni machen, aber das Taxi ist mir in diesem Moment völlig egal. Ich habe nicht die geringste Lust, jetzt schon zu gehen und Lynn alleine mit Frankie zurückzulassen. Außerdem wirkt die Aussicht auf weitere Drinks äußerst verlockend. Doch irgendwie muss ich danach noch nach Hause kommen. Lynn bietet an, mich zu Fuß zu begleiten – es seien schließlich bloß mickrige vier oder fünf Kilometerchen. Das klingt für mich nach einem vernünftigen Plan und ich akzeptiere Frankies Einladung.

Wir trinken noch zwei Runden mit ihm. Er versucht ebenso energisch wie vergeblich, Lynn zu überreden, die Nacht bei mir zu verbringen, was uns beiden trotz aller Promille etwas peinlich ist. Als er vorschlägt, dann solle sie die Nacht doch wenigstens bei *ihm* verbringen, beschließen wir, aufzubrechen. Frankie betont noch einmal, dass er es wirklich toll findet, dass ich da gewesen bin, und wir verabschieden uns voneinander.

Die Stimmung in der Kneipe ist rauer geworden, Lärm- und Alkoholpegel sind im Gleichschritt angestiegen. Auf dem Weg zur Tür fahre ich jemandem leicht in die Hacken – das Manövrieren des Rollstuhls kommt mir ungewohnt schwierig vor. Der Kerl wirbelt fluchend herum. Als er mich entdeckt, entspannen sich seine Gesichtszüge und er versucht, mich zu umarmen, was ihm jedoch in zwei Anläufen nicht gelingt. Schließlich gibt er es auf. Stattdessen salutiert er militärisch vor mir, eskortiert mich zur Tür und schubst unzimperlich alle Hindernisse – egal ob menschlich oder nicht – aus dem Weg.

Dann stehen Lynn und ich draußen in der Kälte.

* * *

In wunderschön unregelmäßigen Schlangenlinien fahre ich dem See entlang in Richtung ILIVE. Lynn torkelt neben mir her und pumpt schwer atmend kleine Dampfwölkchen in die kalte Nacht hinaus. Als ich ihr anbiete, auf dem Rollstuhl mitzufahren, lässt sie sich nicht zweimal bitten. Sie klettert auf die Fläche zwischen meinen Hinterrädern und hält sich an der Rückenlehne fest.

«Wenn uns jetzt die Polizei erwischt, stecke ich sowas von in der Tinte», sage ich. Ich bringe den Satz nur mühsam über die Lippen und muss mich zusammenreißen, damit die einzelnen Silben nicht wild durcheinander purzeln.

«Wieso meinst du?», fragt Lynn. Auch sie scheint mit der Zunge zu kämpfen.

«In Deutschland haben die einem Behinderten einen Monat lang den Rollstuhl weggenommen, weil er mit zwei Promille durch die Stadt gekurvt ist, hab' ich gelesen.»

«Wie unfair. Mir nehmen sie ja auch nicht die Beine weg, wenn ich besoffen bin.» Lynn schlingt von hinten einen Arm um meinen Oberkörper, wohl um sich besser festhalten zu können.

«Ja, ein paar Sozialarbeitsstunden wären gerechter gewesen.»

Mein Gehirn hängt eine Weile dem schwierigen Wort ‹Sozialarbeitsstunden› nach und ich realisiere dabei nicht, dass sich der Lake Ramsey ganz langsam und hinterhältig von rechts an uns heranpirscht.

«Hoppla!», rufe ich und korrigiere im letzten Moment den Kurs, bevor wir in den See plumpsen. «Uiuiui, jetzt hätte ich doch tatsächlich fast einen auf Tom gemacht!» Ich beginne irr zu kichern.

Lynn scheint nichts von unserem beinahe-Unfall mitgekriegt zu haben und schmiegt ihre Wange an mein Ohr. Adrenalin schießt in meine Adern, und es ist schwer zu sagen, ob die fiese Attacke des Sees oder Lynns Nähe der Auslöser dafür ist. Auf jeden Fall sorgt es dafür, dass ich mich nüchterner fühle. Ich realisiere auf einmal, wie kalt es ist, und bitte Lynn, mir Schal und Mütze anzuziehen. Ich konzentriere mich fortan mehr aufs Fahren und bleibe auf sicherem Abstand zum See.

Die gut fünf Kilometer Nachhauseweg ziehen sich fürchterlich in die Länge. Als ich mich entschlossen habe, das Taxi sausen zu lassen, ist mir die Distanz noch wie ein Katzensprung vorgekommen. Nach etwa der Hälfte des Weges ist meine Hand durchgefroren und ich muss anhalten.

«Kannst du für mich weiterfahren?», frage ich Lynn.

«Wie geht das?»

«Einfach den Steuerknüppel nach vorne drücken.»

Lynn steigt ab, tut, wie geheißen, und fährt sich prompt über den Fuß. Sie heult überrascht-entrüstet auf, und wir kriegen beide einen Lachanfall, der sich erst nach einer Weile wieder legt.

«Ich schaffe das nicht», sagt Lynn.

«Okay, dann musst du meine Hand aufwärmen.»

Sie greift wortlos nach meinen klammen Fingern und reibt sie sanft. So halten wir mit halb geschlossenen Augen Händchen, bis ich mich wieder einigermaßen fahrtüchtig fühle.

Auf der letzten Etappe müssen wir mehrmals pausieren und die Hand aufwärmen, weil sie mir nun immer schneller den Dienst versagt. Doch schließlich biegen wir um Viertel nach zwölf in die Straße ein, an deren Ende ILIVE liegt.

«Mein letzter Bus fährt gleich», sagt Lynn zerknirscht, als sie mir gerade wieder die Finger warmknetet. «Wenn ich den verpasse, muss ich ein Taxi rufen.»

Da ich weiß, dass Lynn finanziell nicht auf Rosen gebettet liegt, will ich ihr nach dem ohnehin schon kostspieligen Abend nicht auch noch unnötige Taxikosten aufbürden. Ich erwäge kurz, sie zu fragen, ob sie nicht doch Frankies Vorschlag folgen und bei mir übernachten wolle, bringe dann aber nicht den Mut dazu auf. Die euphorisierende Wirkung des Alkohols ist einer bleiernen Müdigkeit gewichen.

«Geh ruhig, die paar Meter schaffe ich schon alleine», sage ich.

«Bist du sicher?»

«Klar doch.»

«Gut, da bin ich sehr froh drum, danke.»

Wir verabschieden uns und wünschen uns gegenseitig eine erholsame Weihnachtspause. Dann eilt sie davon. Ich blicke ihr lange nach, ehe ich seufzend den Rollstuhl wende und in Richtung ILIVE-Gebäude losfahre.

«Räbämm!», macht es, als ich genau in dasselbe Schlagloch reinrattere wie damals mit T.J. und Tom auf dem Weg zu Tim Hortons. Meine Hand wird durch die Erschütterung von der Steuerung geschleudert. Hilflos sitze ich da, das Ziel direkt vor Augen. Unter normalen Umständen könnte ich die Hand selbständig wieder auf die Steuerung heben, aber wegen der Kälte und des Alkohols sind meine Muskeln so sehr beeinträchtigt, dass ich keine Chance habe. Ich blicke mich um: Es ist niemand in Rufweite, und in den nahen Häusern sehe ich nirgends Licht. Ich bin angeschmiert.

Ich beschließe gerade, das Beste aus der Situation zu machen und mir ein Nickerchen zu genehmigen, als mir von ILIVE her zwei Scheinwerfer entgegenleuchten. Ist jemand von den Angestellten erst jetzt auf dem Nachhauseweg? Das Auto hält neben mir an, eine Gestalt steigt aus und hastet im grellen Scheinwerferlicht auf mich zu. Geblendet kneife ich die Augen zusammen. Erst als die Gestalt direkt vor mir steht, erkenne ich ihr Gesicht.

«Heeey Jane, alte Socke», lalle ich, «dein Timing könnte nicht besser sein!»

* * *

18. Dezember 2010 – Ausgang

Wow, was war das für ein Abend gestern, mir brummt jetzt noch der Schädel! Aber musste es ausgerechnet Jane sein, die mich findet? Die läuft sicherlich schnurstracks zu Julie, um mich zu verpetzen! Dann kriege ich wohl noch einen weiteren Rüffel, nachdem mir heute schon die Telefondame vom Rollstuhltaxi die Leviten gelesen hat.

In gewisser Weise bin ich stolz auf mich. Ich habe gestern dem Regime des Rollstuhls zum ersten Mal so richtig getrotzt. Ich habe das getan, was ich wollte, ohne Rücksicht darauf, was vernünftig gewesen wäre. Nicht wie noch vor zwei Monaten, als ich aus purer Angst vor dem Ungewissen darauf verzichtet habe, auf Eugenes Angebot einzugehen.

Es ist mir aber auch bewusst, dass ich es übertrieben habe. Vieles, was man im Leben tut, ist mit Risiken verbunden. Solange diese Risiken in einem gesunden Verhältnis zum Ertrag stehen, ist alles okay. Gestern war das nicht der Fall: Ich hatte zwar viel Spaß, aber ich habe mich dabei unverhältnismäßig großen Gefahren ausgesetzt. Ich wäre fast im See gelandet oder hundert Meter vom warmen Bett entfernt erfroren. Mein Schutzengel hatte gestern mehr zu tun als der Papst am Ostersonntag! Ich bin ins andere Extrem gekippt: in die hirnlose Unvernunft.

Vielleicht braucht es hin und wieder solche Episoden, um sich persönlich weiterzuentwickeln. Wichtig ist, dass ich daraus die richtigen Lehren ziehe. Das nächste Mal weiß ich, wieviel ich vertrage und nehme einen Drink weniger. Okay, sagen wir drei Drinks weniger. Dass ich mich auf jeden Fall bis zur Tür begleiten lassen muss, ist mir nun auch klar. Ich hätte Lynn ja anbieten können, mich an ihren Mehrkosten zu beteiligen. Und im Nachhinein leuchtet es mir ein, dass ich den Taxifahrer wenigstens hätte anrufen sollen, damit er nicht vergeblich auf mich wartet. Wer mehr Freiheit will, muss auch mehr Verantwortung tragen.

Die körperlichen Risiken lassen sich mit etwas Erfahrung wohl relativ gut dosieren, wenn man als Rollstuhlfahrer aktiv am öffentlichen Leben teilnimmt. Es gibt aber auch sowas wie seelische Risiken, die man dabei eingeht. Ich denke an das, was Frankie von seinem Cousin erzählt hat, der offenbar immer nur zuhause sitzt. Es ist nicht so trivial wie Frankie glaubt, «einfach mal raus zu gehen und das Leben zu genießen», denn die Reaktionen der Leute auf den Rollstuhl haben durchaus das Potenzial, einem zu schaden. Der gestrige Tag war ein repräsentativer Querschnitt durch die verschiedenen Verhaltensweisen, denen ich begegne: Es gibt die Gaffer, wie den Jungen mit dem Rollbrett, die neugierig glotzen, was denn da Seltsames daherkommt. Es gibt die Weggucker, wie die Bedienung in der Kneipe, die mich mit allen Mitteln zu ignorieren versuchen. Und es gibt die Überschwänglichen, wie Frankie, die meine Anwesenheit so übertrieben lobpreisen, dass es fast schon lächerlich ist. Sowas kann einem arg zusetzen, wenn man noch nicht gelernt hat, damit umzugehen.

Natürlich sind die Vertreter dieser drei Gruppen in der Minderzahl. Von der überwältigenden Mehrheit der Menschen wird man normal und angemessen behandelt – bloß sind die normalen Reaktionen in der Regel nicht diejenigen, die sich einem einprägen. Wahrscheinlich ist das einer der Schlüssel, um den Kampf gegen das Peinlichkeitsgefühl zu gewinnen: Man muss sich vor Augen führen, dass die übertriebenen Reaktionen zwar existieren, dass sie aber eine Ausnahme darstellen. Und anstatt sich von ihnen einschüchtern zu lassen, konzentriert man sich besser auf die anderen.

Alle Risiken bergen auch Chancen. Wenn man sich den seelischen Risiken stellt, lernt man mit der Zeit, mit dem Begafftwerden umzugehen. Und wenn man sich ab und zu einem (wohldosierten) körperlichen Risiko aussetzt, wird man mit spannenden Erlebnissen belohnt!

11

«Du willst nach Montreal reisen? Schon nächsten Montag?», ruft Tom überrascht.

Ich nicke. Es ist Mittwoch, zwei Tage vor Weihnachten, und wir sitzen in Toms Büro für Freizeit und Integration. Unter den Augen seiner zahlreichen Stars und Models, die seelenlos von den Wänden auf uns herabstarren, habe ich ihn gebeten, mir bei der Organisation zu helfen.

«Interessant», sagt er mit anerkennendem Grinsen. «Ich dachte eigentlich, du wärst einer, der sogar das Zähneputzen zwei Wochen im Voraus in die Agenda einträgt. Da habe ich dich wohl falsch eingeschätzt!»

Ich zucke mit den Schultern. Mein kurzfristiger Entschluss, zwischen Weihnachten und Neujahr einen Städtetrip zu unternehmen, ist tatsächlich untypisch für mich. Doch der Abend mit Lynn hat einen bisher unbekannten Hunger in mir entfacht: Ich will hier nicht mehr nur das Auslandjahr bestehen, nein, ich will etwas erleben! Man fliegt schließlich nicht sechstausend Kilometer über den Atlantik, bloß um Sudbury zu sehen. Doch am Wochenende ist mir mit Schrecken klar geworden, dass die Weihnachtspause meine einzige Chance darstellt, Kanada ausgiebiger zu erkunden. Das Studium geht Anfang Januar nämlich nahtlos weiter, und im Frühling fliege ich nach den Prüfungen gleich wieder zurück in die Schweiz. Jetzt oder nie heißt die Devise, und obwohl die Nie-Lobby traditionell stark ist in mir, habe ich mich zu einem mutigen Jetzt durchringen können. «Denkst du, das klappt?», frage ich Tom hoffnungsvoll.

«Wieso sollte es nicht klappen? Du bist zwar reichlich spät dran mit organisieren, aber das kriegen wir schon hin!», sagt er. «Es gibt drei Dinge, die wir klären müssen. Erstens: Die Anreise. Wir brauchen einen Weg, wie du nach Montreal gelangst. Per Flugzeug wäre am schnellsten.»

«Lieber nicht per Flugzeug», sage ich und verziehe das Gesicht. «Was gibt es für Alternativen? Die Eisenbahn?»

«Die kannst du knicken, niemand fährt hier mit der Bahn», erwidert Tom. «Ein Mietauto wäre die flexibelste Variante, wenn du jemanden findest, der dich fährt. Allerdings wird das natürlich teuer – die Miete, der Sprit, die Parkgebühren ...»

«Das kann ich mir nicht leisten.»

«Dann bleibt nur noch Greyhound.»

«Greyhound?» Verständnislos blicke ich ihn an.

«Du kennst ja wirklich gar nichts, wie?» Tom sieht mich kopfschüttelnd an. «Greyhound ist ein Reisebus-Unternehmen. Die verkehren regelmäßig und im ganzen Land.»

«Und die sind für Rollstühle ausgerüstet?»

«Sie haben einige Busse mit einem Hebelift an der Seite.» Tom dreht den Rollstuhl zum Computerbildschirm. «Ich maile dir die Telefonnummer von deren Kontaktbüro. Die sorgen dafür, dass für die Hin- und Rückreise einer von den Bussen mit Hebelift kommt. Ruf möglichst bald dort an, die brauchen eine Weile, um alles in die Wege zu leiten.»

«Okay, danke.»

«Die Nummer des Rollstuhltaxis in Montreal hänge ich dir auch noch an, schließlich musst du ja irgendwie vom Busbahnhof ins Stadtzentrum gelangen.»

Ich schaue zu, wie Tom mit der Computermaus hantiert und begreife nun, weshalb das Schreiben von E-Mails für ihn so anstrengend ist: Er kann die Tastatur nicht bedienen und muss in einem Hilfsprogramm jeden Buchstaben einzeln mit der Maus anklicken.

«Zweitens: Die Unterkunft», sagt Tom und dreht sich wieder zu mir. «Theoretisch sollten Hotels heutzutage alle rollstuhlgängig sein, praktisch sind sie es jedoch längst nicht. Ich habe irgendwo eine Liste von Hotels, die als *rollstuhlfreundlich* vermerkt sind, da suche ich dir auch noch die Nummern raus. Du solltest aber trotzdem telefonisch nachfragen, ob die wirklich keine Stufen vor der Eingangstür haben und wie groß der Fahrstuhl ist, denn die Kriterien für Rollstuhlgängigkeit sind eher auf Handrollstühle ausgelegt als auf elektrische Brummis wie deinen.»

Ich nicke. Da kommt offenbar noch so einiges an telefonischer Arbeit auf mich zu.

«Drittens: Die Betreuung. Hast du jemanden, der mit dir reist?»

«Ja, hab' ich», sage ich und bin erleichtert, dass wenigstens dieser Punkt keine weiteren Anrufe erforderlich macht. «T.J. begleitet mich. Ich zahle ihm einen Beitrag an Reise, Verpflegung und Unterkunft, und im Gegenzug betreut er mich.»

«Oh, und was sagt Julie dazu?»

«Sie weiß nichts davon.» Besorgnis schleicht sich in meine Gedanken. Als ich T.J. gestern Morgen während dem Anziehen von meinen Reiseplänen erzählte, war er von der Idee begeistert und bot mir von sich aus an, mich zu begleiten. Als ich ihn auf das Julie-Problem ansprach, winkte er mit grimmiger Miene ab. «T.J. sagt, er schert sich einen Dreck darum, was Julie dazu meint», berichte ich Tom. «Er hat erst an Silvester wieder Dienst, und wir kommen am Abend des dreißigsten Dezember zurück. Sie wird es nie erfahren, sagt er.»

«Hoffen wir's», sagt Tom nachdenklich, «hoffen wir's.»

* * *

«Guten Morgen. Pinkelflasche eingepackt?», fragt T.J., als wir uns fünf Tage später am Busbahnhof von Sudbury treffen. Er hat nur leichtes Gepäck dabei und hält ein angebissenes Monster-Sandwich in der Hand.

«Alles dabei», erwidere ich. «Es kann losgehen!»

Wir begeben uns zum Bus. Auf der rechten Seite hat er eine große Schiebetür und einen bereits ausgefahrenen Hebelift. Die Koordination durch das Greyhound-Kontaktbüro hat also funktioniert. Einige Passagiere stehen mit ihrem Gepäck neben dem Bus, ebenso wie der Fahrer, der zappelig von einem Fuß auf den anderen tritt. Als er uns entdeckt, macht er einen Hüpfer, winkt mit der Hand und eilt uns ein Stück entgegen.

«Bitte fahren Sie rückwärts auf die Rampe, Sir», sagt er, noch bevor wir ihn erreicht haben. Irgendwie wirkt er nicht besonders entspannt.

Unter den Augen der anderen Fahrgäste parke ich rückwärts ein, der Lift hebt mich surrend in die Höhe, und als ich drinnen bin, beginnt der Fahrer, den Rollstuhl an allen vier Ecken zu befestigen. Wahrscheinlich macht er das zum ersten Mal, denn es dauert ziemlich lange, bis er den Mechanismus durchschaut. Die Leute draußen strecken den Hals, um zu beobachten, wie der Fahrer an den Spanngurten nestelt. Nach einigen unterdrückten Flüchen und einem eingeklemmten Finger hat er mich dann schließlich festgezurrt und fährt die Rampe ein. Und dann erkenne ich auch den Grund für seine Hektik: Das Gepäckfach des Busses befindet sich unter der Schiebetür und lässt sich nur öffnen, wenn die Rampe eingefahren ist. Er kann also erst jetzt die Abfahrt vorbereiten. Zackig verstaut er alle Koffer und Taschen, die Passagiere kommen an Bord, und einige Minuten später sind wir startklar.

«Oje, ich muss pinkeln», sage ich mit weinerlicher Miene zu T.J., als wir auf die Hauptstraße einbiegen.

«Nee, oder?», fragt er entsetzt. «Wir sind gerade erst losgefahren!»

«Natürlich nicht.» Ich grinse.

Er verpasst mir einen sanften Klapser gegen die Stirn und wir lachen.

Zufrieden blicke ich zum Fenster hinaus. Der Organisationsaufwand ist groß gewesen: Einen vollen Nachmittag lang habe ich recherchiert und herumtelefoniert, um diese spontane Unternehmung möglich zu machen. Neben der Anfrage bei Greyhound und der Reservation beim Montrealer Rollstuhltaxi, wo die Leitung ständig besetzt war, stellte die Suche nach einem Hotel die größte Knacknuss dar: Beim ersten Hotel sagte man mir, es habe zwar eine Treppe vor dem Eingang, aber man könne ja den Rollstuhl problemlos hinauftragen. Als ich erklärte, dass mein Rollstuhl etwa zweihundert Kilo wiegt, verwies man mich mit wortreichen Entschuldigungen an ein anderes Hotel, das besser geeignet sei. Es stellte sich heraus, dass dieses andere Hotel ebenfalls ausschied, weil der Fahrstuhl nur siebzig Zentimeter breit war. So ging es eine Weile weiter. Erst beim fünften Hotel, das schon erheblich über meinem anvisierten Preislimit lag, konnte man mir garantieren, dass Fahrstuhl und Zimmertür für meinen Rollstuhl breit genug seien, und dass es vor dem Eingang keine Treppe habe.

Über die Weihnachtstage überfiel mich dann eine ständige Ungewissheit, ob auch alles so klappen würde wie geplant. Ein unrealistisches Schreckensszenario jagte in meinem Kopf das nächste, und meine innere Nie-Fraktion wollte mich mehrmals dazu überreden, alles abzublasen. So verbrachte ich ziemlich unruhige Weihnachten. Und dass Lynn nicht auf meine (zwei!) *Merry-Christmas*-SMS reagierte, trug auch nicht gerade zu meiner Entspannung bei.

Aber das erscheint mir nun plötzlich alles unbedeutend. Die Reisestimmung hat jegliche Sorgen weggeblasen und gibt mir die Gewissheit, dass die bevorstehenden Tage den Aufwand mehr als wert sein werden. Wir fahren in Richtung Südosten, und draußen beginnt es zu schneien. Endlose Wälder, idyllische Dörfer und kleine Seen ziehen vor dem Fenster vorbei, und ich kriege fast eine

Nackenstarre, weil ich mich nicht von dem Anblick lösen will. *Dafür* kommt man nach Kanada!

Am Nachmittag müssen wir in Ottawa umsteigen und einige Stunden später erreichen wir Montreal. Das Taxi wartet bereits, um uns ins Hotel zu fahren. Es hat hier den ganzen Tag kräftig geschneit und der Fahrer heftet sich an die Felgen eines Schneepflugs, der in die gleiche Richtung unterwegs ist wie wir.

Im Hotel besichtigen wir als erstes unser Zimmer. Es hat eine breite Tür und genug Platz für den Transfer – perfekt! Wir gehen in die Bar im Erdgeschoss und genehmigen uns einen Drink. Dabei kommen wir mit Steve, dem Barkeeper, ins Gespräch. Als wir zu Bett gehen wollen, erklärt er sich bereit, uns beim Transfer zu helfen.

T.J. hat mich kaum richtig zugedeckt, da schlafe ich bereits.

* * *

«Wo bleibt dieses verfluchte Taxi?», frage ich zum dritten Mal. Der Zeiger der Uhr in der Empfangshalle unseres Hotels springt klackend auf die nächste Minute. Es ist zwanzig nach acht.

«Keine Sorge, wir schaffen es sicher rechtzeitig an den Busbahnhof», beschwichtigt mich T.J., aber auch sein Blick hängt sorgenvoll an der Uhr.

Wir haben in Montreal zwei großartige Tage verbracht. Am Dienstag sind wir shoppen gegangen in der gigantischen unterirdischen Einkaufspassage, und am Abend haben wir uns in einem chinesischen Restaurant quer durch die Speisekarte gefressen. Am Mittwoch wollten wir eigentlich die Altstadt erkunden, doch der Schnee machte uns einen Strich durch die Rechnung: Mein Rollstuhl war nicht in der Lage, sich durch die reichlich mit kaltem Weiß gesegneten Sträßchen von *Vieux-Montréal* zu pflügen. Darum gingen wir stattdessen ins Casino. Während ich mich beim Spielen vornehm zurückhielt, gewann T.J. ein hübsches Sümmchen, was wir am Abend in Steves Bar kräftig feierten.

Doch nun ist es Zeit für die Rückreise. Ich habe vorsichtig geplant und das Taxi schon für acht Uhr bestellt, obwohl der Bus erst um Viertel nach neun fährt und wir für den Weg höchstens eine halbe Stunde brauchen.

«Ich rufe nochmal an», sage ich.

«Ist doch sowieso immer besetzt», entgegnet T.J. missmutig, reicht mir aber trotzdem das Handy.

«Hallo?», klingt eine gestresste Männerstimme aus dem Hörer.

«Oh, hallo, endlich erreiche ich Sie!»

«Wie kann ich Ihnen helfen?», fragt die Stimme und hängt gereizt ein «Sir» an.

«Unser Taxi hätte vor einer halben Stunde hier sein sollen!» Ich nenne ihm meinen Namen und den des Hotels.

«Einen Moment, bitte.»

Ich warte. Der Minutenzeiger klackt.

«Tut mir leid, Sir, der Fahrer war um acht Uhr vor dem Hotel, er ist aber wieder losgefahren, weil Sie nicht da waren.»

«Wie bitte? Wir haben die ganze Zeit hier gewartet, ich schwöre, da war kein Taxi!»

«Er sagt, er hat bei der Tankstelle gegenüber gewartet und mehrmals an der Rezeption nach Ihnen Ausschau gehalten.»

Ich spähe durch die gläserne Eingangstür des Hotels. «Da ist keine Tankstelle gegenüber. Nur rote Backsteinhäuser.»

«Einen Moment, bitte.»

Ich warte. Der Minutenzeiger klackt. «Jaaa, lassen Sie sich ruhig Zeit, wir haben's ja nicht eilig!», fauche ich ins Handy.

«Sir?», meldet sich die Stimme wieder. «Tut mir leid, es hat offenbar ein Missverständnis gegeben. Der Fahrer hat beim falschen Hotel gewartet. Es gibt in Montreal zwei von dieser Kette.»

«Na toll ...»

«Wir schicken Ihnen sofort jemanden.»

Konsterniert lege ich auf.

Um Viertel vor neun trifft das Taxi ein. Auf dem Weg zum Busbahnhof verfluchen T.J. und ich ein halbes Dutzend rote Ampeln, wünschen mehrere gemütliche Verkehrsteilnehmer zur Hölle und peitschen den Fahrer an wie ein Rennpferd.

Es ist zwei Minuten vor Abfahrt, als wir den Busbahnhof erreichen. Der Taxifahrer bremst brüsk und springt aus dem Wagen, um mich auszuladen, derweil T.J. mit dem Gepäck vorauseilt, um unsere Ankunft zu verkünden. Einige Wimpernschläge später rase ich ihm hinterher. Er erwartet mich an der Eingangstür.

«Alles in Butter, der Bus ist noch da, sie nehmen uns noch mit», sagt er erleichtert. «Das Gepäck verladen sie gerade.»

Wir begeben uns auf den Busparkplatz. Dort sind zwei Leute – wohl der Fahrer und ein Vorgesetzter – wild am Gestikulieren.

«Was ist denn los?», frage ich, als wir sie erreichen.

Der Vorgesetzte wendet sich mit ernster Miene zu mir um. «Es gibt ein Problem.»

«Und das wäre?»

«Wir können Sie nicht einladen. Der Hebelift funktioniert nicht. Irgendwas an der Elektronik muss defekt sein.»

«Das ist ein Witz, oder?», frage ich entgeistert.

«Leider nein.»

«Und das haben Sie gerade erst bemerkt?»

«Das ist mein Fehler», sagt der Fahrer. «Ich hätte den Lift vorher testen sollen. Aber ich dachte, es ist praktischer, wenn ich mit dem Ausfahren der Rampe warte, bis Sie da sind, denn dann kann ich vorher schon mal das Gepäck der anderen Fahrgäste verladen.»

«Und nun ist es leider zu spät, um nach der Ursache der Störung zu suchen», fügt der Vorgesetzte hinzu.

«Hat der Lift keinen Handbetrieb oder sowas?», frage ich.

Der Fahrer will gerade antworten, als ein Passagier im Bus das Fenster öffnet und ihm zuruft: «Können wir langsam losfahren? Ich verpasse sonst meinen Anschluss in Ottawa!»

Der Fahrer blickt zum Vorgesetzten. Der seufzt tief und nickt ihm dann zu. Der Fahrer geht um den Bus herum und steigt ein.

«Moment mal, unser Gepäck ist in diesem Bus!», rufe ich laut, um den anspringenden Motor zu übertönen.

«Wir können jetzt nicht nochmal alles ausladen, Sir», sagt der Vorgesetzte. «Ich sorge dafür, dass sich in Ottawa jemand um Ihre Koffer kümmert.»

Ungläubig müssen wir zusehen, wie sich der Bus mit unserem Gepäck an Bord in Bewegung setzt.

«Der nächste Bus fährt ja schon bald, keine Sorge», sagt der Vorgesetzte tröstend.

«Und der hat sicher rein zufällig auch einen Hebelift, wie?»

Er erstarrt. «Daran habe ich gar nicht gedacht ...»

«Bis wann können Sie so einen Bus auftreiben?»

Er schweigt. Seine Miene verheißt nichts Gutes. «Das könnte eine Weile dauern. Ich leite das sofort in die Wege», sagt er schließlich und wendet sich zum Gehen. Dann hält er inne, kramt in seiner Tasche und sagt: «Tut mir wirklich leid, das sind äußerst unglückliche Umstände. Ich gebe Ihnen zwei Gutscheine für einen Kaffee und ein Sandwich, um die Wartezeit zu verkürzen. Es wäre jedoch gut, wenn Sie ein anderes Mal versuchen würden, nicht erst so knapp vor der Abfahrt aufzutauchen. Mit etwas mehr Zeit hätten wir heute vielleicht eine Lösung gefunden ...»

Resigniert begeben wir uns in die Wartehalle. Wir verbringen den ganzen Tag dort. Da sich meine Urinflasche in einem der verschollenen Gepäckstücke befindet, müssen wir improvisieren und ich pinkle in eine leere Cola-Flasche, was gar nicht so einfach ist, wie es sich anhört. Als absehbar wird, dass wir nicht vor dem nächsten Morgen in Sudbury ankommen werden, ruft T.J. bei Julie an, um sich für Silvester krank zu melden.

«Hat sie es geschluckt?», frage ich.

«Ich hoffe es. Sie hat gesagt, sie sorge für Ersatz und wünsche mir gute Besserung.»

Abends um zehn kommt endlich ein Bus mit intaktem Lift. Er bringt auch gleich unser Gepäck zurück, was wenigstens einen kleinen Trost darstellt.

Schweigend fahren wir durch die Winternacht. T.J. schläft schon bald ein, ich nicht. Das schlechte Gewissen plagt mich. Wird T.J. wegen mir Ärger kriegen? Und hätte ich es verhindern können?

* * *

31. Dezember 2010 – Reisen

Es ist doch alles so gut organisiert gewesen! Bis am letzten Morgen ging mein Plan perfekt auf. Und dann? Wie konnte plötzlich alles so schief laufen? Was habe ich falsch gemacht?

Spontanreisen sind heute für viele junge Menschen eine Selbstverständlichkeit. Es wäre jedoch naiv von mir zu glauben, das gelte auch für mich. Es erfordert nun einmal mehr Vorbereitung, wenn man einen Elektrorollstuhl mit auf die Reise nehmen muss. Man kann nicht einfach einen Last-Minute-Flug buchen, die Zahnbürste einpacken und aufbrechen. Doch dessen war ich mir durchaus bewusst.

Ohne Tom wäre ich aufgeschmissen gewesen. Es existiert viel *Know-How* zum Reisen mit Behinderung, man muss nur wissen, wo es zu finden ist. Tom hat mir erzählt, dass man im Internet für zahlreiche Städte Listen mit Telefonnummern von rollstuhlgängigen Hotels, Restaurants und Behindertentaxis aufstöbern kann, oder sogar Reiseführer für Touristen mit Behinderung findet. Außerdem gebe es spezialisierte Reisebüros und Organisationen, die über ein umfassendes Informationsnetzwerk verfügten. Daran muss ich unbedingt denken, wenn ich wieder einmal verreisen will.

Wie gesagt, Reisen mit Rollstuhl ist kein Selbstläufer. Zumindest für Toms Dreipunkteplan, Anreise-Unterkunft-Betreuung, muss man sorgfältig die notwendigen Abklärungen treffen. Aber habe ich das denn nicht getan? Klar, vielleicht wäre mir bei einer noch ausgiebigeren Recherche aufgefallen, dass es in Montreal zwei Hotels mit gleichem Namen gibt. Dann hätte ich dem Missverständnis vorbeugen können. Doch dass bei der Rückreise der Hebelift ausfällt, wäre auch mit der bestmöglichen Vorbereitung nicht zu verhindern gewesen.

Ich glaube, diesmal trifft mich keine Schuld. Obwohl es ein sehr kurzfristiger Entschluss war, diese Reise zu unternehmen, war meine Planung seriös. Ich bin keine dummen Risiken eingegangen, weder bei der Organisation, noch unterwegs. Aber bei Reisen mit Rollstuhl gibt es wohl eben nicht nur Risiken, sondern auch Nebenwirkungen.

Wenn man verreist, können immer unerwartete Dinge passieren – auch Fußgängern. Für manche Leute macht es vielleicht sogar den Reiz einer Reise aus, dass stets etwas Unvorhersehbares geschehen könnte. Der Unterschied von Nichtbehinderten zu mir ist, dass ich kaum Chancen habe, flexibel auf solche Zwischenfälle zu reagieren.

Darum bin ich schlicht aufgeschmissen, wenn ein Ereignis meine Planung über den Haufen wirft. Es ist ja nicht einmal so, dass ich Greyhound oder dem Montrealer Rollstuhltaxi einen Vorwurf machen könnte – Pannen und Missverständnisse geschehen eben manchmal. Das meine ich mit Nebenwirkungen: Es gibt niemals eine hundertprozentige Sicherheit, dass alles so läuft, wie man will.

Bedeutet das, ich sollte in Zukunft auf Reisen verzichten? Der Aufwand ist groß, die Möglichkeiten eingeschränkt, die Nebenwirkungen unberechenbar. Ist es das wert? Ja, ich denke schon. Ich fand es toll, quer durch Ontario zu fahren und die verschneite Landschaft zu bestaunen. Und es war spannend, Montreal mit all seinen Facetten zu erleben. Ich werde diese Reise nie vergessen!

Das Einzige, was ich mir vielleicht zum Vorwurf machen muss, ist die Sache mit T.J. Ich hätte entweder einen anderen Betreuer oder eine transparentere Lösung suchen sollen. Denn wenn er nun Probleme kriegt, trage ich zumindest eine Teilschuld. Ich hoffe bloß, Julie hat keinen Verdacht geschöpft ...

12

Es ist der erste Freitag des neuen Jahres. Unschlüssig stehe ich vor Julies Bürotür und nage an meiner Unterlippe. Heute Morgen beim Wäschesortieren hat mir Jeff ausgerichtet, dass Julie mich sprechen will, am besten gleich sofort. Holt mich die kleine Tequila-Episode nun also doch noch ein? Oder weiß sie womöglich sogar von der Sache mit T.J.? Der Gedanke lässt Übelkeit in mir aufsteigen.

Ich betrachte die angelehnte Tür, hinter der Julie auf mich wartet. ‹Die Drachenhöhle› nennen die Angestellten das Büro der Chefin, wenn sie sicher sind, dass sich keine falschen Ohren in Hörweite aufhalten. Aber sie fühlen sich selten sicher, denn Julie ist berüchtigt dafür, immer genau dort aufzutauchen, wo man sie am wenigsten erwartet. So auch jetzt:

«Wollen Sie zu mir?», sagt sie hinter mir.

Erschrocken drehe ich mich um.

Sie trägt eine Schreibmappe unter dem Arm und befindet sich – ganz offensichtlich – nicht wie angenommen auf der anderen Seite der Tür.

«Ja, äh, nein.» Von Wollen kann keine Rede sein. «Ich meine, ich kann auch gerne ein andermal vorbeischauen, wenn es gerade nicht passt.»

«Doch, doch, es passt vorzüglich», sagt sie und hält mir einladend die Tür auf.

Flucht steht außer Diskussion – sie weiß ja, wo ich wohne – also rolle ich mit gesenktem Haupt über die Schwelle. Drinnen weite ich überrascht die Augen. Ich weiß nicht, was ich von der Drachenhöhle erwartet habe, aber sicherlich nicht das: Sanftes Tageslicht fällt durch ein Fenster mit blauen Vorhängen und erhellt das säuberlich aufgeräumte Innere des Büros. An der Ecke des Schreibtischs steht ein Foto von Julie und zwei strahlenden Mädchen, daneben eine

Kaffeetasse mit dem Schriftzug *Super-Mama*. Der Gedanke, Julie könnte Mutter sein, hat sich mir nie auch nur im Geringsten aufgedrängt. Noch mehr verblüfft mich jedoch die Wand zu meiner Linken: Dort hängen an einer Pinnwand ganz viele Fotos, eines von jedem Bewohner, inklusive mir. Darunter stehen Name, Geburtstag und Lieblingsgericht der jeweiligen Person. Woher hat sie das Bild von mir?

Ich habe es immer gehasst, fotografiert zu werden. Für mich gehören Fotos in die gleiche Familie wie mein Erzfeind, der Spiegel (der sich, wie mir plötzlich bewusst wird, zurzeit erstaunlich ruhig verhält). Sie sind gewissermaßen seine jüngeren Geschwister, die ihrem großen Bruder darin nacheifern, mich zu verhöhnen. Das Bild an Julies Pinnwand zeigt mich auf der ILIVE-Weihnachtsfeier, zwei Tage bevor T.J. und ich nach Montreal gereist sind. Ich stelle fest, dass ich darauf anders aussehe als auf früheren Fotos. Es ist schwer zu sagen, was sich verändert hat, aber meine Augen wirken auf dem Bild irgendwie ... irgendwie *sprühend*.

«Die Fotografin hat Sie gut getroffen», sagt Julie sanft.

Ich nicke.

«Da fällt mir ein, ich kenne Ihre Lieblingsspeise noch gar nicht.»

Ich nenne sie ihr, und sie trägt sie unter dem Foto ein. Dann bietet sie mir ein Glas Wasser an, was ich dankend ablehne, und setzt sich hinter den Schreibtisch.

«Es hat eine Beschwerde über Sie gegeben», kommt Julie ohne weitere Umschweife zum Thema. Sie verschränkt die Arme, und ihre Miene wird auf einmal ernst und undurchdringlich.

«Oh, von wem denn?», erkundige ich mich betroffen und ziehe den Kopf zwischen die Schultern. Es schüchtert mich ein, dass Julie auf Knopfdruck von herzlich zu hart wechseln kann.

«Von wem tut nichts zur Sache», sagt sie unwirsch. «Kommt Ihnen nichts in den Sinn, was der Anlass sein könnte?»

Ich überlege mir meine Antwort sorgfältig. Hätte sie mich wegen T.J. herzitiert, würde sie mich wohl einfach fragen, ob ich wirklich mit ihm nach Montreal gefahren bin. Sie spricht aber von einer Beschwerde über *mich*. Folglich geht es um meinen alkoholischen Ausrutscher, und den kann ich ja kaum verleugnen. «Nun, da war diese Nacht kurz vor Weihnachten, als ich so breit war, dass ich auf dem Nachhauseweg beide Straßenseiten in Beschlag nehmen musste», gestehe ich verlegen.

Julie schweigt mit versteinertem Gesicht.

«Wahrscheinlich stammt der hässliche Kratzer an der Fahrstuhltür ... aus jener Nacht ... von mir», fahre ich kleinlaut fort. «Ich kann mich zwar nicht an die Details erinnern, aber die Lackspuren an meinem Tischchen sprechen eindeutig gegen mich.»

Noch immer lastet der unerträgliche Blick der Inquisitorin auf mir.

«Tut mir leid, es wird nicht wieder vorkommen», knicke ich vollends ein. «Und die Ausbesserungen am Fahrstuhl bezahle ich selbstverständlich.»

«Das ist nicht die Angelegenheit, von der ich spreche», erwidert Julie knapp.

«Nicht?»

«Nein. Diese Begebenheit wurde zwar ebenfalls gegen Sie vorgebracht, aber was Sie außerhalb von ILIVE treiben, geht mich nichts an. Und der Kratzer im Lack ist nicht der Rede wert.»

«Was ist denn dann das Problem?»

Julie holt tief Luft und lässt mich noch einen Moment zappeln. Dann sagt sie: «Das Personal hat mir berichtet, dass Sie sich während Pflegeleistungen einer sehr vulgären und beleidigenden Sprache bedienen.»

«W-was?», hauche ich entgeistert.

«Nun, zum Beispiel ...», sie holt einen Notizzettel aus der Schreibmappe und wirft einen flüchtigen Blick darauf. «Zum Beispiel sagen Sie bei der Körper- und Intimpflege offenbar Dinge wie ‹die Wampe wienern›, oder ‹den Piepmatz polieren›.»

Sie gibt mir Gelegenheit, etwas zu erwidern, aber ich gaffe sie bloß mit offenem Mund an.

«Korrekt wäre stattdessen ‹den Bauch waschen› und ‹das Glied waschen›.»

Mein Gesicht bleibt ein großes Fragezeichen.

«Des Weiteren sagen Sie ‹pinkeln› statt ‹Wasser lösen›, und ‹auf den Thron sitzen› statt ‹den Nachttopf benutzen›.»

«Ist hier irgendwo eine versteckte Kamera?» Ich schaue mich mit gespieltem Argwohn um.

«Marc, dies ist eine ernste Angelegenheit, die betreffende Person stört sich sehr daran.»

«Aber so spricht doch niemand! Wer denkt sich sowas aus? Sagen Sie etwa zuhause ‹ich suche den Abort auf›, wenn Sie aufs Klo müssen? Oder ‹ich muss meine Atemwege von Fremdkörpern befreien›, wenn Sie die Nase durchpusten?»

«Es geht hier nicht um mich, Marc.»

«Aber was soll denn an diesen Ausdrücken beleidigend sein?»

«Nun», Julie blickt wieder auf das Papier, «Sie sagen offenbar bei Mahlzeiten den Betreuern auch, sie sollen Sie ‹füttern›.»

«Na und?»

«Man nennt das ‹Nahrung eingeben›. Den Ausdruck ‹füttern› verwendet man nur für Tiere oder Säuglinge.»

«Dafür klingt ‹eingeben› nach Altersheim.»

«Aber es ist die korrekte Bezeichnung. ‹Füttern› ist diskriminierend, weil hier in ILIVE keine Säuglinge wohnen, sondern erwachsene Menschen, die ein selbstbestimmtes und würdiges Leben führen.»

«Grundgütiger Himmel!» Ich reiße in theatralischer Bestürzung Mund und Augen auf. «Dann ... dann habe ich mich ja selbst diskriminiert! Mir meine Würde geraubt. Schrecklich, ich werde mich natürlich umgehend bei mir entschuldigen müssen!» Ich grunze verächtlich. «Was für ein Bockmist.»

«Herr Schneider, reißen Sie sich zusammen, das ist eine wirklich ernste Angelegenheit.»

«Das ist völlig lächerlich! Ich habe keinen Nerv für sowas.»

Ein Zucken in Julies Gesicht verrät mir, dass sie insgeheim dasselbe denkt.

«Nehmen Sie die Beschwerde zur Kenntnis?», sagt sie und seufzt.

«Klar, sicher, und was ist meine Strafe? Einen Dollar ins Böse-Wörter-Töpfchen und den Mund mit Seife auswaschen?»

«Nein, ich möchte Sie einfach bitten, dass Sie bei manchen Betreuern etwas auf Ihre Sprache achten, damit niemand Anstoß nimmt», sagt Julie und steht auf, um mir die Tür zu öffnen.

«Sie können der beschwerdeführenden Person – nennen wir sie mal Jane – ausrichten, sie könne sich die Vorwürfe dorthin stecken, wo keine Sonne scheint! Oder halt, nein, nennen Sie es lieber ‹rektal einführen› ...»

* * *

Mit finsterer Miene sitze ich eine Stunde später im Rollstuhltaxi und schnaube wütend vor mich hin. Diese Beschwerde gegen mich ist doch reine Schikane! Ich bin mir sicher, dass Jane dahinter steckt, aber was will sie mit dieser Farce bezwecken? Ich beschließe, in ihrer Anwesenheit noch weniger zu sprechen und ihr keine Angriffsfläche mehr zu bieten.

Der Tag hat also schlecht angefangen, und es stehen noch zwei weitere Punkte auf der Tagesordnung, auf die ich gerne verzichten würde. Ich lenke meine Gedanken auf den ersten davon: eine Diskussionsrunde zur Schaffung eines kundenfreundlicheren und effizienteren Rollstuhltaxis für den Großraum Sudbury. Man erwägt eine Umstrukturierung des bestehenden Unternehmens. Eigentlich wäre es Toms Aufgabe, an dieser Debatte teilzunehmen, aber er hat mich vorgestern bekniet, für ihn einzuspringen.

«Ich habe eine vielversprechende Verabredung mit einer absoluten Wahnsinnsfrau, die ich unmöglich versetzen kann», hat Tom gesagt. «Du musst bei diesem Treffen bloß eine Stunde lang dumm rumsitzen und nett lächeln. Die erwarten nichts von dir, sie wollen einfach einen Behindi dabei haben, damit sie nachher sagen können, sie hätten uns in der Planungsphase mit einbezogen. Bitte, Kumpel, lass mich nicht hängen.»

Nachdem er mir neulich bei der Organisation meiner Spontanreise geholfen hat, sehe ich mich moralisch verpflichtet, ihm diesen Gefallen zu gewähren. Seine zynische Bemerkung, ich sei dort bloß der Quotenbehinderte, verbanne ich aus meinem Kopf. Ich will der Sache unvoreingenommen begegnen. Wer weiß, vielleicht wird die Veranstaltung ja ganz interessant? Ich fasse den Vorsatz, einen sinnvollen Beitrag zur Diskussion zu leisten, wenn ich schon die Gelegenheit dazu bekomme. ‹Dumm rumsitzen› gehört nämlich nicht in mein Repertoire, und für ‹nett lächeln› bin ich nach dem Besuch bei Julie in der falschen Stimmung.

Der Raum, in dem die Diskussionsrunde stattfindet, ist viel zu groß für die gut zwanzig Teilnehmer. Für jeden steht ein kleiner Tisch mit einem Namensschildchen bereit, das seine Funktion verrät. Projektleiterin, Taxibetreiber, Stiftungsratspräsident, Delegierter des städtischen Amts für Soziales und so weiter. Auf meinem Schild steht Betroffener.

Das Gespräch beginnt gleich mit dem wichtigsten Punkt: den Kosten. In der Eröffnungsrunde beteuern die Vertreter der verschiedenen Stellen alle brav, dass ihnen ein Rollstuhltaxi mit hoher Angebotsqualität sehr am Herzen liege, stellen aber sogleich klar, dass sie dafür möglichst wenig springen lassen wollen. Als nächstes gibt uns der Taxibetreiber einen groben Überblick über die Höhe der Ausgaben in diversen Unternehmensbereichen. Dann werden verschiedene Angebotsmodelle vorgestellt, von denen nach einigem Hin und Her eine Variation des bisherigen Modells die breiteste Unterstützung findet. Es ist ein Gutschein-Modell, welches vorsieht, dass alle Taxibenutzer eine bestimmte Anzahl Tickets pro Monat erhalten. Jedes Ticket berechtigt zu einer Taxifahrt zum Selbstbehaltspreis von zwei Dollar, unabhängig von Distanz und Dauer. Sobald die Tickets aufgebraucht sind, muss man für weitere Fahrten den vollen Preis auf dem Taxameter bezahlen.

«Was denken Sie als Betroffener darüber?», wendet sich die Projektleiterin zum ersten Mal an mich.

«Ich möchte zuallererst betonen, wie wichtig ein flexibles Rollstuhltaxi mit erschwinglichen Fahrpreisen für unsere Integration ist», sage ich das Sätzchen auf, das ich im Kopf vorbereitet habe. «Das ist nämlich unsere einzige Möglichkeit, selbständig irgendwohin zu gelangen, solange die öffentlichen Verkehrsmittel nicht rollstuhlgängig sind. Natürlich bin ich mir bewusst, dass die Kosten ein Problem darstellen und wir wohl gewisse Einschränkungen in Kauf nehmen müssen. Und grundsätzlich kann ich darum mit dem Gutschein-Modell leben. Die Frage ist allerdings, wie viele solche Tickets man pro Monat erhält.»

«Wir dachten an zehn bis zwanzig Stück», sagt der Delegierte vom Amt für Soziales.

«Das ist viel zu wenig», erwidere ich. «Pro Monat fahre ich etwa an zwanzig Tagen zur Uni, da bräuchte ich mit Hin- und Rückfahrt bereits vierzig Tickets. Und dann hätte ich noch keine einzige Freizeitfahrt beansprucht. Bei weniger als fünfzig Tickets pro Monat wäre das eine starke Einschränkung der Mobilität, denn den vollen Taxitarif kann man sich langfristig nicht leisten.»

«Nicht alle Betroffenen besuchen die Uni», belehrt er mich. «Gemäß unseren Einschätzungen würden zwanzig Tickets für die meisten Behinderten völlig ausreichen.»

«Ja, aber ...», will ich etwas einwerfen.

«Alles über zwanzig Tickets müsste allein von der Stiftung getragen werden», übertönt er mich und zeigt mit dem Finger auf den Stiftungsratspräsidenten.

«Das ist unmöglich!», ruft dieser sofort. «Wir wünschen uns zwar ein möglichst gutes Angebot für die Betroffenen, aber auch unsere Mittel sind begrenzt. Das Problem sind die viel zu hohen Betriebskosten, dort müssen wir ansetzen!»

«Zu hohe Kosten?», brüllt nun der Taxibetreiber. «Die Taxis fahren nun mal mit Benzin, nicht mit frommen Wünschen!»

Es erhebt sich ein wildes Gefeilsche, das jedem orientalischen Basar Ehre machen würde. Frustriert schließe ich die Augen und schüttle den Kopf. Ich habe mir vorgenommen, darauf hinzuweisen, dass mir vor allem die Vormeldefrist von achtundvierzig Stunden ein Dorn im Auge ist, weil sie jegliche Art von spontaner Freizeitaktivität verunmöglicht. Aber wenn man sich schon in elementaren Fragen wie den Kosten nicht einigen kann, ist es zwecklos, über solche Details zu sprechen.

Mit der Zeit entfernen sich die Streithähne immer weiter von einer Einigung und verwerfen am Ende sogar das Gutschein-Modell. Sie verfallen in ein dumpfes Brüten und es kehrt angespannte Ruhe ein.

«Da ist noch eine andere, sehr wichtige Frage, die ich klären möchte», ergreift jemand Neues das Wort. Es ist ein Mann mit einem Hut, den sonst eigentlich nur französische Maler tragen. Auf seinem Schild steht Stiftungsratsmitglied. «Das neue Taxi soll ja ‹Rollstuhltransportdienst Sudbury› heißen ...» Er blickt vielsagend in die Runde. «Ich finde das eine sehr unglückliche Wortwahl, denn ‹Transport› klingt ein bisschen nach ‹Güterbeförderung› und legt den Fokus zu sehr auf den Rollstuhl. Aber es geht ja um *Menschen*, die wir befördern wollen!»

Er erntet zustimmendes Gemurmel und Kopfnicken, sodass sich die Projektleiterin genötigt sieht, etwas dazu zu sagen.

«Fänden Sie ‹Behindertenfahrdienst› in Ordnung?», schlägt sie vor.

«Nein, ‹Dienst› geht auch nicht», sagt er kopfschüttelnd, «das klingt aus der einen Perspektive zu passiv und aus der anderen zu unterwürfig. Außerdem sagt man nicht ‹Behinderte›, sondern ‹Menschen mit Behinderung›.»

«Gibt es bessere Namensvorschläge aus dem Plenum?»

Verschiedene Wortmeldungen folgen und die Ideen werden vom Hutmann nacheinander zerpflückt und abgelehnt. Während manche Teilnehmer dem Geschehen etwas irritiert folgen, scheinen andere mehr und mehr Gefallen an dieser Wortklauberei zu finden, vielleicht, weil es ihnen gar nicht so ungelegen kommt, dass damit von der gescheiterten Kostenfrage abgelenkt wird. Sie helfen mit, immer bizarrere Bezeichnungen zu entwerfen und mit der Zeit entkräften sie ihre eigenen Vorschläge gleich selbst, um zu demonstrieren, wie wichtig es ihnen ist, dem Taxi einen politisch korrekten Namen zu geben. Ich bin die ganze Sache irgendwann leid, schalte mein Bewusstsein auf Stand-by und lasse die Gedanken baumeln.

«Gut, dann einigen wir uns also auf ‹Mobilitätsfördernde Fahrgelegenheit für Menschen mit Behinderung›?», sagt der Mann mit dem Franzosenhut zwei Tagträume später – man hat die kreative Überarbeitung des Dudens offenbar abgeschlossen. Triumphierend blickt er in die Runde. Bei einigen Teilnehmern erntet er anerkennendes Kopfnicken, bei anderen gleichgültige Zustimmung. Die Leute beginnen, ungeduldig auf ihren Stühlen zu rutschen, denn die geplante Sitzungszeit ist fast abgelaufen.

«Was denken Sie als Betroffener darüber?» Der Hutmann dreht sich zu mir.

«Was denke ich worüber?», frage ich überrumpelt.

«Über diesen Namen.»

Ich rapple mich auf und versuche, die Lethargie abzuschütteln, während ich überlege, was ich erwidern soll. Als mir etwas einfällt, huscht ein boshaftes Lächeln über mein Gesicht. «In der Nähe von dort, wo ich aufgewachsen bin, gibt es ein Restaurant», setze ich im Plauderton zu einer kleinen Geschichte an.

Die Leute stoppen mit dem Rumgerutschte, und ihre Augen richten sich auf mich.

«In diesem Restaurant fanden jeweils die regionalen Jugendschachturniere statt, an denen ich um jeden Preis teilnehmen wollte. Dummerweise kriegte der Schachverein für diese Turniere nie einen Saal, sondern meistens bloß den Kellerraum, der nur über eine enge Treppe erreichbar war. Zu meinem Glück gab es in der Küche einen Warenaufzug. Mit dem konnte ich trotzdem in den Keller gelangen.» Ich lege eine künstlerische Pause ein und schaue in die Runde.

Der Mann mit dem Hut lächelt mich erwartungsvoll an, ich lächle scheinheilig zurück.

«Obwohl es ein *Waren*aufzug war und er auch von allen so genannt wurde, fühlte ich mich durch diese Bezeichnung nicht diskriminiert, oder als Ware behandelt. Was zählte, war das Ergebnis, dass ich am Turnier teilnehmen konnte. Mit dem Rollstuhltaxi verhält es sich genau gleich ...» Ich räuspere mich und fixiere den Gegner scharf. «Es ist mir völlig egal, wie ihr das Taxi tauft. Solange es mich günstig, flexibel und zuverlässig dahin bringt, wo ich hin will, könnt ihr es von mir aus auch ‹Krüppelkutsche› nennen!»

* * *

«Pah, ein Blind-Date!», brummle ich vor mich hin, als ich wieder im Taxi sitze und dem zweiten unangenehmen Punkt auf der Tagesordnung entgegenfahre. Wie konnte ich mich bloß auf sowas einlassen?

Nachdem ich mich über Weihnachten vergeblich nach einem Lebenszeichen von Lynn gesehnt hatte, rief sie mich an Neujahr überraschend an und erklärte mir, es gebe da jemanden, den ich unbedingt kennen lernen müsste.

«Kommst du auch?», wollte ich sofort wissen.

«Nein, das ist ein Blind-Date, nur für euch beide.»

«Vergiss es, so einen Müll mache ich nicht!», protestierte ich energisch.

«Sie erwartet dich am Freitag um fünf in dem kleinen Café im Einkaufszentrum.»

«Muss das wirklich sein?»

«Du wirst sie lieben!»

Eigentlich möchte ich meine Zeit lieber mit Lynn verbringen, vor allem, weil mir schmerzlich bewusst ist, dass mein Gastspiel in Kanada nicht ewig währt. Aber da ich nicht riskieren will, sie zu verärgern, füge ich mich ihrem Vorschlag. Und so hat also die Frau, mit der ich mich treffen möchte, für mich ein Date mit einer anderen, wildfremden Frau arrangiert, die ich *nicht* treffen möchte.

Ich fühle mich unwohl. Der Tag hat mit Julies Rüge und der gescheiterten Diskussionsrunde noch nichts Positives zu bieten gehabt. Außerdem juckt es mich schrecklich in der Lendengegend: Da ich heute den ganzen Tag auf Achse bin, habe ich mir widerstrebend Pats Urinbeutel ausgeliehen. Darum klebt nun ein leimiges Kondom an meinem Piepmatz – äh, Pardon, ‹Glied› – und reizt bei jeder kleinsten Bewegung die Haut. Am liebsten würde ich schnurstracks nach Hause fahren und dieses Blind-Date platzen lassen. Meine Neugier und mein Pflichtgefühl halten mich jedoch davon ab.

Als mich die Taxifahrerin vor dem Einkaufszentrum auslädt, realisiere ich plötzlich, dass Lynn mir gar nicht verraten hat, woran ich ihre Bekannte überhaupt erkenne. Ich weiß nicht einmal, wie sie heißt! Wahrscheinlich hat Lynn ihr erzählt, dass ich im Rollstuhl bin, überlege ich. Das wäre ein untrügliches Erkennungszeichen und hätte außerdem den Vorteil, dass mein Anblick sie nicht überrumpelt.

Ich erreiche das Café und halte einen Moment inne, um mir einen Überblick zu verschaffen. Es wird mir sofort klar, mit welcher der etwa zehn anwesenden Personen ich verabredet bin. Ich muss grinsen. Vor meinem inneren Ohr höre ich noch einmal, wie Lynn am Telefon mit starker Betonung *Blind*-Date gesagt hat ... Zielstrebig steuere ich auf die junge Frau mit dem Blindenstock zu.

«Hallo, bist du die Freundin von Lynn?», sage ich laut.

«Ja, die bin ich, und du brauchst nicht so zu brüllen, an den Ohren hab' ich nichts», entgegnet sie freundlich.

Klassischer Fehlstart. «Darf ich mich zu dir setzen?», frage ich.

«Gerne, das ist ja schließlich der Zweck unseres Treffens.»

Ich parke ihr gegenüber. Ein Kellner kommt und nimmt unsere Bestellung auf.

«Ich bin Linda», sagt sie.

«Ich bin Marc, freut mich.»

«Hat Lynn dir gesagt, dass ich blind bin?», fragt sie ohne Umschweife.

«Nicht direkt, aber ich hätte es wissen müssen», erwidere ich. «Hat sie dir gesagt, dass ich im Rollstuhl bin?»

«Nicht direkt, aber ich hätte es auch wissen müssen», schmunzelt Linda. «Lynn hat mir bloß mitgeteilt, dass ich hier jemanden treffe würde. Ich stünde doch so auf Rock 'n' Roller. Du seist zwar kein Rocker, aber dafür ein Roller. Als ich vorhin deinen Motor gehört habe, ist mir ein Licht aufgegangen.»

Der Kellner bringt die Getränke. Er stellt Lindas Pepsi etwas sehr nahe vor sie hin, und als sie nach ihrem Glas greift, öffne ich schon den Mund, um sie zu warnen, damit sie es nicht umstößt. Doch sie schließt ihre Hand zielsicher um das Glas und hebt es zum Mund. Mir wird klar, dass sie wahrscheinlich – genau wie ich – bestimmte Strategien hat, um ihr Handicap im Alltag soweit wie möglich auszugleichen. Die Position des Glases über das Gehör zu orten, wenn es hingestellt wird, ist bestimmt reine Routine für sie.

«Da wären wir also», sagc ich unbcholfcn. «Wic fängt man so cin Blind-D... so eine Verabredung eigentlich an?»

«Wahrscheinlich, indem man einander etwas über sich erzählt», erwidert Linda. «Ich mache mal den Anfang: Ich bin fünfundzwanzig, studiere Parapsychologie und sammle Briefmarken.» Sie grinst in ihre Pepsi.

«Ach was, das kann nicht stimmen!», gehe ich auf das Spiel ein. «Du siehst jünger aus!»

Linda lacht und in mir keimt die Hoffnung auf, dass der Tag vielleicht doch noch ein versöhnliches Ende nehmen wird.

Wir erzählen uns also voneinander. Linda ist tatsächlich fünfundzwanzig, studiert Politologie, spielt Cello und geht gerne Schwimmen.

«So, und worüber wollen wir nun sprechen?», frage ich, als wir unsere Steckbriefinfos ausgetauscht haben.

«Du könntest mir ja zum Beispiel berichten ...», Linda reibt ihre Schläfen wie ein Medium in Erwartung einer Eingebung, «... was du heute so gemacht hast.»

«Es war bisher nicht gerade ein toller Tag, willst du das wirklich hören?»

«Dann erst recht!»

«Na gut.» Ich erzähle ihr von Julie, von Jane, und von der Diskussionsrunde mit dem Hutmann.

«Die Rolle der Sprache wird überschätzt», sagt sie, als ich fertig bin.

«Findest du?»

«Absolut. In unserem Sprachgebrauch steht Sehen für Vernunft und Blindheit für das Gegenteil. Wenn man sagt, dass jemand blind vor Liebe ist, oder Scheuklappen trägt, oder ein Brett vor dem Kopf hat, so ist das selten schmeichelhaft gemeint. Aber obwohl ich blind bin, hat mich deswegen noch nie jemand für naiv gehalten, oder daran gezweifelt, dass auch ich den *Durchblick* haben kann. Folglich entstehen aus dem Sprachgebrauch nicht automatisch Vorurteile und Diskriminierungen.»

«Sie entstehen vielleicht nicht automatisch», werfe ich ein, «aber sie *können* entstehen. Sitzen wird häufig mit Passivität und Hilflosigkeit assoziiert. Jemand, der auf der Straße sitzt, oder in der Tinte, der braucht Hilfe. Und diese Attribute werden oft mit Menschen in Verbindung gebracht, die im Rollstuhl sitzen.»

«Das stimmt. Aber ich glaube, das liegt eher daran, dass das Bewusstsein die Sprache prägt, nicht umgekehrt», erwidert sie. «Wenn du die öffentliche Wahrnehmung verändern willst, solltest du nicht bei der Sprache ansetzen. Zeige den Leuten, dass auch Rollstuhlfahrer mit beiden Beinen im Leben *stehen* können, dann ändert sich mit der Zeit das Bewusstsein – und damit auch die Sprache.»

Ich nicke. «Das macht Sinn», sage ich, als ich realisiere, dass Linda mein Kopfnicken nicht sehen kann.

Wir bleiben noch eine Weile beim Thema Sprache und diskutieren darüber, wie Liebe auf den ersten *Blick* bei blinden Menschen funktioniert, und ob auch Nicht-Rollstuhlfahrer zur Hölle *fahren* können.

«Hast du eigentlich eine Ahnung, weshalb Lynn wollte, dass wir uns treffen?», frage ich, als sich unsere Verabredung dem Ende zuneigt. «Sie will uns doch nicht etwa verkuppeln, oder?»

«Es ist nicht ihre Art, Kupplerin zu spielen und sich in das Liebesleben anderer Menschen einzumischen», erwidert Linda. «Ich sehe darum nur zwei mögliche Gründe.»

Gespannt halte ich die Luft an.

«Erstens: Sie findet uns beide interessante Menschen und dachte, wir sollten uns kennen lernen – ganz unverfänglich. Aber dann wäre sie wohl mit uns mitgekommen. Folglich ist es der andere Grund.»

«Und der wäre?»

«Unser Date betrifft in irgendeiner Form *ihr* Liebesleben.»

«Wie meinst du das?», hake ich nach und ärgere mich darüber, dass sich dabei ein leichtes Zittern in meine Stimme schleicht.

«Das musst du schon alleine herausfinden.»

Ich atme geräuschvoll aus.

«Du stehst auf sie, nicht wahr?», stellt Linda fest.

«Ist es so offenkundig?»

«Das sieht ein Blinder.»

* * *

7. Januar 2011 – Sprache

Sprache ist Macht. Dessen sollte ich mir als angehender Übersetzer besser bewusst sein als die meisten Menschen. Ich habe gelernt, dass selbst ein subtiles Detail – ein unerwartetes Wort, eine auffällige Satzstruktur, oder sogar das, was man *nicht* sagt – eine ungeheure Wirkung entfalten kann. Deswegen müsste ich doch der Erste sein, der dem Hutmann zu seinem aufopferungsvollen Kampf für einen besseren Taxinamen gratuliert. Stattdessen habe ich mich maßlos über ihn geärgert. Wieso habe ich so eine starke Abneigung gegen die *Political Correctness*?

Natürlich ist sprachliche Antidiskriminierung wichtig. Es ist völlig klar, dass Ausdrücke wie Krüppel oder Idiot heute nicht mehr verwendet werden sollten. (Und ja, ich habe ein schlechtes Gewissen wegen des Spruchs mit der Krüppelkutsche.) Ursprünglich waren diese Begriffe vielleicht noch wertungsfrei, aber mit der Zeit sind sie zu Beleidigungen mutiert. Mir leuchtet auch ein, dass ‹Mensch mit Behinderung› theoretisch besser ist als ‹Behinderter›, weil es den Fokus anders legt. Aber praktisch gesehen stört es mich nicht im Geringsten, wenn jemand im Gespräch ‹Behinderter› sagt. Die Sprache ist so ein komplexes Gebilde, dass ich in jedem zweiten Satz eine diskriminierende Nuance finden könnte, wenn ich danach suchen würde. Es ist selten ein Wort an sich, das verletzt oder diskriminiert, sondern die Absicht, mit der es geäußert wird. Darum nützen sich neu geschaffene Begriffe bisweilen schnell wieder ab. Man muss nicht nur die Sprache ändern, sondern auch das Denken des Sprechenden.

Und das hat der Hutmann nicht getan. Er hat nicht nach einem neuen Namen gesucht, um den anderen Diskussionsteilnehmern begreiflich zu machen, was ein Rollstuhltaxi für unsere Integration bedeutet. Auch die Finanzierungsfrage löst sich nicht, wenn man das Taxi umbenennt in *Mobilitätsfördernde Fahrgelegenheit für Menschen mit Behinderung*. Im Gegenteil, die Namensdiskussion hat von der eigentlichen Problematik abgelenkt, und jene, die gar nicht an einer Lösung interessiert waren, konnten sich gemütlich dahinter verstecken. Seine Aktion war reiner Selbstzweck.

Manchmal wirken diese politisch korrekten Wortschöpfungen auf mich wie sterile Handschuhe, die man sich überstülpt, um etwas Unangenehmes anzufassen. Solche Handschuhe sind zwar nützlich, damit alle Beteiligten schön geschützt bleiben, aber man verliert durch sie das Feingespür – sie verhindern nämlich, dass man jemals mit der Materie in Berührung kommt. Sie schaffen Distanz. Die ILIVE-Betreuer müssen für viele Pflegeleistungen Handschuhe anziehen, sogar beim Auftragen von Hautcrème und Rasierwasser. Ich hasse das, man fühlt sich dann wie in einem Spital. Vielleicht verwende ich deswegen jene Art von Sprache, die Julie als vulgär bezeichnet, weil ich damit unbewusst der Spitalatmosphäre entgegenwirken will.

Es ist also nicht die politische Korrektheit an sich, die mich stört. Es ist ihre Bremswirkung, wenn sie in der falschen Situation angewendet wird. Und es ist die Distanz, die sie schafft. Deswegen empfinde ich sie bisweilen als überflüssig. Das ist allerdings bloß meine Meinung. Dass Linda, Tom oder ich einen lockeren Umgang mit der Sprache pflegen, heißt nicht, dass andere Menschen es auch tun. Ich darf nicht einfach annehmen, dass ein Satz, den ich als harmlos empfinde, auf jemand anderen genauso wirkt. Darum werde ich von nun an mehr Rücksicht darauf nehmen, wer mich betreut, und meine Sprache entsprechend anpassen.

13

Schon wieder krachen vor unserer Nase zwei Körper gegen das Plexiglas.

«Jiiieee-haaa!», jauchzt Pat neben mir. «Zeigt's Ihnen, Wolves!»

Wir besuchen zusammen das Spiel der Sudbury Wolves gegen die Barrie Colts. Die Rollstuhlplätze sind die besten im ganzen Stadion – direkt an der Scheibe, hautnah am Geschehen. Es wird schnell deutlich, dass zwischen den beiden Teams eine erbitterte Rivalität herrscht: die Fäuste fliegen, die Knochen knacken, das Eis brennt! Und obwohl das nordamerikanische Publikum normalerweise zurückhaltender ist als die Fans in der Schweiz, springt der Funke heute auch auf die Zuschauerränge über. Die *Sudbury Community Arena* ist ein Hexenkessel, und wir sitzen mittendrin!

Ich schiele immer wieder verstohlen zu Pat hinüber und kann mir ein Grinsen nicht verkneifen. Er ist sonst eher der ruhige Typ, aber heute scheint er keine Hemmungen zu kennen: Bis zur Heiserkeit feuert er das Team an, und als die Wolves in der achtunddreißigsten Spielminute das Führungstor erzielen, lässt er seine dröhnende Rollstuhlhupe erschallen und will kaum mehr damit aufhören.

Hinter uns gegen eine Wand gelehnt steht Jeff und mustert gelangweilt die Zuschauer. Eishockey interessiert ihn nicht im Geringsten und es ist ihm anzusehen, dass er auf den Lärm und die Kälte gut verzichten könnte. Eigentlich wäre es mir lieber gewesen, wenn T.J. uns begleitet hätte. Er würde das Spiel mehr genießen als Jeff, denn er hat in seiner Jugend selbst Eishockey gespielt, bis ihn eine Verletzung zum Aufhören zwang. Doch obwohl T.J. heute Abend ebenfalls arbeitet, hat Julie uns Jeff als Begleiter zugeteilt.

«Das hier ist zwar bei weitem nicht das gleiche Niveau wie in der NHL», sagt Pat in der zweiten Drittelspause begeistert, «aber live geht es viel mehr unter die Haut. Mein ganzer Körper fängt an zu kribbeln, wenn direkt vor mir einer von den Colts ans Plexi geklebt wird!»

«Ja, das fährt ziemlich ein», stimme ich ihm zu.

«Wenn wir gewinnen, gehen wir in der Fan-Bar noch was trinken, oder?»

«Von mir aus gerne, aber da müssen wir erst Jeff fragen, der fährt uns ja nachher nach Hause.»

Jeff hat nichts dagegen, und so begeben wir uns nach dem glorreichen 3-2 Sieg der Wolves in die Bar, wo bereits zahlreiche Fans am Feiern sind. Pat und ich bestellen ein Bier, diskutieren über die Höhepunkte der Partie und genießen die ausgelassene Atmosphäre.

«Hat es eigentlich geklappt neulich mit dem Urinbeutel?», fragt Pat, als wir mit der Spielanalyse fertig sind.

«Ja, aber es hat höllisch gejuckt.» Ich mache ein leidendes Gesicht. «Außerdem ist es ein seltsames Gefühl, wenn du etwas Warmes am Bein hinunterfließen spürst, während du jemandem gegenüber sitzt und mit ihm sprichst. Ich kam mir recht blöd vor, quasi freiwillig in die Hose zu pinkeln.»

«Daran gewöhnst du dich mit der Zeit.»

«Das bezweifle ich. Aber immerhin weiß ich nun, dass der Urinbeutel im Notfall eine Option darstellt.»

Während wir plaudern, sitzt Jeff teilnahmslos vor einem Glas Mineralwasser und scheint in einer völlig anderen Sphäre zu schweben. Ich erwäge, ihn ins Gespräch mit einzubeziehen, verwerfe den Gedanken aber wieder.

«Was gibt es von dir so für Neuigkeiten? Alles im Lot?», frage ich stattdessen Pat.

Er zögert, und seine Miene wird auf einmal etwas ernster. «Kannst du dich an den Abend erinnern, als wir uns kennen gelernt haben?», antwortet er. «Als ich dich wegschickte, weil ich müde war?»

Ich nicke.

«Ich wurde danach unglaublich wütend. Auf mich selbst, aber vor allem auf diese Lethargie, die mich manchmal so fest im Griff hält. Da beschloss ich, der Trägheit den Kampf anzusagen. Ich nahm mir vor, jeden Tag mindestens einmal die Wohnung zu verlassen und an die frische Luft zu gehen.»

«Und hast du dich an den Vorsatz gehalten?»

«Jeden einzelnen Tag. Ich gehe jeweils mit Joshua aus dem zweiten Stock auf eine kleine Morgentour. Wir fahren zu Tim Hortons, trinken einen Kaffee und kehren wieder zurück. Es ist mittlerweile zu einem Ritual geworden: Ich stelle mir vor, es sei mein Weg zur Arbeit und ich ginge nach dem Kaffee nicht nach Hause, sondern ins Büro. Danach fühle ich mich immer voller Tatendrang!» Pat lächelt, senkt dann jedoch verlegen den Blick auf sein Bierglas, schüttelt den Kopf und sagt: «Es ist verrückt: Noch vor wenigen Monaten habe ich mich kaum vor die Tür gewagt. Ich fühlte mich müde und kraftlos und wusste mit meiner Zeit nichts anzufangen. Dafür lag ich dann die halbe Nacht wach und konnte nicht einschlafen. Logischerweise war ich am nächsten Morgen noch müder und kraftloser. An manchen Tagen saß ich stundenlang vor dem Computer, starrte auf den leeren E-Mail-Eingang und wartete darauf, dass irgendetwas passiert. Da war ich bisweilen sogar froh, wenn ich eine Spam-Mail von den Potenzmittelverkäufern oder den Casinofritzen kriegte. Es erinnerte mich wenigstens daran, dass ich noch Teil dieser Welt bin.» Er hebt seinen Blick wieder. «Und jetzt fühle ich mich, als könnte ich Bäume ausreißen. Es ist paradox: Je mehr man tut, desto weniger fühlt man sich müde.»

«Und was fängst du mit dieser Energie an?»

«Vor ein paar Wochen habe ich meine abgebrochene Diplomarbeit hervorgekramt. Ich habe vor, daran weiterzuarbeiten und sie zu beenden. Außerdem habe ich angefangen, Spontanbewerbungen zu versenden.»

«An wen?»

«Zunächst mal an Architekturbüros. In der Bewerbung schildere ich meine Situation und erkläre, dass es mir nicht darauf ankommt, was ich konkret machen soll oder wieviel ich verdiene, Hauptsache, ich habe Arbeit.»

«Da verkaufst du dich aber deutlich unter Wert», werfe ich ein.

«Das ist mir bewusst. Aber ich brauche mehr Struktur in meinem Alltag, sonst falle ich eines Tages zurück in die Lethargie. Und das will ich um jeden Preis verhindern.»

«Was hast du bisher für Reaktionen gekriegt?»

«Absagen. Etwa die Hälfte schrieb, ihre Büros seien gar nicht rollstuhlgängig. Andere teilten mir mit, sie hätten leider keine geeignete Aufgabe für mich.»

Ich setze gerade dazu an, ihn tröstend darauf hinzuweisen, dass die Erfolgsquote von Spontanbewerbungen auch bei Nichtbehinderten sehr niedrig ist, als er zu lächeln beginnt.

«Doch ein Unternehmen hat Interesse gezeigt», sagt er. «Gestern hatte ich das Vorstellungsgespräch.»

«Ist ja fabelhaft! Wie ist es gelaufen?»

«Schwer zu sagen. Die Chefin hat mich freundlich empfangen. Sie sucht jemanden für ein befristetes Praktikum. Es entstanden einige seltsame Situationen, aber ansonsten habe ich ein gutes Gefühl.»

«Was für seltsame Situationen?»

«Zum Beispiel war sie schon bei der Begrüßung etwas verunsichert, als sie mir die Hand hinstreckte und dann realisierte, dass ich sie nicht schütteln konnte. Außerdem glaube ich, dass ich mit Hemd und Krawatte recht ulkig aussah. Die Krawatte wurde in der Mitte von meinem Sitzgurt gekreuzt und der untere Teil sah aus wie eine heraushängende Zunge. Das nächste Mal trage ich besser eine Fliege oder gar nichts dergleichen. Ich denke, der erste Eindruck war für sie ziemlich beklemmend. Aber der größte Schock stand ihr erst noch bevor: Mitten im Gespräch kriegte ich einen heftigen Spasmus – und du weißt ja, wie das aussieht.»

Ich nicke. Als ich zum ersten Mal einen von Pats Spasmen erlebte, erschrak ich gewaltig: Sein Bein fing aus heiterem Himmel an zu zittern, vibrierte immer heftiger und ruckartiger, und am Ende schlug es so stark aus, dass der Fuß vom Fußbrett fiel. Pats Gesicht verzerrte sich währenddessen zu einer so furchteinflößenden Fratze, dass ich instinktiv die Notklingel drückte. «Was geschah dann?», frage ich.

«Sie wurde leichenblass. Als der Spasmus verebbt war, fragte sie mich, ob sie den Notarzt rufen solle. Ich erklärte ihr ganz sachlich, das sei bloß ein harmloser Spasmus gewesen, und ergriff die Gelegenheit, um ihr mehr über meine Behinderung zu erzählen. Sie hörte gebannt zu und stellte danach interessiert Fragen. Ich glaube, meine Offenheit war wichtig, damit sie den Schock überwinden und mich wieder als Bewerber sehen konnte.»

«Und, kriegst du das Praktikum?»

«Sie sagte, sie sei von meinen Qualifikationen beeindruckt und würde sich nächste Woche bei mir melden.» Pat atmet tief durch. «Ich hoffe so sehr, dass es klappt. Es wäre unendlich wichtig für mich.»

«Ich drücke dir jedenfalls die Daumen!»

* * *

Als ich knapp vor Mitternacht nach Hause komme, bin ich nicht alleine in der Wohnung. Hinter dem Esstisch sitzt ein dösender Mann um die vierzig. Er hat dunkles, schütteres Haar und kauert in sich zusammengesunken in einem Handrollstuhl. Julie hat vor einigen Tagen mal am Rande erwähnt, dass ich in der nächsten Zeit mehrere Mitbewohner kriegen werde. ‹Meine› Wohnung bietet

Platz für vier Personen und ist für temporäre Aufenthalter gedacht, die – wie ich – nur für eine befristete Zeit in ILIVE wohnen. Bisher hat nicht oft jemand von dieser Möglichkeit Gebrauch gemacht, und wenn, dann nur für wenige Tage. Doch das wird sich nun ändern. Der Mann dort am Tisch muss mein erster neuer Mitbewohner sein.

Die Tür fällt hinter mir ins Schloss und der Mann schreckt auf. Er streicht sich eine Haarsträhne aus dem Gesicht und blinzelt verwirrt mit den Augen. Als er mich entdeckt, schreckt er erneut zusammen. Hastig versucht er, um den Tisch herum und in meine Richtung zu fahren. Seine Bewegungen sind langsam, wie in Zeitlupe, wirken zugleich aber hektisch und angestrengt. «Hallo, ich bin ... ich bin Gary», keucht er auf halbem Weg.

Ich warte geduldig, bis er mich erreicht hat, und stelle mich ebenfalls vor. Mir fällt auf, dass Gary nur einen Pyjama trägt. Offenbar hat er bis jetzt ausgeharrt, um mich kennen zu lernen.

«Trinkst du einen Tee mit mir?», fragt er.

«Gerne, ich habe noch ein paar Minuten Zeit, bevor man mich ins Bett bringt.»

Gary wendet ächzend den Stuhl und rollt in Richtung Küchenablage. Ich folge ihm.

«Ich hoffe, du magst Grüntee?» Er greift nach einem Krug.

«Ja», lüge ich und halte bang den Atem an, als Gary mit zusammengepressten Lippen den Krug anhebt und zitternd versucht, Tee in eine Tasse zu gießen. Es geht kein Tropfen daneben. Er steckt einen Strohhalm rein, den er vorher bereitgelegt haben muss, und stellt die Tasse vor mich hin.

«Danke sehr», sage ich, während Gary schwer atmend zurück an seinen Platz am Esstisch fährt. Ich nippe am Tee. Er ist mir viel zu bitter, aber ich strenge mich an, mir nichts anmerken zu lassen. Ich bin beeindruckt, dass dieser Gary so lange aufgeblieben ist, um sich mit mir bekannt zu machen – da will ich den Willkommenstrunk nicht verschmähen.

Als sich sein Atem nach der Anstrengung wieder einigermaßen beruhigt hat, erzählt er mir seine Geschichte. Gary hat Multiple Sklerose und ist zur Ergotherapie hier. Er soll lernen, mit Hilfe verschiedener Hilfsmittel alleine im Haushalt zurechtzukommen. Die Küche in unserer Wohnung ist so konzipiert, dass ein Handrollstuhlfahrer alles selbständig bedienen kann. Kästen und Schubladen, aber auch Herd, Backofen und Kühlschrank sind tiefergelegt, damit sie bequem in sitzender Position erreicht werden können. Ideale Voraussetzungen also, damit er täglich üben kann.

Die Krankheit wurde bei Gary schon vor vielen Jahren festgestellt. Sie verlief zu Beginn milde und schritt nur langsam fort, und obwohl ihm das Gehen immer schwerer fiel, arbeitete er ganztags als Buchhalter. Aber vor etwa zwei Jahren, nach einer starken Grippe, bekam er immer häufigere und heftigere Krankheitsschübe. Anfänglich klangen die Symptome nach einigen Tagen wieder ab, doch mit der Zeit nicht mehr. Gary sträubte sich gegen den Rollstuhl, obwohl er kaum mehr stehen konnte. In dieser Zeit brach er mehrmals bei der Arbeit zusammen und verlor den Job. Vor zwei Monaten zog auch noch seine Frau aus der gemeinsamen Wohnung aus. Er versuchte, alleine zurechtzukommen, doch nach einer Weile musste er aufgeben. Er konnte nicht mehr richtig duschen, kam wegen der Treppe kaum mehr aus dem Haus und hätte wegen eines Missgeschicks beim Kochen fast die Wohnung abgefackelt.

«Das ist nicht gerade die feine Art, dass dich deine Frau in so einer schwierigen Phase verlässt», sage ich entrüstet, als er zu Ende erzählt hat. «Nimmst du ihr das nicht übel?»

«Keineswegs. Es war ein gemeinsamer Beschluss, dass sie auszieht», erwidert Gary zu meiner Überraschung. «Und es war das erste Mal seit langer Zeit, dass wir uns in einer Frage einig waren. Wir hatten beide Schwierigkeiten, mit der Situation umzugehen, und haben uns fast nur noch gestritten. Darum fanden wir, es sei das Beste, wenn wir jeder für sich einen Neuanfang wagten, anstatt uns gegenseitig das Leben zur Hölle zu machen. Wenn ich das Training hier absolviert habe, möchte ich eine geeignete Wohnung suchen und wieder alleine wohnen.»

«Du bist ein Kämpfertyp, wie?», stelle ich fest.

«Ich habe früher regelmäßig Krafttraining betrieben, auch wenn man es mir heute nicht mehr ansieht.» Gary zieht einen Ärmel des Pyjamas hoch und zeigt mir seinen schmächtigen Oberarm. «Von daher weiß ich, wie man sich gegen seine körperlichen Grenzen stemmt. Ich bin sicher, wenn ich fleißig trainiere, passieren mir keine Missgeschicke mehr und ich kann wieder selbständig leben.»

* * *

«Na, was möchten wir denn heute zu Mittag essen?», zwitschert Jane auf dem Weg in die Küche. Sie hat mich bereits heute Morgen schonungslos aus dem Bett gerumpelt und ist zu meinem Unmut auch jetzt wieder bei mir eingeteilt. Ich habe mich beim Aufstehen noch wortkarger verhalten als sonst, doch das scheint ihrer penetrant guten Laune keinen Abbruch getan zu haben.

In der Küche sitzt Gary. In fast meditativ langsamem Tempo schält er eine Kartoffel und runzelt hochkonzentriert die Stirn. Ich komme nicht umhin, ihn für seine Geduld zu bewundern. Wenn ich jeweils Mühe bekunde mit einer körperlichen Tätigkeit, die ich selber ausführen könnte, bitte ich schon bald verzweifelt jemanden um Unterstützung. Gary ist da offensichtlich beharrlicher. Wir nicken uns zum Gruß zu.

«Was *wir* heute essen möchten?», greife ich in gereiztem Ton Janes Frage auf. Was fällt dieser Frau eigentlich ein? Gerade sie, die mich wegen angeblich diskriminierender Sprache bei Julie angeschwärzt hat, wagt es, mich zu wirzen? Dieses ‹wir› verkörpert die vollendete geistige Entmündigung: Waren wir schon auf dem Töpfchen? Sollten wir nicht noch unsere Medizin einnehmen? Wir machen nun schön brav ein Mittagsschläfchen!

Ich hole tief Luft, um meinem Zorn freien Lauf zu lassen, halte aber plötzlich inne. Das ist doch kaum zu fassen: Erst vor kurzem habe ich mich noch über den Hutmann und seine Wortklauberei geärgert, und nun reagiere ich selber so sprachempfindlich? Doppelmoral nennt man das! Vielleicht habe ich die Macht der Sprache eben doch unterschätzt. Ich beschließe, Jane die Beschwerde bei Julie nicht länger zum Vorwurf zu machen und die Angelegenheit zu vergessen. Abgesehen davon wäre Zorn hier ohnehin keine Lösung. Das allmorgendliche eisige Schweigen beeindruckt Jane schließlich auch nicht. Wenn ich ihr zu verstehen geben will, dass das ‹wir› unpassend ist, dann muss ich vielleicht mal einen anderen Weg wählen als den über negative Gefühlsentladungen.

«*Wir*, königliche Hoheit von Sudbury, Herrscher über das nördliche Ontario, möchten *Unserem* Gaumen etwas Exquisites gönnen; *Wir* speisen heute Fisch!», verkünde ich nasal.

Gary gluckst vergnügt und zwinkert mir verschwörerisch zu. Er hat mit der ersten Person Plural offenbar auch schon seine Erfahrungen gemacht und erkennt die Ironie.

Jane hingegen ist verwirrt. Sie vermutet wohl, dass ich mich auf ihre Kosten amüsiere, kann allerdings nicht nachvollziehen, wie oder weshalb. «F... Fisch also? Fein, Fisch kann ich dir machen.»

Stolz presse ich meine Lippen zusammen und ringe mir sogar ein einigermaßen freundliches Lächeln für Jane ab. Ich habe sie dazu gebracht, das ‹wir› fallen zu lassen. Ganz ohne Gebrüll und Getöse. Vielleicht bin ich von Anfang an falsch an Jane herangegangen und es gibt doch noch Hoffnung auf eine friedliche Koexistenz!

«Kartoffeln und Spinat zum Fisch?», fragt sie. Es ist allerdings mehr eine Feststellung denn eine Frage – sie hat den Spinatbeutel bereits aufgerissen und angelt nach einem geeigneten Topf.

«Okay, gute Idee», erwidere ich, doch ich werde übertönt vom Scheppern der gefrorenen Spinatwürfel, die unsanft im Topf landen.

«Oh, Gary, ich brauche den Schäler. Lass mich das besser machen, das ist doch viel zu mühsam für dich», entscheidet Jane als Nächstes und entreißt ihm das Werkzeug.

Mein Lächeln gefriert, als ich Garys verdutztes Gesicht sehe. Die halb geschälte Kartoffel in der linken Hand, die Rechte noch immer erhoben, sitzt er mit offenem Mund da und schaut zu, wie Jane in Windeseile drei Kartoffeln skalpiert.

«Siehst du? So geht das doch ganz fix», sagt sie zuckersüß. Sie streckt fordernd die Hand aus. Folgsam reicht Gary ihr die halbgeschälte Kartoffel und duckt sich wie ein schuldbewusstes Kind.

Ich ringe um Fassung. Mit zwei kleinen Gesten hat Jane soeben einem erwachsenen Mann den Stolz geraubt. Sie hat ihm unmissverständlich zu verstehen gegeben, dass sie seine Bemühungen lächerlich findet!

Gary blinzelt verlegen umher und weiß nicht, wohin er den Blick wenden soll. Jane hingegen beginnt ein Liedchen zu summen und würzt den Fisch, der kurz darauf zischend in der Bratpfanne landet. Mit hängenden Schultern wendet Gary den Rollstuhl und rollt langsam davon. Es versetzt mir einen Stich, als sich die Zimmertür hinter ihm schließt.

Nun wäre ein Wutausbruch angebracht, schießt es mir durch den Kopf. Ich sollte Jane anfluchen. Schreien, toben, brüllen. Stattdessen sitze ich regungslos da und komme mir einfach nur dumm vor, dass ich tatsächlich geglaubt habe, das Verhältnis zu ihr sei noch zu retten.

«Willst du Cola oder Cranberrysaft dazu?», fragt sie, ohne sich umzudrehen. Dass Gary verschwunden ist, hat sie nicht einmal bemerkt.

«Ach, vergiss es, mein Appetit ist gerade vergangen», fauche ich und fahre in Richtung meines Zimmers von ihr weg.

Erst jetzt dreht sie sich um. «Aber was wird nun aus dem Fisch?», ruft sie mir hinterher.

Ich gönne ihr keine Antwort.

Sie brummelt etwas vor sich hin, von dem ich nur die Worte «launisch» und «undankbares Pack» aufschnappe. Dann höre ich sie klappernd die Küche aufräumen und summend aus der Wohnung marschieren.

* * *

22. Januar 2011 – Kraft

Es ist unfassbar! Selbst die Juroren einer Casting-Show besitzen mehr Takt und Einfühlungsvermögen als Jane! Wie konnte sie Gary dermaßen vor den Kopf stoßen und es nicht einmal bemerken? Ich hoffe, es hat ihn nicht so hart getroffen, wie ich befürchte.

Aber ich möchte mich jetzt nicht weiter darüber auslassen. Ich neige in letzter Zeit viel zu stark dazu, mich über alles aufzuregen, und das ist keine gute Tendenz. Darum konzentriere ich mich besser auf etwas Positives: Ich bin schwer beeindruckt von dem Wandel, den Pat durchgemacht hat. Er scheint ein völlig anderer Mensch zu sein als damals, als ich ihn kennengelernt habe. Er wirkt so voller Energie! Woher diese innere Kraft wohl auf einmal stammen mag?

Je mehr man tut, desto weniger fühlt man sich müde, hat Pat gesagt. Wahrscheinlich ist das einer der Schlüssel. Es verschafft uns eine gewisse Befriedigung, wenn wir den inneren Schweinehund überwinden, eine heikle Aufgabe bewältigen oder einer spannenden Freizeitaktivität nachgehen. Wir müssen etwas tun, das unseren Alltag interessanter macht oder einen Ausgleich zur Routine darstellt. Daraus schöpfen wir Kraft.

Wahrscheinlich hat jeder Mensch seine individuellen Kraftquellen, die er bei Bedarf anzapfen kann. Pat hat mir erzählt, dass er vor dem Unfall Gitarrist in einer Band war und häufig joggen ging. Das war sicherlich ein wertvoller Ausgleich für ihn. Es muss hart gewesen sein, all dies auf einen Schlag zu verlieren, und es trug wohl zu seiner Lethargie bei, dass seine gewohnten Wege zum Aufladen der Seelenbatterien nicht mehr zur Verfügung standen. Offenbar hat er nun aber neue Wege gefunden: Die live-Eishockeyspiele, die wiederauferstandene Diplomarbeit und die morgendlichen Rundfahrten scheinen ihn zu beflügeln!

Kommt in meinem Leben auch einmal ein Punkt, an dem ich nach neuen Kraftquellen suchen muss? Wahrscheinlich nicht im gleichen Ausmaß wie bei Pat. Meine Lage ist eher mit der von Gary vergleichbar: Unsere körperlichen Fähigkeiten können sich nicht verbessern, sondern nur verschlechtern. Da diese Entwicklung jedoch relativ langsam voranschreitet, ändern sich die Lebensumstände nicht so abrupt wie bei Pat durch den Unfall.

Ich merke seit einigen Monaten, dass ich immer mehr Mühe habe, von Hand zu schreiben. Auch selbständig essen fiel mir früher leichter. Über kurz oder lang werde ich diese Fähigkeiten ganz einbüßen. Ich weiß, dass ich das hinauszögern kann, indem ich fleißig trainiere, auch wenn es mir immer schwerer fällt. Gary versucht das. Es scheint ihm äußerst wichtig zu sein, sich mit aller Macht gegen die Krankheit zu stemmen, obwohl er weiß, dass er diesen Kampf langfristig nicht gewinnen kann. Ich bin da anders. Wenn ich einen verbissenen Kampf um meinen Körper führte, dann würde ich innerhalb von kürzester Zeit starke Sinneszweifel entwickeln. Es wären nicht Zweifel am Sinn meiner *Existenz*, sondern am Sinn des *Kampfes*, aber vielleicht könnte ich das dann nicht mehr so nüchtern unterscheiden.

Es soll jetzt nicht so klingen, als ob ich mich meiner körperlichen Entwicklung hilflos ausgeliefert fühle und mich aufgebe. Ich glaube vielmehr, dass ich dem drohenden Verlust von Fähigkeiten recht gelassen entgegen blicke. Vielleicht liegt es daran, dass ich im Vergleich zu Gary seit meiner Geburt mit starken körperlichen Defiziten umzugehen gelernt habe. Meine Kraftquellen habe ich schon immer in geistigen Aktivitäten gesucht – Schach spielen, lesen, diskutieren – und sie sind durch das Fortschreiten der Krankheit nicht in gleichem Maß bedroht wie bei Gary.

In gewisser Weise ist seine Einstellung die natürlichere. Man sagt, wer nicht kämpft, geht unter. Dafür birgt sein Weg aber auch ein größeres Frustpotential. Wenn man einen Kampf verliert, so ist das in der Regel schwieriger zu verarbeiten, als wenn man ihn gar nicht erst angetreten hat. Darum kämpfe ich lieber dort, wo ich eine reelle Chance sehe.

14

Müde blinzle ich unter meinen trägen Augenlidern hervor. Die Uhr über der Tür des ILIVE-Sekretariats zeigt 10:09 – es ist noch immer Kaffeepause. Eine Radlänge zu spät bin ich vorhin aufgekreuzt, um meine Wohnrechnung für den Januar zu begleichen. Mit einem nicht besonders glaubhaften *very sorry* hat man mir die Tür vor der Nase zugeschlagen und auf das Schild mit den Öffnungszeiten gedeutet. Ich schließe die Augen, lehne mich erschöpft zurück und warte weiter.

Seit etwas mehr als einer Woche schlafe ich miserabel. Begonnen hat es in der Nacht nach der Kartoffel-Krise. Normalerweise finde ich schnell Einlass ins Reich der Träume, sobald ich dem Diktiergerät meine Gedanken anvertraut habe. Aber nicht in jener Nacht: Bis zum Morgengrauen lag ich wach und grübelte über alles Mögliche nach. Über Pats Arbeitssuche, über den Vorfall mit Jane und Gary, und darüber, dass mir Lynn seit Weihnachten aus dem Weg zu gehen scheint. Die letzten beiden Lernverabredungen hat sie kurzfristig abgesagt, und nach den Unterrichtsstunden verschwindet sie neuerdings immer ziemlich zügig, mit dem Vorwand, sie müsse dringend woanders hin.

Am Tag nach der Grübelnacht fühlte ich mich wie gerädert, konnte am Abend aber erneut nicht einschlafen. Seither schleppe ich mich tagsüber kraftlos an die Uni und liege nachtsüber rastlos im Bett. Gary scheint es nicht besser zu ergehen. Er findet seit dem Vorfall mit der Kartoffel auch keine Ruhe und ist nachdenklich und in sich gekehrt. Fast jede Nacht höre ich ihn zwei-, dreimal durch die Wohnung rollen, auf die Toilette, in die Küche, oder einfach bloß hin und her.

Ein Geräusch dringt in mein Bewusstsein: Aus einem der Räume weiter hinten am Flur höre ich ein Quieken und dann Gekicher. Kam das aus dem Physiotherapieraum? Ich habe ihn noch nicht ein einziges Mal aufgesucht, seit ich hier wohne. Teils wegen meiner Antipathie gegen die Therapeutin, die beim Kennenlernen mit mir gesprochen hat wie mit einem Kleinkind, teils aber auch aus Bequemlichkeit. Wieder erklingt ein gedämpftes Lachen, wahrscheinlich von einer Frau, gefolgt von einem tiefen Männerlachen.

Ich öffne die Augen – die Müdigkeit wird zeitweilig von meiner Neugier verdrängt. Leise fahre ich ein Stück den Flur hinunter und horche. Aus dem Therapieraum kommt kein Mucks. Aber zu meiner Linken, aus Toms Büro, höre ich flüsternde Stimmen. Die Tür steht einen winzigen Spalt breit offen. Ich stelle mich so hin, dass ich durch die Lücke spähen kann, erkenne jedoch nur einen Teil von Toms Rollstuhl, und auf seiner Armlehne ... ein halbnacktes Bein! Was geht da drinnen vor?

Ich versuche, die Tür sanft mit dem Fußbrett anzustupsen, um einen besseren Blick zu erhaschen. Der Spalt wird breiter und gibt nun etwas mehr Preis: Tom parkt hinter seinem Schreibtisch, der Rollstuhl ist leicht zur Seite geneigt. Dicht an ihn geschmiegt, einen Arm um seine Schulter geschlungen, sitzt eine junge Frau mit kurzem Rock auf der Armlehne! Ich mustere sie von oben bis unten. Sie ist wohl noch keine zwanzig, schlank, eher klein, mit kurzgeschnittenem, schwarzem Haar. Ich weite die Augen, als sie Tom einen zärtlichen Kuss auf die Wange haucht.

«Vorsicht, wir werden beobachtet», raunt Tom ihr zu.

Ich zucke zusammen und sehe, dass er mir mit einem breiten Grinsen direkt in die Augen schaut.

«Hey Marc, alter Spanner, was treibt dich denn hierher?», ruft er laut.

«Sorry, ich wollte nicht stören.»

«Ach was, komm rein! Wenn du schon hier bist, kann ich dir gleich jemanden vorstellen!»

Nicht mehr ganz so sanft stoße ich die Tür nun vollständig auf und fahre ins Büro.

«Das ist der Schwede, von dem ich dir erzählt habe», sagt er zu der jungen Frau.

«Ich dachte, er sei Schweizer?», entgegnet sie erstaunt, doch Tom geht nicht darauf ein.

«Marc, darf ich vorstellen, das ist Gwen», erklärt er feierlich. «Meine Freundin!»

Gwen rutscht von Toms Rollstuhl runter, kommt auf mich zu, greift unerschrocken nach meiner rechten Hand und schüttelt sie leicht. Ihre Haut fühlt sich angenehm weich und warm an.

«Freut mich, dich kennen zu lernen, Marc. Tom hat mir schon eine Menge über dich erzählt.»

«Oh, hat er das?», frage ich und bin fast enttäuscht, als sie meine Hand wieder loslässt und zu Tom zurückkehrt.

«Du bist ja damals bei dieser Taxi-Talkrunde für mich eingesprungen, als ich mit ihr verabredet war», erklärt Tom. «Da habe ich ihr ein klein wenig über dich erzählt.»

«Ha, von wegen klein wenig», ruft Gwen und stupst Tom gegen die Brust, «du sprichst andauernd von ihm!»

«Stimmt doch gar nicht», grummelt Tom.

Gwen umarmt ihn, und die beiden fangen an, sich zu küssen. Ich spüre auf einmal ein unangenehmes Ziehen in meinem Brustkorb, das immer stärker wird, je länger ich Tom und Gwen beim Schmusen zusehe. Ich wende den Blick ab und starre peinlich berührt in die obere linke Zimmerecke. Erst jetzt fällt mir auf, dass sich Toms Büro drastisch verändert hat: Die Poster und Plakate sind allesamt von den Wänden verschwunden! Da hängen keine Popstars und Models mehr, um über Tom zu wachen, dafür ein großes Foto vom CN Tower in Toronto und ein Kalender mit Bildern von Pinguinen.

Ich schiele wieder zu den beiden hinüber und stelle missmutig fest, dass sie sich immer noch küssen.

«Dann seid ihr also an jenem Tag ein Paar geworden?», erkundige ich mich, um sie an meine Anwesenheit zu erinnern.

Tom löst sich für einen Moment von Gwens Gesicht und sagt mit vielsagendem Augenbrauenheber: «Genau genommen in der Nacht danach ...»

«Ach, du bist so ein Kindskopf.» Gwen lacht vergnügt und knufft ihn in die Schulter.

Die beiden fangen erneut an, ihre Zungen zu verknoten, und ich beginne mich langsam zu nerven. Gerade als ich mich rückwärts davonschleichen will, blickt Tom auf.

«Was wolltest du überhaupt von mir?», fragt er.

«Äh ...», stammle ich und suche nach einer Ausrede, «ich ... ich wollte fragen, ob du weißt, was mit T.J. los ist? Ich habe ihn schon ewig nicht mehr gesehen.»

«Mit T.J.? Hast du das denn noch nicht gehört?», fragt er erstaunt. «Julie hat ihn letzte Woche gefeuert.»

* * *

«Sie haben T.J. rausgeworfen?», frage ich laut vernehmlich, noch bevor meine Hinterräder ganz über Julies Büroschwelle gerollt sind. Ich bin schnurstracks hergebraust, nachdem mir Tom die Neuigkeit erzählt hat.

Die Angesprochene springt auf und schließt eilig die Tür hinter mir. Etwas würdevoller setzt sie sich danach wieder hinter ihren Schreibtisch.

Ich fixiere sie mit bitterböser Miene.

«Ja, ich musste Herrn Roberts leider entlassen», sagt sie.

«Weswegen?»

«Das ist Herrn Roberts' private Angelegenheit, über die ich Ihnen keine Auskunft geben darf.»

«Ich gehe hier nicht weg, bevor ich eine Antwort kriege!» Ich drücke demonstrativ auf den Aus-Knopf meiner Rollstuhlsteuerung.

Julie lehnt sich im Stuhl zurück, mustert mich nachdenklich und überlegt wahrscheinlich gerade, ob ich bluffe. Natürlich ist sie mir keine Rechenschaft schuldig und könnte mich aus dem Büro werfen, aber das würde Aufmerksamkeit erregen. Und das ist das Letzte, was Julie will.

«Dass Sie so erbost vor mir stehen, ist gewissermaßen der Grund, weshalb ich Trevor-James entlassen musste», sagt sie schließlich.

«Wie soll ich denn *das* verstehen?»

«Freundschaften zwischen Bewohnern und Betreuern führen unweigerlich zu Konflikten wie diesem hier.»

«Dieser Konflikt besteht einzig darin, dass Sie ihn entlassen haben!»

«Früher oder später hätte es Schwierigkeiten gegeben. Vorzugsbehandlung des befreundeten Bewohners. Preisgabe von Weisungen, die nur für die Ohren des Personals bestimmt sind. Klatsch und Tratsch über andere Bewohner und Mitarbeiter. Das sind alles reelle Gefahren für das Betriebsklima, die durch eine solche Freundschaft entstehen.»

«Fürs *Wohn*klima hingegen ist es förderlich, wenn man die Person *mag*, die einem den Arsch abwischt!», keife ich.

«Gegen das Mögen hat auch niemand etwas einzuwenden, bloß der Aufbau von tieferen Freundschaften ist problematisch.»

Kopfschüttelnd sehe ich sie an. Ich kann nicht fassen, was sie da sagt.

«Bewohner und Betreuer stehen in einem Arbeitsverhältnis», doppelt sie nach. «Eine gewisse Distanz bietet beiden Seiten Schutz, zum Beispiel davor, ausgenutzt zu werden.»

‹Und wer schützt mich vor jenen Betreuern, die ich lieber nicht in meinem täglichen Leben haben will?›, frage ich mich innerlich. ‹Wer schützt Gary vor Jane?› Ich erwäge, Julie genau diese Frage zu stellen, entscheide mich aber dagegen. «Ihnen schreibt auch niemand vor, was für Kontakte Sie mit den Menschen pflegen dürfen, mit denen Sie in einem Arbeitsverhältnis stehen, oder?», sage ich stattdessen. Kämpferisch recke ich das Kinn vor.

«Wie meinen Sie das?»

«Ich meine, Ihnen verbietet niemand, mit Ihrem Klempner ins Kino zu gehen. Oder mit Ihrer Putzfrau an ein Rockkonzert. Und soweit ich weiß, gehen Sie jeden Freitag mit Claire bei Tim Hortons einen Kaffee trinken, obwohl Claire als ILIVE-Ergotherapeutin doch Ihre direkte Untergebene ist und damit auch eine Art Arbeitsbeziehung zwischen Ihnen besteht. Müssten Sie sich dafür konsequenterweise nicht ebenfalls abmahnen?»

«Das ist nicht dasselbe», sagt Julie und beginnt, nervös mit einem Kugelschreiber zu spielen.

«Ach, und wieso nicht?»

«An einem Ort wie diesem braucht es nun einmal gewisse Regeln ...»

«Einem Ort wie *diesem*? Was ist denn das Ihrer Meinung für ein Ort hier? Ich dachte, es sei ein Ort, an dem – Vorsicht, ich zitiere – erwachsene Menschen wohnen, die ein selbstbestimmtes und würdevolles Leben führen!» Ich realisiere, dass ich fast schon schreie, und drossle meine Lautstärke wieder ein bisschen. «Ich weiß ja nicht, was Sie unter Selbstbestimmung verstehen, aber für mich bedeutet es unter anderem, dass man *selbst* darüber bestimmen kann, wie man lebt und mit wem man befreundet sein will. Ist Ihre Selbstbestimmung mehr wert als unsere?»

«Nicht alle Bewohner haben vergleichbare geistige Fähigkeiten wie Sie», sagt Julie. «Ich persönlich traue Ihnen durchaus zu, dass Sie T.J.s Arbeit und Ihre Freundschaft soweit auseinanderhalten können, dass das ILIVE-Klima nicht darunter leidet. Aber wir haben hier auch Menschen mit geistigen, emotionalen und anderen Behinderungen oder Störungen, für die das schwierig ist. Deshalb brauchen wir bestimmte Regeln für den reibungslosen Betrieb von ILIVE.»

«Aber in diesem Fall drehte es sich ja nicht um *andere* Bewohner ...»

«Regeln müssen für alle gelten. Wenn ich beginne, Ausnahmen zu machen, führt das in keine gute Richtung.»

«Ja klar, Regeln müssen für alle gelten, außer für Sie, weil Sie hier der Boss sind!»

«Marc, glauben Sie mir, es ist mir nicht leicht gefallen, T.J. zu entlassen», sagt Julie, legt den Kugelschreiber weg und beugt sich vor. «Er war ein fähiger und sympathischer Mitarbeiter. Ich wünschte, ich hätte ihn behalten können. Aber es ist mein Job, die Bestimmungen des ILIVE-Vorstandes durchzusetzen. Mit aller Härte und gegen meine eigene Überzeugung, wenn es sein muss.»

Ich lasse die Schultern sinken. «Diese Form von Pflichtschuldigkeit ist sicherlich eine wichtige Eigenschaft in Ihrer Position», räume ich ein.

Julie nickt und lächelt versöhnlich.

«Aber genauso wichtig wären Fingerspitzengefühl und die Fähigkeit, mal ein Auge zuzudrücken», sage ich, ohne ihr Lächeln zu erwidern. «Schade, dass Ihnen diese beiden Dinge völlig abgehen.»

Ich wende den Blick von ihr ab, atme seufzend aus und drehe mich zur Tür. Julie öffnet sie, und ich fahre grußlos hinaus.

* * *

«Es ist blöd hier, ich will nach Hause», klagt eine verzweifelte Stimme, als ich am Abend von der Uni komme und durch die Wohnungstür fahre.

«Aber das geht nicht, Brian, darüber haben wir doch gesprochen», höre ich Jeff seelenruhig antworten. Ich biege um die Ecke, in die Küche, um mir den Gast anzusehen. Es muss sich um einen weiteren temporären Mitbewohner handeln.

«Wo ist meine Mama?», fragt die verzweifelte Stimme nun. Sie gehört einem auffallend hübschen jungen Mann mit dichtem, braunrotem Haar, der offenbar Brian heißt. Er steht nahe bei der Balkontür und schwankt wie ein Pendel mit dem Oberkörper hin und her.

«Keine Sorge, deine Mama kommt dich in einer Woche wieder abholen, wenn sie von ihrer Reise zurückkehrt», beschwichtigt ihn Jeff. «Aber sieh nur, da ist einer von deinen Mitbewohnern!»

Er zeigt auf mich, und Brians Augen folgen misstrauisch seinem Finger. Als er mich entdeckt, hört er auf zu pendeln und starrt mich entgeistert an. Etwas überrumpelt starre ich zurück. Beklemmt blicke ich zur Seite, als Brian ein Speichelfaden aus dem Mund rinnt und auf seinen Pullover tropft. Wie soll ich mich verhalten?

«Hi, Brian, ich bin Marc», sage ich schließlich und fahre langsam ein Stück auf ihn zu.

Brian runzelt die Stirn und mustert meine Räder. Er holt tief Luft, als ob er etwas erwidern möchte. Dann dreht er den Kopf abrupt in Jeffs Richtung, stampft mit dem Fuß und sagt: «Ich will nach Hause!»

Leicht verwirrt fahre ich einen Bogen um die beiden und begebe mich in mein Zimmer, während Jeff wieder besänftigend auf Brian einredet.

Schon kurze Zeit später, um halb acht, liege ich im Bett. Ich spüre mein Schlafdefizit immer stärker und verzichte sogar aufs Abendessen, weil ich so erschöpft bin. Aber trotz der Müdigkeit kann ich wieder nicht gleich einschlafen. Der Streit mit Julie lässt mir keine Ruhe. Abgesehen vom Inhalt unserer hitzigen Diskussion beschäftigt mich vor allem eine Sache: Ich habe mir doch neulich vorgenommen, nicht andauernd wütend zu werden. Diesen Vorsatz habe ich heute bereits wieder gebrochen. Es fühlt sich an wie eine persönliche Niederlage.

Etwa nach zwei Stunden gleite ich in einen unruhigen Dämmerschlaf und durchlebe noch einmal den Disput in Julies Büro. Im Verlauf des Traumgesprächs gesellen sich immer mehr Leute zu Julie: In der einen Ecke zupft T.J. an einer Zimmerpflanze und wirft mir anklagende Blicke zu. In der anderen Ecke sitzt Tom und macht heftig mit Lynn rum. Und auf einmal steht auch noch Jane hinter Julie, klopft drohend mit der rechten Faust in die linke Handfläche und zischt: «Es ist alles nur zu deinem Schutz, nur zu deinem Schutz!»

«PÄNG!», knallt plötzlich eine Tür und ich erwache.

Eine laute Stimme brüllt durch die Wohnung: «Was fällt dir ein? Du kannst doch nicht einfach mitten in der Nacht abhauen!»

«Ich will nach Hause!», höre ich Brian trotzig zurückbrüllen.

«Das geht nicht, kriegst du das denn nicht in deinen Schädel rein?» Es ist Jeff, der so schreit. Da er sonst immer so ruhig ist, habe ich seine Stimme zunächst gar nicht erkannt. «Brain, du gehst jetzt in dein Zimmer und schläfst, verstanden?!?»

«Aber ... iiich ... wiiill ... naaach ... Hauseee!!!»

Es poltert laut und Schuhabsätze quietschen auf dem Boden.

«AAAAH, dieser Vollidiot hat mich gebissen!», schreit Jeff.

Wieder ein Poltern, dann ein Schluchzen.

«So, jetzt beruhigt euch beide mal wieder», schaltet sich Vivians Stimme ein.

«*Der* soll sich beruhigen, Brain ist hier das Hirni!»

«Daran habe ich gerade ernste Zweifel, Jeff. Und nenn' ihn nicht *Brain*, er heißt Brian ... Du blutest. Geh runter und verbinde deinen Finger, ich kümmere mich um die Situation hier.»

Ich höre, wie sich Jeff fluchend entfernt, während Vivian wohl Brian in sein Zimmer führt.

Kurze Zeit später öffnet sie leise meine Tür und tritt an mein Bett. «Alles in Ordnung bei dir?», fragt sie, als sie sieht, dass ich wach bin.

«Ja. Aber was ist denn eigentlich los?»

«Brian ist davongelaufen. Jeff hörte die Eingangstür zuschlagen und sah, wie Brian im Nachthemd die Straße hinunter rannte. Er hat ihn erst kurz vor der Hauptstraße eingeholt.»

«Und wieso ist Jeff so aufgebracht?»

«Es ist schon das dritte Mal heute Abend, dass Brian versucht hat, hinauszuschleichen. Die ersten beiden Male hat Jeff ihn schon auf dem Flur abgefangen, ihm gut zugeredet und ihn wieder in sein Zimmer geführt. Nun war er offenbar mit der Geduld am Ende.»

«Okay.»

«Ich bleibe noch eine Weile bei euch im Wohnzimmer und behalte Brians Tür im Auge. Falls du was brauchst, musst du nicht klingeln, sondern rufst einfach laut nach mir. In Ordnung?»

«Okay.»

«Gute Nacht.»

* * *

2. Februar 2011 – Wohnen

Ich glaube, ich bin nicht der geeignete Typ, um längerfristig in einem Heim zu leben. Noch kein halbes Jahr wohne ich in ILIVE, und schon spüre ich die ersten Abnutzungserscheinungen.

Es erfordert eine ausgeprägte Anpassungs- und Toleranzfähigkeit, um es an einem solchen Ort auszuhalten. Zum Wohlfühlen reicht das aber nicht aus. Dafür braucht man entweder eine gewisse Gleichgültigkeit, so wie Tom, den T.J.s Entlassung überhaupt nicht zu kümmern scheint, oder eine stoische Gelassenheit, so wie Pat, der sogar Jane als äußerst angenehme Person empfindet. Offenbar verfüge ich über keines von beidem: Es ist mir nicht gleichgültig, wenn Julie in meinem Freundeskreis herumpfuscht, und ich kann nicht gelassen bleiben, wenn ich eine Szene wie die mit Jane und Gary miterlebe.

Des Weiteren scheint das Heimleben bei mir schlechte Charakterzüge zum Vorschein zu bringen. Und damit meine ich nicht nur die Tatsache, dass ich neuerdings ständig explodiere, wenn mir etwas nicht passt. Gestern in Toms Büro, als er mir Gwen vorstellte, da fiel es mir schwer, mich für ihn zu freuen. Im Gegenteil, ich missgönnte es ihm fast ein bisschen, dass er mit seiner draufgängerischen Strategie tatsächlich Erfolg hatte. Ich habe mich stets für einen positiv eingestellten Menschen gehalten. Und als solcher müsste ich doch wohlwollend zur Kenntnis nehmen, dass Tom etwas erreicht hat, das für ihn wichtig ist. Stattdessen bin ich eifersüchtig auf ihn. Bin das wirklich noch *ich*?

Klar, ich kann meine derzeitige Misere nicht vollständig auf ILIVE abschieben. Da spielen auch andere Faktoren eine Rolle. Die Situation mit Lynn, das anstrengende Studium – das belastet mich ebenfalls. Aber damit würde ich wahrscheinlich fertig, wenn ich mich wenigstens hier, zuhause, richtig erholen könnte. Doch das ist der springende Punkt: Ich fühle mich hier nicht *zuhause*. In einem echten Zuhause macht einem niemand Vorschriften, mit wem man befreundet sein darf, oder wie man zu sprechen hat.

Egal, was im Leitbild oder in den hübschen Broschüren steht – in einem Heim ist die Selbstbestimmung immer irgendwie eingeschränkt. Denn letztendlich ist ein Heim nun einmal ein Betrieb, in dem verschiedene Interessensgruppen gegenläufige Ziele verfolgen. Die Bewohner, das Pflegepersonal, die Heimleitung – alle kämpfen für ihre Prioritäten und kommen dabei ab und zu den Plänen der anderen in die Quere. Bei einer solchen Konstellation sind Kompromisse das A und O für den Erfolg des Betriebs. Und dort, wo der Kompromiss anfängt, hört die Selbstbestimmung auf.

Mir ist klar, dass wir Bewohner nicht unbegrenzte Freiheiten haben können. Es braucht Regeln, damit so eine Einrichtung funktionieren kann. Aber ist es überhaupt möglich, eine einheitliche Heimordnung zu schaffen, die den Bedürfnissen und Lebensumständen von zwei so verschiedenen Menschen wie zum Beispiel Brian und mir gerecht wird? Ich bezweifle es. Außerdem hege ich den Verdacht, dass die Regeln von Leuten aufgestellt werden, die keine Ahnung haben, wie es ist, in einem Heim zu wohnen. Die erhalten einmal im Jahr von Julie eine Hausführung, bei der sie alles ganz, ganz toll finden, eifrig nicken und sich auf das wartende Buffet freuen ... Oje, ich glaube, ich werde hier drin noch zum Zyniker.

Wenn ich zurück in der Schweiz bin, muss ich eine andere Wohnform für mich finden. Es gibt zwar nicht viel Auswahl, aber ich glaube, die Angebote für selbständiges Wohnen stellen eine echte Alternative dar. Der administrative Aufwand, den man als Teilnehmer dieser Programme betreiben muss, soll enorm sein, doch das ist es mir wert. In ein Heim will ich nicht mehr!

15

Als Brians Mutter von seinen Fluchtversuchen erfährt, bricht sie ihre Urlaubsreise ab und holt ihn wieder nach Hause. Brians Zimmer bleibt nicht lange ungenutzt: Schon drei Tage später zieht ein neuer Mitbewohner namens Abe ein. Das stehe für Abraham, erklärt man mir.

Zu Beginn bekomme ich Abe nie zu Gesicht – meine ersten Eindrücke von ihm sind akustischer Natur. Er pflegt tagsüber zu schlafen und abends leise aus der Wohnung zu huschen, um dann frühmorgens singend und rülpsend wieder zurückzukehren. Im Gegensatz zu Brian lässt man ihn bei seinen nächtlichen Streifzügen gewähren. Es kursieren die wildesten Gerüchte über den Grund seines Aufenthalts, den offenbar nicht einmal die ILIVE-Angestellten kennen. Jeff sagt, Abe sei ein Obdachloser, der sich bei einer Kneipenschlägerei verletzt habe und hier für eine Weile untergebracht werde, weil das Spital überfüllt sei. Jane behauptet, er sei eine Testperson für ein neu geschaffenes Alkoholentzugsprogramm, bei dem Kontakt mit Behinderten eine tragende Rolle spiele. Vivian vermutet, er leide an einer emotionalen Störung, die man hier mit einer Maltherapie behandle. Und Tom sagt, alles davon treffe zu. In einem Punkt sind sich alle einig: Er passt nicht so richtig hierher.

Meine erste Begegnung mit Abe findet an einem Mittwochmorgen statt. Ich schwänze die Uni, weil ich in den vergangenen zwei Nächten wieder kaum geschlafen habe und mich hundeelend fühle. Ich mache mir nicht einmal die Mühe, Lynn für unsere nachmittägliche Lernverabredung abzusagen. Sie wäre ja wahrscheinlich sowieso wieder nicht gekommen, und in einem Gefühlsmischmasch aus Trotz, Verletztheit und Enttäuschung habe ich beschlossen, sie nun ebenfalls mit Schweigen zu strafen.

Ich habe neben der Couch im Wohnzimmer geparkt und zappe gerade lethargisch durch die TV-Kanäle, als Abe mit einer halbleeren Bierflasche in der Hand aus seinem Zimmer tritt. Er hat wettergegerbte Haut und langes schwarzes Haar mit vereinzelten grauen Strähnen. Abe gehört zu den *First Nations People* – den indigenen Völkern Kanadas. Ich habe während meiner Zeit hier bereits mit einigen anderen Vertretern dieser ethnisch-politischen Bevölkerungsgruppe Bekanntschaft geschlossen, etwa mit Phil, meinem Banknachbarn in Jackys Klasse. Abgesehen von den äußerlichen Merkmalen habe ich dabei keine Unterschiede zu den ‹anderen› Kanadiern festgestellt.

Ich nicke Abe zur Begrüßung zu.

Er schneidet eine schwer zu deutende Grimasse, fläzt sich auf die Couch und nimmt einen Schluck aus der Flasche, die dabei ein glucksendes Geräusch von sich gibt.

Ich spüre, wie er beginnt, mich eindringlich von der Seite zu mustern. Seine bohrenden Blicke lassen sich nur schwer ignorieren und lösen ein gewisses Unbehagen in mir aus.

«Du bist der Student?», fragt er, als ich gerade den Entschluss fassen will, mich in mein Zimmer zu flüchten. Überrascht konstatiere ich, dass er eine samtweiche Stimme hat.

«Ja, ich bin Marc, hallo.»

«Die sagen, du bist ziemlich helle ...»

Ich erwidere nichts, und Abe gönnt sich einen weiteren Schluck Bier.

«Mit deiner Behinderung und meinem Hintergrund könnten wir zusammen endlos Kohle scheffeln», sagt er.

«Wie meinst du das?»

«Na, als Bettler!» Er wischt sich mit dem Handrücken über den Mund und dreht den Oberkörper frontal zu mir. Seine Augen glänzen leicht. «Du, der arme Krüppel, ein kluger Geist, gefangen in seinem Körper. Und ich, der heimatlose Ureinwohner, der seinen

Lebenssinn darin sieht, einem anderen Verlierer zu helfen. Eine Schicksalsgemeinschaft von zwei kaputten Typen, die dem Leben trotzen – die Leute lieben diesen Scheiß.»

Ich gucke ihn schief an und überlege, ob er das ernst meint oder sich nur einen geschmacklosen Scherz erlaubt. Ich lächle unverfänglich und schweige.

«Das würde sowas von klappen», fährt er fort, «in Toronto kenne ich ein paar Ecken, da könnten wir ganz groß absahnen. Ich würde dir auch alles besorgen, was du brauchst – Frauen, Drogen – alles kein Problem. Was sagst du, das wäre doch was, oder?»

Es beginnt mir zu dämmern, dass er es tatsächlich ernst meint. Ich schlucke leer. Sein Vorschlag widerspricht so ziemlich allem, an das ich glaube, und es wäre mir zuwider, auf diese Weise aus meiner Behinderung Kapital zu schlagen. Mit besorgtem Blick auf die Bierflasche und seine glänzenden Augen sage ich diplomatisch: «Das klingt ja wirklich vielversprechend. Es wäre ein spannendes Experiment, das mal einen Tag lang auszuprobieren. Aber es wäre doch auch entwürdigend, sowas auf Dauer zu tun, oder? Außerdem fühle ich mich nicht als Verlierer.»

«Du kein Verlierer?» Er betrachtet mich verwirrt. «Aber hallo, du sitzt im Rollstuhl! Leute wie dich und mich braucht die Welt nicht. Die wären uns am liebsten los, verstehst du? Ich bin der Müll der Gesellschaft, und du bist der Müll der Evolution.»

«Was sagst du da?», hauche ich geschockt.

«Ach komm, spiel nicht den Naiven. Ich sag' doch bloß, was ohnehin jeder denkt. Unser Leben ist überflüssig, wir stehen ganz am Ende der Nahrungskette.»

«Ich bin mit meinem Leben völlig zufrieden», erwidere ich kühl.

«Ja, red' dir das nur ein», sagt Abe und macht eine abwinkende Bewegung.

Zorn wallt in mir auf und ich kann ihn nur mühsam unterdrücken. Gepresst erwidere ich: «Die Kunst im Leben besteht darin, das beste aus seiner Situation zu machen. Ob man glücklich ist, hängt nur marginal davon ab, ob man reich oder arm, behindert oder gesund geboren wird.»

Abe richtet sich auf und mustert mich ungläubig. Trotzig halte ich seinem Blick stand. Schließlich lehnt er sich entspannt zurück und sagt mit unverhohlener Belustigung: «Ich kann's nicht fassen, du glaubst das wirklich.» Er lacht trocken. «Du glaubst, du seist was Besseres.»

«Nein, darum geht es doch gar nicht, ich ...»

«Du glaubst, du seist mehr wert, weil du studierst und so klug bist und Wörter kennst wie ‹marginal›, die Penner wie ich noch nie gehört haben.» Er erhebt sich zittrig und kommt einen Schritt auf mich zu. Mir fällt auf, dass er sein linkes Bein nachzieht. «Du bist ein Verlierer, merk dir das», sagt er ruhig und deutet mit der leeren Bierflasche in meine Richtung. «Wir *Loser* sollten zusammenhalten.»

Ich drehe mich um und fahre schnell davon.

«Ich spreche die Wahrheit, das wirst du schon noch einsehen!», ruft er mir nach.

* * *

«Geht es dir gut?», fragt Lynn besorgt, als ich mich nach dem achten Klingeln am Handy melde.

«Geht so», antworte ich mit belegter Stimme.

«Bist du krank?»

«Nein.»

«Das sieht dir gar nicht ähnlich, Jackys Unterricht zu schwänzen. Vor allem jetzt, wo bald wieder Prüfungen anstehen. Darum dachte ich, ich frage mal nach.»

«Es ist gerade alles etwas durcheinander hier. Ich bin froh, dass ich bald aus diesem Irrenhaus rauskomme und wieder nach Hause zurückkehre. Hier hält mich nicht mehr viel.»

Es wird still in der Leitung. Eigentlich fürchte ich den Moment des Abschieds aus Kanada. Vor allem wegen Lynn. Aber seit der Begegnung mit Abe heute Morgen bin ich in ein dumpfes Brüten verfallen und empfinde die gesamte Umgebung nur noch als düster und feindschaftlich. Ich wünsche mir, wieder mal einen Tag lang T.J. als Betreuer zu haben. Einige lockere Scherze mit ihm zu reißen. Aber T.J. ist nicht mehr da. Ebensowenig wie Pat. Vivian hat mir erzählt, dass er die erhoffte Praktikumsstelle nicht erhalten hat und mit seinen Eltern verreist ist, um nach dieser Enttäuschung ein bisschen abzuschalten. Nicht einmal mit Tom kann man etwas unternehmen, denn der verbringt fast jede freie Minute in den Armen von Gwen. Nur Gary ist da und starrt stundenlang zum Fenster hinaus. Jane ist da und treibt mich mit ihrem penetranten Gesumme in den Wahnsinn. Und jetzt ist da auch noch Abe ... Da erhält die näher rückende Heimkehr eben doch auch etwas Erlösendes.

«Tut mir leid, dass ich mich in letzter Zeit so selten gemeldet habe», sagt Lynn in die Stille hinein. «Ich war dir keine besonders gute Freundin.»

«Schon gut, kein Problem», erwidere ich und fühle Tränen aufsteigen.

«Wollen wir uns wieder mal treffen? Wie wäre es am Freitag um vier an der Uni?»

«Okay.» Die Tränen rinnen mir nun über das Gesicht.

«Fein, also bis dann, ich freue mich auf dich!»

* * *

«Dann erzähl mal, wieso fühlst du dich neuerdings wie im Irrenhaus?», sagt Lynn. Wir sitzen in der Uni-Cafeteria, am selben Tisch, an dem ich vor einigen Monaten mit Francisco über mein Verhältnis zu Gott diskutiert habe.

Wir haben bereits ein paar belanglose Neuigkeiten ausgetauscht, und nun rückt Lynn ein Stück näher zu mir hin. Aufmerksam hört sie zu, wie ich von meiner kleinen Wohnkrise berichte. Ich lasse nichts aus – die Entlassung von T.J., die Streitgespräche mit Julie, Janes mühsame Art, Garys trostloses Rumsitzen – alles bricht in einem ungehemmten Redeschwall aus mir heraus. Ich erzähle ihr auch von Brian, Pat und Tom, wobei ich mir Mühe gebe, nicht eifersüchtig zu klingen, und erwähne mehrmals, dass ich Tom sein Liebesglück von Herzen gönne.

«Und jetzt ist da auch noch dieser Abe, der mich als Müll der Evolution bezeichnet», sage ich am Ende meiner Schilderung und atme geräuschvoll aus.

Lynn mustert mich nachdenklich, und für einen kurzen Moment habe ich den Eindruck, sie wolle tröstend nach meiner Hand greifen. Sie tut es jedoch nicht und fragt stattdessen: «Glaubst du denn an die Evolutionstheorie?»

«Grundsätzlich schon, ja. Ich halte sie jedenfalls für plausibler als die Schöpfungsgeschichte», erwidere ich. «Du etwa nicht?»

Sie zuckt mit den Schultern. «Ich mag sie nicht besonders.»

«Du *magst* sie nicht?»

«Mein Exfreund war ein großer Fan des Darwinismus. Er versuchte, alle menschlichen Verhaltensweisen auf die Evolutionstheorie zurückzuführen. Über seinem Bett hing ein Poster, das einen Muskelprotz zeigte, der mit einem Krokodil rang. Darüber prangte der Schriftzug: ‹Nur die Stärksten werden überleben!›» Lynn rümpft die Nase und schüttelt den Kopf. «Egal, worüber man mit ihm diskutierte – Umweltschutz, Managerlöhne, Nationalsozialismus – irgendwann landete er immer beim Darwinismus und kommentierte menschliche Verfehlungen mit dem Satz: ‹Jeder will sich eben einen evolutionären Vorteil verschaffen, das ist ganz natürlich!›»

«Denkst du also, man darf menschliches Verhalten nie so begründen?», frage ich.

«Doch, aber man sollte dabei bedenken, dass die Evolutionstheorie hundertfünfzig Jahre alt ist und ursprünglich nicht darauf abzielte, den Menschen zu erklären, sondern ein Naturprinzip zu beschreiben. Unsere moderne Gesellschaft funktioniert kaum mehr nach diesem Prinzip, deswegen solltest du die Aussage von wegen Müll der Evolution nicht allzu ernst nehmen.»

«Aber ein wahrer Kern steckt doch drin», entgegne ich. «Ich habe einen Gendefekt, der mir einen klaren Nachteil beschert. Den Ringkampf mit dem Krokodil würden heute viele Menschen nicht überleben, aber ich könnte es von der Stärke her nicht einmal mit einer Hauskatze aufnehmen.»

«Du darfst Stärke nicht mit körperlicher Kraft gleichsetzen. ‹Das Überleben des Stärksten›, das übrigens gar nicht von Darwin stammt, wurde in Wissenschaft und Philosophie schon lange umgetauft in ‹Das Überleben des am besten Angepassten›. Früher musste der Mensch seine Nahrung erjagen, dafür war er auf Muskelkraft angewiesen. Heute nehmen wir uns im Supermarkt das pfannenfertige Essen aus dem Regal. Die Stärke, die man in der modernen westlichen Zivilisation braucht, verschiebt sich vom Körperlichen ins Geistige. Wir müssen immer weniger flink, muskulös und reaktionsschnell sein, dafür aber kreativ, gebildet und stressresistent. Kaum jemand verhungert noch bei uns, dafür nehmen psychische Erkrankungen rasant zu. Deine Behinderung ist sicher kein evolutionärer Vorteil. Aber du kannst in dieser Gesellschaft mühelos überleben, folglich bist du nicht so schwach, beziehungsweise so unangepasst, dass du dich als Müll der Evolution betrachten müsstest.»

Nachdenklich blicke ich Lynn an. Sie lächelt mir aufmunternd zu.

«Mir gefällt deine Argumentation», sage ich. «Aber ich weiß nicht so recht, was ich davon halten soll. Wenn man heute bei einem Fötus eine Behinderung feststellt, dann geschieht es immer häufiger, dass er abgetrieben wird. In manchen Ländern wurden Behinderte bis vor kurzem zwangssterilisiert, damit sie ihre ‹schlechten Gene› nicht weitergeben konnten. Und es ist nur eine Frage der Zeit, wann die Genforschung soweit ist, dass man das Erbgut seiner Babys *à la carte* zusammenstellen kann. Dann wird es jemanden wie mich nicht mehr geben.»

Lynn legt den Kopf schief und sagt: «Da sprechen wir allerdings von einem anderen Thema. Die Evolutionstheorie beschreibt hauptsächlich die *natürliche* Auslese. Zwangssterilisation und Genveränderung hingegen sind Mittel der *künstlichen* Auslese.»

«Was bedeutet das?»

«Künstliche Auslese ist, wenn der Mensch die Fortpflanzung einer Spezies beeinflusst, zum Beispiel durch Zucht. Im Kielwasser des Darwinismus gab es Philosophen, die Angst hatten, dass die Menschheit in großer Gefahr sei, weil die natürliche Auslese in unserer Gesellschaft nicht mehr korrekt funktioniere. Sie glaubten, schlechte Gene würden uns eines Tages überfluten, weil die Natur sie nicht mehr aussortiere. Daraus entwickelten sich später die Eugenik und die Rassenhygiene der Nazis. Man definierte Kriterien, welche Merkmale und Eigenschaften erwünscht sind und welche nicht. So wollte man die menschliche Rasse ‹sauber› halten. Die Natur hingegen betreibt ihre Auslese nicht über die Definition von positiven und negativen Merkmalen. Sie wirft uns in die Welt hinein wie in einen Experimentierkasten und schaut, was dabei rauskommt. Je nach Genpool haben dabei manche Lebewesen bessere Aussichten auf Erfolg, andere schlechtere. Aber immerhin kriegen alle eine Chance, und in Einzelfällen kann man sich trotz genetischer Nachteile vermehren. Die pure Masse macht es dann aus, welche Gene sich im Laufe der Zeit durchsetzen.»

«Das heißt also, natürliche Auslese ist Zufall, künstliche Auslese ist Willkür?», frage ich.

«Gewissermaßen. Es ist für einen Menschen unmöglich, faire Kriterien aufzustellen, wann ein Leben lebenswert ist und wann nicht. Denn er ist zwangsläufig geprägt von seinen subjektiven Erfahrungen, Interessen und Wertvorstellungen.» Lynns Miene verfinstert sich. «Und unabhängig davon, was der Mensch für Ziele verfolgt, oder mit welchen Absichten er handelt: Es ist brandgefährlich, Gott zu spielen. Der Entscheid, wer leben darf und wer nicht, steht uns nicht zu.»

Ich nicke langsam. «Woher weißt du eigentlich so viel über dieses Thema?»

«Ich habe mich damit auseinandergesetzt, als ich noch mit meinem Exfreund zusammen war. Ich wollte ihm zeigen, dass manche Dinge komplexer sind, als er glaubt. Dafür brauchte ich Argumente.»

«Ach so.»

«Leider war er jemand, der für Argumente nicht besonders empfänglich war.» Lynn verzieht den Mund und starrt grimmig auf die Tischplatte.

Ich betrachte sie still. Ihre Gesichtszüge wirken irgendwie leer, so, als ob man ihr die sonst so fröhliche Mimik chirurgisch entfernt hätte. Etwas an dieser gescheiterten Beziehung scheint sie noch nicht richtig verdaut zu haben.

«Weißt du was?», ruft Lynn plötzlich und schlägt mit der Hand auf den Tisch. «Ich würde dich gerne mal besuchen, da, wo du wohnst! Wäre das in Ordnung für dich?» Sie blickt mich an und ihr Lächeln kehrt an seinen angestammten Platz zurück.

«Aber sicher», erwidere ich erfreut.

«Fein», sagt Lynn und legt ihre Hand auf meine ...

* * *

Ich schlafe himmlisch in der darauffolgenden Nacht. Als ich am Abend ins Bett gegangen bin, habe ich kaum mehr mitgekriegt, wie Vivian mich ausgezogen, auf die linke Seite gebettet, den Rollstuhl aus dem Zimmer gesteuert und draußen ans Ladegerät angeschlossen hat. Das Treffen mit Lynn – vor allem die Aussicht auf ihren Besuch – hat mir neue Zuversicht verliehen. Ein Sonnenstrahl im kanadischen Winter.

Wie gesagt, eigentlich schlafe ich himmlisch – bis ich mitten in der Nacht auf einmal alarmiert aufschrecke. Da ist doch gerade etwas gewesen! Ein Geräusch, ein Geruch – etwas, das mein Unterbewusstsein als so wichtig empfunden hat, dass ich aufgewacht bin. Ich öffne die Augen einen winzigen Spalt weit. Abgesehen vom matten Licht einer Straßenlaterne, das durch die Ränder der Jalousie sickert, ist es dunkel in meinem Zimmer. Konzentriert horche ich in die Düsternis hinaus. Doch ich höre bloß die üblichen Geräusche der ILIVE-Nächte: Die Schritte des Nachtdienstbetreuers (ich glaube, heute ist es Jeff) auf seinem Rundgang im oberen Stockwerk. Das Ticken der kleinen Uhr auf meinem Schreibtisch. Das Brummen der Heizung. Nichts Außergewöhnliches.

Aber dann, plötzlich, ganz nahe an meinem Bett: ein Glucksen. Wie von einer schwappenden Flüssigkeit. Erschreckt zucke ich zusammen.

«Soso, der stolze Gewinnertyp ist also wach», nölt neben mir eine kratzige Stimme ohne jegliche Samtheit.

Ich verharre regungslos und kneife die Augen zu. Wieder das Glucksen der Flasche, gefolgt von einem krächzenden Räuspern.

«Na, fühlst du dich stark, wenn du so daliegst?», lallt Abe höhnisch.

Ich stelle mich weiterhin schlafend und taste unauffällig mit dem Finger nach dem Klingelknopf. Einmal kurz draufgedrückt, dann wird Jeff in wenigen Minuten auftauchen und den Penner in hohem Bogen rauswerfen! Mein Finger stößt jedoch ins Leere.

«Hey, ich hab' dich was gefragt! Fühlst du dich stark?», sagt Abe mit drohendem Unterton.

«Was willst du von mir?», frage ich und versuche, möglichst selbstsicher zu klingen. Es bleibt beim Versuch. Erneut taste ich nach der Notfallklingel, doch wieder greife ich ins Leere. Hat Vivian vergessen, sie mir hinzulegen? Habe ich sie im Schlaf außer Reichweite geschoben? Oder ist es am Ende sogar möglich, dass Abe sie mir weggenommen hat, bevor ich aufgewacht bin? Ich spüre, wie die eisige Hand der Furcht nach meinen Eingeweiden greift.

«Ich könnte dich einfach so erschlagen. Mit dieser Flasche hier», sagt Abe ganz langsam, fast beiläufig.

«Aber warum solltest du das tun? W-was hättest du davon?»

Er schweigt. Ein leichtes Rasseln in seinem Atem ist das einzige Geräusch, das zu hören ist.

«Wieso gibst du nicht einfach zu, dass auch du zu den Verlierern gehörst», sagt er schließlich.

Angestrengt überlege ich, was ich erwidern soll. Rettet es mein Leben, wenn ich seinem Willen folge? Lässt er mich dann in Ruhe? Ich muss es ja nicht ernst meinen. Ich brauche bloß zu sagen: Ja, ich gehöre zu den Verlierern, ich wurde so geboren. Ich öffne den Mund, doch ich bringe keinen Mucks heraus.

«Was denkst du eigentlich, wieso die uns in so eine Institution einsperren», sagt Abe mit dem Tonfall eines genervt-resignierten Lehrers, der einem begriffsstutzigen Schüler zum x-ten Mal den gleichen Sachverhalt erklären muss.

«Einsperren? Wie meinst du das?»

«Du bist ja wohl kaum freiwillig hier, oder?»

«Äh, doch, das bin ich.»

«Aber du würdest sicher lieber alleine wohnen, nicht?», fragt er. «So, wie *du* es willst. Nicht so, wie *die* es wollen.»

«Natürlich würde ich das. Doch das geht nun mal nicht. Die notwendigen Strukturen dafür sind zwar vielerorts im Aufbau, aber es wird noch eine Weile dauern, bis die Gesellschaft soweit ist, dass ...»

«Komm mir nicht mit der Gesellschaft!», unterbricht mich Abe wütend. «Sei nicht so blauäugig, die Gesellschaft ist nicht auf unserer Seite.»

«Auf unserer Seite? Wir sind *Teil* der Gesell...»

«Sieh dich doch mal um! Denkst du, es ist Zufall, dass hier so viele Behinderte auf einem Haufen leben?»

«Ja, diese Häufung ist eine riesige Überraschung in einem *Behinderten*wohnheim», erwidere ich ironisch und erschrecke fast über diese Kühnheit. Hastig füge ich hinzu: «Es lässt sich alles einfacher organisieren so, die Pflege, die Therapie, die Infrastruktur ...»

«Wir sind nicht hier zusammengepfercht, weil es *einfacher* ist. Wir sind hier, weil die anderen uns im Alltag nicht sehen wollen.»

Abe hält unvermittelt inne und ein heftiger Hustenanfall erfasst ihn. In mir beginnt die Erkenntnis zu reifen, dass er keine körperliche Gefahr für mich darstellt. Wenn er mir etwas antun wollte, dann hätte er es längst getan. Er ist aus einem anderen Grund hier.

«Niemand braucht uns», sagt er, als er wieder Luft kriegt. «Leute wie du und ich verursachen nur Kosten. Wir sind Störfaktoren in einer Welt, die das Normale liebt und das Andersartige verabscheut. Am liebsten würden die uns beseitigen, aber das lässt ihr Gewissen nicht zu. Deshalb stecken sie uns weg, in Heime, wo sie uns vergessen können. Und du glaubst tatsächlich, die wären auf deiner Seite?» Abe lacht heiser.

«Ja, das glaube ich», erwidere ich. Und zum ersten Mal in dieser Nacht klingt meine Stimme nicht mehr zittrig. «Es ist noch nicht alles so, wie es sein sollte, aber wir haben schon einen langen Weg hinter uns.»

«Trotzdem werden die dich nie als gleichwertig akzeptieren. Ich weiß es, ich habe es selbst erfahren. Ich wurde mein ganzes Leben lang unterdrückt. Nie hat sich jemand auf meine Seite gestellt, nie wurde ich irgendwo respektiert!», sagt Abe und knallt die leere Bierflasche auf meinen Nachttisch.

«Keine Ahnung, was du bisher durchgemacht hast, aber Respekt muss man sich erarbeiten, egal, welcher Schicht oder Gruppierung man angehört.»

«Willst du damit sagen, ich verdiene keinen Respekt?», ruft Abe.

«Nein, aber meinen Respekt gewinnst du jedenfalls nicht damit, dass du mich mitten in der Nacht überfällst und bedrohst! Denkst du, es wird sich jemals jemand auf deine Seite stellen, wenn du die eine Hälfte der Menschheit als Unterdrücker und Feind betrachtest, und alle anderen als Verlierer bezeichnest?»

«Aber die Gesellschaft ist ...»

«Nein, die Gesellschaft ist *nicht* an allem schuld!», unterbreche ich nun ihn. «Dir mag viel Schlimmes widerfahren sein im Leben, aber solange du immer diese Blanko-Ausrede mit der Gesellschaft bringst, wird es dir NIE besser gehen, verstehst du?» Ich zögere einen Moment, nehme dann aber meinen gesamten Mut und Ärger zusammen und brülle ihn an: «UND JETZT RAUS HIER, DAS IST *MEIN* ZIMMER!»

Abe verharrt einen Moment lang regungslos. Er macht Anstalten, etwas zu sagen, dreht sich dann aber abrupt zur Tür und hinkt wortlos hinaus.

Ein starkes Erleichterungsgefühl durchflutet meinen Körper und es beginnt überall zu kribbeln. Nach einigen Minuten kommt Jeff in mein Zimmer.

«Was ist denn los hier?», fragt er. «Gary hat geklingelt und gesagt, es gebe ein Problem bei dir.»

«Ich hatte gerade ...», setze ich an, um zu berichten, was geschehen ist, doch ich überlege es mir im letzten Moment anders. Wenn ich Abe verpetze, wird er rausgeworfen und an einen Ort gebracht, der sicher nicht besser ist als ILIVE. Das würde sein Gesellschaftsbild nur bestätigen und seine Lage kaum verbessern. Angst habe ich vor ihm keine mehr.

«Ich kann meine Notfallklingel nicht erreichen und habe darum laut um Hilfe gerufen», sage ich stattdessen.

«Zum Glück hat Gary dich gehört», erwidert Jeff. «Die Klingel liegt hier neben deinem Kopf.» Er schiebt sie ein paar Zentimeter nach unten. «Kannst du sie nun erreichen?»

«Ja, danke.»

«Ist wirklich alles okay?», fragt er, als er schon fast zur Tür hinaus ist.

«Wirklich, ja.»

Ein Hochgefühl ergreift mich, als er gegangen ist. Ich spüre das Abklingen des Adrenalins und fühle mich wie der König der Welt. Pah, von wegen Überleben des Stärksten, jubiliere ich innerlich. Darwinisten dieser Welt, ihr könnt mich alle kreuzweise! Ich kann mich wehren, ohne auch nur meinen schwächlichen kleinen Finger zu rühren! Es gibt nur die Grenzen, die ich mir selbst setze, und wenn ich mich auf meine Fähigkeiten besinne, kann ich alles erreichen. Von so einer blöden Nebensächlichkeit wie meiner Behinderung lasse ich mich nicht aufhalten!

Das Allmachtgefühl hält etwa fünf Minuten an. Dann beginnt es mich an der Stirn zu jucken. Sogar fürchterlich stark zu jucken. Und egal, wie sehr ich mich auch anstrenge, ich komme einfach nicht hin, um mich zu kratzen.

Manche Grenzen sind eben doch sehr konkret, stelle ich mit einem ironisch-gequälten Grinsen fest, als mein Ego wieder auf dem Boden der Realität landet. Aber das heißt ja nicht, dass ich mich davon unterkriegen lassen muss!

* * *

13. Februar 2011 – Evolution

Endlich kann ich wieder richtig schlafen! Es ist, als ob sich durch das Gespräch mit Lynn und Abes ‹Besuch› vorletzte Nacht ein Knoten in mir drin gelöst hätte. Ich weiß nun, dass ich nicht schwach und verletzlich bin, nur weil ein Teil der Allgemeinheit dieses Bild von Behinderten hat. Ich bin mir meiner Stärken, aber auch meiner Grenzen bewusst geworden. Eigentlich habe ich diese Erkenntnis in ähnlicher Form schon mehrmals gewonnen – etwa nach Wandas Interview, oder als ich mit Pat über den Zauberfee-Werbespot sprach. Aber offenbar muss man zu dieser Einsicht immer wieder neu gelangen, weil man dazu neigt, sie in schwierigen Lebensphasen zu vergessen. Ich bin überzeugt, meine Wohnkrise wird jetzt, da ich mich nicht mehr so unsicher fühle, leichter zu bewältigen sein.

Ich habe mir Gedanken gemacht, was Abe veranlasst haben könnte, mich zu überfallen. Auf irgendeine Weise habe ich ihn provoziert, ohne es zu merken. Es muss mit der Verlierer-Sache zusammenhängen. Ich habe manchmal den Verdacht, Menschen sehen gerne andere Menschen, denen es schlechter geht als ihnen selbst. Man könnte es das ‹Talk-Show-Phänomen› nennen: Diese Leute, die sich in den nachmittäglichen TV-Sendungen gegenseitig anbrüllen, wirken so naiv und ihr Leben so schrecklich, dass der Zuschauer das tröstliche Gefühl kriegt, er sei mit seinem Leben doch eigentlich recht gut bedient. Und deswegen guckt er die Sendung gerne.

Genau dieses Gefühl erhoffte sich Abe wohl vom Kontakt mit mir. Er dachte, ich sei jemand, der ärmer dran ist als er. Da ich aber schon seit Längerem gelernt habe, nach außen trotz innerer Verunsicherung eine gewisse Stärke zu zeigen, wurde Abes Erwartung enttäuscht. Anstelle eines ‹armen Behinderten› hatte er einen scheinbar selbstsicheren Studenten vor sich. Das war vielleicht der Grund, weshalb Abe mit Aggression auf mich reagiert hat.

Wir seien das Ende der Nahrungskette, hat er gesagt. Und er ist nicht der Einzige, der so denkt. Ich bin immer wieder erstaunt, was der Rollstuhl in den Köpfen mancher Menschen auslöst. Wenn ich an einem Bahnhof auf den Zug warte, geschieht es regelmäßig, dass mich jemand für einen Bettler hält und mir etwas zustecken will. Als ich einmal am Gleis saß, Musik hörte und Hausaufgaben machte, schenkte mir eine Frau fünf Franken, eine alte Agenda und einen Kugelschreiber und sagte, so könne ich ein wenig malen, bis meine Mama mich abholt. Weder die iPod-Kopfhörer in meinen Ohren noch das Buch über Integralrechnung auf meinem Tischchen waren für sie Hinweis genug, dass ich weder mittellos noch zurückgeblieben bin. Der Rollstuhl überblendete das alles.

In solchen Situationen kann ich Abes negative Einstellung zur Gesellschaft nachvollziehen. Man fühlt sich nicht ernst genommen, nicht respektiert. Aber es ist entscheidend, wie man darauf reagiert und ob man sich dagegen wehrt. Ich weise die nett gemeinten Almosen mittlerweile immer höflich zurück, auch wenn daraus bisweilen peinliche Situationen entstehen. Abe hingegen hat mir angeboten, mit ihm auf Betteltour zu gehen, weil sich das mit unserem Hintergrund so lohne. Damit würden wir aber genau jenes Klischee bestätigen, das manche Menschen von uns haben. Und das wäre kein Beitrag dazu, dass man uns in Zukunft ernster nimmt.

16

Zufrieden betrachte ich nochmals das Gesamtbild: Teller, Besteck, Servietten – alles ordentlich an seinem Platz. Die Lasagne im Ofen, der Salat in der Schüssel, das Licht gedimmt. Jetzt fehlt nur noch Lynn!

Es ist mehr als ein Monat vergangen, seit sie vorgeschlagen hat, mich zu besuchen. Irgendwie hat es terminlich nie gepasst. Als ich schon langsam Angst bekam, Lynn hätte ihre Besuchsabsichten wieder vergessen oder sogar verworfen, schlug sie mir den heutigen Abend vor.

«Wollen wir Kerzen auf den Tisch stellen?», fragt Gary. Er hat mir bei den Vorbereitungen geholfen. Das ILIVE-Personal war heute wegen einiger krankheitsbedingter Ausfälle stark reduziert und im daraus resultierenden Stress nicht für Sonderwünsche wie das liebevolle Decken des Tisches empfänglich. Da ich Lynn aber trotzdem einen anständigen Empfang bereiten wollte, wandte ich mich in meiner Not an Gary. Er schien sich über meine Bitte zu freuen und führte meine Anweisungen gewissenhaft aus. Ich hätte ihn wahrscheinlich schon viel früher mal um eine Gefälligkeit bitten sollen, denn es wird mir klar, dass er sich geradezu nach einer Gelegenheit gesehnt hat, um sich nützlich zu machen. Aber ich war in letzter Zeit wohl zu sehr mit mir selbst beschäftigt, um das zu bemerken.

«Denkst du nicht, dass Kerzen ein wenig kitschig wirken?», erwidere ich und kaue unschlüssig an meiner Unterlippe. Ich will nicht riskieren, dass ich Lynn mit übertriebener Romantik verscheuche.

«Ach was», sagt Gary, «jeder liebt Kerzen! Die wirken feierlich, nicht kitschig.»

«Na gut», lenke ich ein. «Aber nur eine einzige, in der Mitte des Tisches.»

Gary rollt zu einer Schublade, beginnt, darin herumzukramen und sagt: «Wir haben rote und blaue Kerzen. Was für eine soll ich nehmen?»

«Keine Rote», entscheide ich.

Kurze Zeit später klingelt es. Ich fahre zur Tür, schneide wilde Fratzen zur Lockerung meiner angespannten Gesichtsmuskulatur und werfe einen prüfenden Blick in den Spiegel. Mir gefällt, was ich sehe: Die Haare sitzen gut, der Hemdkragen auch, und meine Augen strahlen erwartungsvoll. Offenbar ist mein Erzfeind heute nicht in der Stimmung, mich zu ärgern. Ich räuspere mich und drücke auf den Knopf des elektrischen Türöffners.

Draußen steht Lynn. Sie trägt lässige Kleidung, eine schlichte Frisur und höchstens dezente Schminke, die ein Laie wie ich nicht als solche erkennt. Es hätte auch nicht zu ihrem Charakter gepasst, wenn sie sich für diesen Anlass aufgebrezelt hätte. Ihr Lächeln wirkt jedoch anders als sonst: nicht so natürlich und ungezwungen, sondern eher verkrampft und zurückhaltend.

Wir begrüßen uns und ich bitte sie herein. Mit kleinen Schritten überwindet sie die Schwelle und reckt den Kopf vor, um ins Innere der Wohnung zu spähen. Gary kommt angerollt, und ich stelle die beiden einander vor.

«Die Lasagne braucht noch ein paar Minuten», verkündet Gary.

«Gut, dann zeige ich Lynn solange die Wohnung.»

Ich führe sie herum – durchs Wohnzimmer, auf den Balkon, in den großen Duschraum, zu den Schlafzimmern – und erkläre ihr, welches Zimmer Gary gehört, und welches dem heute abwesenden Abe. Zum Abschluss zeige ich ihr mein eigenes Zimmer.

«Oh, was ist denn das?» Mit großen Augen betrachtet Lynn den Hebelift.

«Das ist die Spinne», erwidere ich und erkläre ihr, wie das Gerät funktioniert.

Sie streckt die Hand aus und fährt mit neugierigen Fingern über die Gurte, Metallkrallen und Bedienungsknöpfe. «Könnte ich dich mit diesem Ding alleine zu Bett bringen?»

«Mit ein wenig Übung wäre das kein Problem.»

«Essen ist fertig!», ruft Gary.

Lynn lässt nochmals den Blick durch mein Zimmer schweifen, dann machen wir uns auf den Weg ins Esszimmer.

«Oh, eine Kerze», haucht Lynn entzückt, als wir uns zu Tisch setzen. «Wie edel!»

«Das war Marcs Idee», sagt Gary und zwinkert mir verschwörerisch zu. Ich laufe rot an und lächle verlegen.

«Wirklich süß.» Lynn legt mir die Hand auf die Schulter und betrachtet andächtig die tänzelnde Flamme.

Ich räuspere mich und sage: «Lasst uns anfangen.»

Mit großem Appetit fallen wir über Garys Spinatlasagne her und trinken dazu eine Flasche Rotwein, die Lynn mitgebracht hat. Ich spreche wenig, denn ich muss mich konzentrieren, um nicht zu kleckern. Lasagne ist vom Schwierigkeitsgrad her etwa in der Mitte zwischen Pizza und Spaghetti, und wenn ich mich anstrenge, kann ich sie noch selbständig essen. Während ich mich also eher still verhalte, sprudeln die Worte nur so aus Gary heraus. Lynn hört aufmerksam zu, wie er von seiner Frau, seiner Arbeit und seiner Krankheit berichtet. Dann erzählt sie ihm von einer Tante, die ebenfalls Multiple Sklerose hat, und wie deren Familie damit umgeht. Ich nicke gelegentlich zustimmend oder streue eine kleine Bemerkung ein, bin aber nicht so recht ins Gespräch eingebunden. Doch das stört mich nicht besonders – ich bin in erster Linie erleichtert, dass Lynn sich gut unterhält.

Während die Konversation vor sich hinplätschert, realisiere ich plötzlich, dass dies das allererste Mal ist, dass ich in ILIVE Besuch habe. Das erste Mal, nach sechs Monaten! Keiner meiner anderen Freunde von der Uni ist jemals hier gewesen. Woran das wohl liegt? Hat Abe tatsächlich Recht damit, dass die anderen Menschen eine gewisse Abneigung dagegen verspüren, ein Behindertenheim von innen zu sehen, weil es nicht in ihr ‹normales› Weltbild passt? Nein, es gibt einen viel simpleren Grund: Ich habe schlicht und einfach nie jemanden eingeladen! Ich bin es, der Angst davor hat, meinen Freunden zu zeigen, wie ich wohne. Angst, wie sie reagieren beim Anblick des Hebelifts oder bei der Begegnung mit meinen Mitbewohnern. Angst, dass sie mich plötzlich als anderen Menschen sehen könnten.

Dabei scheint diese Furcht völlig unbegründet zu sein: Nachdem Lynn ihre anfängliche Unsicherheit abgelegt hat, findet sie es offensichtlich spannend zu sehen, wie ich lebe. Und mit Gary unterhält sie sich prächtig. Mit ihr ist Leben in unsere Wohnung eingekehrt. Ich beginne zu bedauern, dass ich sie nicht schon früher und aus eigenem Antrieb eingeladen habe.

Auf einmal merke ich, dass Lynn mich wohl schon seit Längerem anlächelt.

«Hey, du Träumer, aufwachen!», sagt Gary amüsiert. «Ich habe dich gefragt, ob du noch Salat möchtest, oder ob ich mit dem Abräumen anfangen kann.»

«Oh, sorry, nein danke, keinen Salat.»

Er fährt mit seinem Teller auf den Knien in die Küche. Lynn erhebt sich und hilft ihm, das Geschirr in die Spüle zu stellen. Als alles abgeräumt und der Abwasch erledigt ist, zieht sich Gary in sein Zimmer zurück.

Nun bin ich mit Lynn alleine.

* * *

«Wollen wir nach draußen gehen?», schlägt Lynn vor. «Ich hätte Lust auf eine Zigarette.»

Sie hilft mir in die Jacke, öffnet die Balkontür und lässt mir den Vortritt.

«Oh, es hat angefangen zu schneien», stelle ich erfreut fest.

Schweigend setzen wir uns in die Kälte und schauen den großen Flocken zu, wie sie träge vom Himmel trudeln. Manche landen auf der Straße und vergehen. Andere setzen sich hartnäckig auf Hausdächern und Baumkronen fest. Und wieder andere schmiegen sich sanft an den großen Stein vor dem Hauseingang, auf dem *Welcome to ILIVE* eingraviert ist.

Nach einer Weile öffnet sich rechts unter uns die Haupteingangstür und Vivian tritt ins Freie. Sie setzt sich auf die Bank neben der Tür, kramt ein Zigarettenpäckchen aus ihrer Hosentasche und vergräbt sich tief in ihrer Jacke.

«Ach ja, ich hatte ja etwas vor», sagt Lynn und zündet sich ebenfalls eine Zigarette an. «Magst du auch eine?»

«Keine ganze, aber ich ziehe gerne ein paar Mal an deiner, falls es dich nicht stört», erwidere ich.

Wortlos hält sie mir den Glimmstängel hin und ich nehme einen flachen Zug. Der Rauch kratzt an meinem jungfräulichen Gaumen und ich unterdrücke ein Husten.

«Sag mal, diese Frau da unten, ist mit der irgendwas nicht in Ordnung?» Lynn zeigt mit dem Daumen in Vivians Richtung. «Als ich hier ankam, begegnete sie mir auf dem Flur und hatte völlig verweinte Augen.»

«Ich weiß nicht genau», antworte ich. Vivian ist seit Toms Liebeserklärung an Thanksgiving nicht mehr der gleiche Ausbund an Fröhlichkeit wie zuvor. Und jetzt, wo Tom ständig und überall mit Gwen rumturtelt, wirkt Vivian häufig gereizt. Ich bin mir zwar nicht sicher, ob da ein direkter Zusammenhang besteht, vermute es aber. Mit gedämpfter Stimme erzähle ich Lynn die Geschichte.

«Darf ich dich etwas Intimes fragen?», sagt Lynn, als ich geendet habe, und drückt den Stummel aus. «Wie funktioniert das bei euch ... Rollstuhlfahrern ... eigentlich mit Sex?»

Ich zucke zusammen. «W-was meinst du genau?», frage ich, um Zeit zu gewinnen.

«Was ich meine ist: Funktioniert es überhaupt?»

«Naja», druckse ich, «ich kann da bloß für mich selbst sprechen. Je nach Art der Behinderung mag das unterschiedlich sein.»

Lynn blickt mich abwartend an.

«Ich drücke es mal so aus: Die Infrastruktur ist vorhanden und einsatzbereit. Aber sie wird nur selten genutzt.» Ich grinse verlegen und hoffe, Lynn hakt nicht nach, was *nur selten* in Zahlen ausgedrückt heißt, denn dann müsste ich zugeben, dass es *noch nie* bedeutet.

«Wieso nur selten?», fragt sie.

«Eigentlich spreche ich nicht über dieses Thema, wenn ich nüchtern bin.»

«Es hat sicherlich noch Wein in der Küche, soll ich ihn holen?», sagt Lynn neckisch und zündet sich eine weitere Zigarette an.

Ich weiche ihrem Blick aus und beobachte eine Schneeflocke, die zwischen zwei Stangen des Balkongeländers hindurch geweht wird und dann weiter abwärts fliegt.

«Du brauchst mir natürlich nicht zu antworten, wenn es dir unangenehm ist», sagt Lynn. Sie hält mir die neue Zigarette hin und ich nehme einen Zug. Einen tieferen, diesmal.

«Für jemanden wie mich gibt es nur spärliche Gelegenheiten, um Sex zu haben», sage ich nach einer Weile. «Es ist nicht leicht, eine feste Freundin zu finden, und ich sehe nicht, wie das mit dem Sex außerhalb einer Liebesbeziehung klappen soll. Das Problem ist, dass man mit dem Rollstuhl nicht einfach so auf Aufreißtour gehen kann. Man würde wohl kaum ernst genommen. Und wenn doch, dann kann man nicht einen netten Quickie auf dem Kneipenklo hinlegen. Das ist mit dem sperrigen Elektrorollstuhl schwierig.»

«Aber du könntest jemanden mit nach Hause nehmen», erwidert Lynn.

«Und dann? ‹Hallo Mama, darf ich dir diese Frau hier vorstellen, die ich gerade in der Bar abgefüllt habe? Wirf mich bitte möglichst schnell ins Bett, wir haben Großes vor!› Und zu meiner Gespielin sage ich: ‹Warte kurz hier, es dauert höchstens eine halbe Stunde, bis Mutti mich ins Bett gebracht hat. Versuch bitte, scharf zu bleiben oder wenigstens nicht einzuschlafen.› Das ist doch absurd.»

Lynn lächelt und lässt mich wieder einen Zug von ihrer Zigarette stehlen.

«Selbst wenn es soweit käme und sich die Gelegenheit ergäbe – ich bezweifle, dass der Sex für die Fußgängerin besonders prickelnd wäre. Sie müsste praktisch alles alleine machen, denn abgesehen von meinem Mund und meinen Händen kann ich mich ja kaum bewegen.»

«Mund und Hände sind absolute Schlüsselelemente für guten Sex», wirft Lynn ein.

«Ja, aber selbst die sind bei mir eingeschränkt. Ich glaube kaum, dass Frauen es mögen, wenn sie so eine aktive Rolle einnehmen müssen. Und allzu kreativ kann man auch nicht werden – von den zahlreichen Stellungen, die im Kama Sutra beschrieben sind, kommt höchstens ein halbes Dutzend in Frage, bei denen ich mir nicht gleich alle Knochen breche!»

«Ich glaube, du schätzt die Frauen falsch ein», sagt Lynn. «Bloß, weil viele Männer automatisch den aktiven Part übernehmen, heißt das noch lange nicht, dass die Frauen den passiven Part bevorzugen.»

«Das mag sein», räume ich ein.

Wieder starren wir wortlos ins Schneetreiben hinaus. Auf dem *Welcome*-Stein sind nur noch einzelne Buchstaben zu erahnen, der Rest ist schneebedeckt.

«Es gibt noch eine weitere Schwierigkeit. Vielleicht die größte von allen», sage ich. «Sex mit Behinderten ist ein starkes Tabu und nur wenige Menschen würden sich überhaupt darauf einlassen.»

«Ein Tabu? Denkst du wirklich?»

«Hast du jemals in einem Film eine Sexszene mit einem Schwerstbehinderten gesehen? Nichts Schweinisches, einfach etwas, das den Zuschauer nachvollziehen ließe, wie das überhaupt gehen könnte. Kaum ein Regisseur wagt sich an sowas heran. In der Regel dürfen Behinderte ohnehin nur den besten Freund der Heldin spielen, dem sie kurz vor dem Happy-End ihr Herz ausschüttet. Aber falls ein Film tatsächlich mal eine Romanze zwischen Rollstuhlfahrern und Fußgängern zulässt, dann ist das schon revolutionär genug. Dann greift man nach dem ersten Kuss lieber auf vage Andeutungen zurück und schneidet zum nächsten Sonnenaufgang. Man will den Bogen ja auf keinen Fall überspannen.»

«Hmm, das überzeugt mich noch nicht, dass tatsächlich ein Tabu existieren soll», sagt Lynn.

«Okay, dann stell dir mal vor, man würde einen Porno mit Behinderten drehen. ‹Flotter Dreier auf vier Rädern – der Rollstuhl der Lüste!›, oder ‹Heiße Luder an Hebeliften!› Kannst du dir vorstellen, welche Wirkung das auslösen würde?»

Lynn wiegt nachdenklich den Kopf, dann nickt sie. «Die Leute wären entweder entrüstet oder würden es als abartigen Scherz auffassen.»

«Sex und Behinderung – das ist nur akzeptiert, solange wir unter uns bleiben. Wenn zwei Behinderte eine Liebesbeziehung führen, dreht man eine schnulzige TV-Dokumentation darüber und faselt etwas vom Triumph der Liebe», ereifere ich mich. «Bei Beziehungen zwischen Behinderten und Fußgängern hingegen fragen sich bloß alle, was wohl der Fußgänger für ein Problem hat.»

Lynn erwidert nichts. Erst als ich sie direkt anblicke, merke ich, dass sie bleich geworden ist und betreten zu Boden starrt.

«Es war ziemlich dumm von mir, dich mit Linda verkuppeln zu wollen, oder?», sagt sie schließlich und betrachtet mich mit ernster Miene. «Unbewusst habe ich genau das getan, von dem du eben gesprochen hast: Ich habe versucht, zwei *Behinderte* zusammenzubringen.»

«Es fühlte sich so an, ja», erwidere ich. «Und es gab Momente, da habe ich dir das übelgenommen.»

«Schrecklich übel?», fragt sie leise.

«Nein. Ich hatte ja durchaus einen spannenden Abend mit Linda.» Ich atme tief durch. «Ich war bloß sauer, weil du genau wusstest, dass ich lieber ein Date mit *dir* gehabt hätte.»

* * *

«Oh Mist, gleich fährt mein letzter Bus», stellt Lynn fest, als wir Stunden später tiefgefroren zurück ins Wohnzimmer wanken. Die Uhr über dem Sofa zeigt 00:19.

Wir haben uns draußen auf dem Balkon plötzlich vieles mitzuteilen gewusst, das uns früher unpassend oder unwichtig erschienen ist. Wir haben uns gegenseitig unsere größten Ängste verraten, unsere kühnsten Träume geschildert und von unserer ersten Verliebtheit erzählt.

Lynn hat mir außerdem von ihren beiden bisherigen Beziehungen berichtet: Ihren ersten Freund hatte sie mit achtzehn. Er hieß Brent und war ein verschlossener Literaturstudent, der an ihr hing wie eine Klette. Je länger die Beziehung dauerte, desto eifersüchtiger wurde er. Zu Beginn empfand sie es als schmeichelhaft, dass er ihr auf Schritt und Tritt folgte und täglich zwei Dutzend SMS schrieb, doch mit der Zeit wurde es zur Tortur. Nach eineinhalb Jahren hatte sie seine permanente Kontrolle satt und machte Schluss.

Dann kam Matthew, ihr zweiter Freund. Der mit dem Krokodilposter über dem Bett. Matthew war ein Strahlemann, der ständig und überall im Mittelpunkt stand. Er spielte Lacrosse und trainierte hart, weil er es um jeden Preis in die Profi-Liga schaffen wollte. Da er jedoch ein eigenwilliger Typ mit rechthaberischen Tendenzen war, gerieten Lynn und er in immer heftigere Auseinandersetzungen. Lynn blieb trotzdem bei ihm – sie konnte sich nicht eingestehen, dass auch diese Beziehung an ihrem Ende angelangt war – bis er sie von sich aus abservierte.

«Ich glaube, den Bus erwische ich nicht mehr», sagt Lynn zerknirscht. «Ich werde wohl zu Fuß gehen müssen.»

«In diesem Schneesturm? Du könntest doch auch hier schlafen!»

«Ginge das denn?»

«Ich denke schon.» Ich klingle.

Jeff taucht auf und wir stellen ihm dieselbe Frage.

«Es dürfen gerne Gäste hier schlafen, aber in der Regel muss man das im Voraus anmelden», sagt er. «Julie will nicht, dass man ILIVE als Gratishotel missbraucht, deshalb führt sie Buch darüber, wer wann bei wem übernachtet. Sie hat aber sicher nichts dagegen, wenn wir heute eine Ausnahme machen. Ich erkläre ihr dann am Montag die genauen Umstände.»

«Jeff, du bist der Beste», seufze ich erleichtert.

Wir vereinbaren, dass er mich gleich jetzt ins Bett bringt und dann für Lynn die Matratze aus dem leer stehenden Zimmer zu mir rüberschleppt.

* * *

«Seid ihr bereit?», fragt Lynn, den Kopf durch den Türspalt gestreckt.

«Ja, du kannst reinkommen», antworte ich.

Jeff hat mich in rekordverdächtigen siebzehn Minuten ins Bett gebracht und mich soeben zugedeckt. Er bringt die versprochene Matratze, verabschiedet sich, und Lynn schlüpft ins Zimmer. Sie trägt eines meiner T-Shirts, das ich ihr als Pyjama-Ersatz angeboten habe.

«Na dann, gute Nacht», sagt sie gähnend, als sie es sich auf der Matratze bequem gemacht hat. Sie liegt direkt neben meinem Bett, kaum mehr als eine Armlänge entfernt, und wenn ich über die Kante schiele, kann ich einen Teil ihrer Silhouette ausmachen.

Ich wünsche ihr ebenfalls eine gute Nacht, obwohl für mich an Schlaf nicht zu denken ist. Nicht, wenn sie so nahe neben mir liegt. Hellwach betrachte ich ihren Umriss in der Dunkelheit. Ich glaube schon, sie sei eingeschlafen, als mir ein tiefer Seufzer das Gegenteil verrät. Sie wälzt sich unruhig hin und her.

«Was ist los? Kannst du nicht einschlafen?», frage ich.

«Ich brauche an ungewohnten Orten immer etwas länger», erwidert sie. «Und was ist mit dir?»

«Ich friere.» Und das ist nur halb gelogen, denn das Fenster ist leicht gekippt und schneefrische Winterluft strömt ins Zimmer.

«Hey, wenn du es lieber warm magst, dann hast du dir für deine Reise das falsche Land ausgesucht», neckt sie mich. «Soll ich das Fenster schließen?»

«Besser nicht, sonst ersticken wir im Laufe der Nacht in unserem eigenen Mief.»

Still liegen wir einige Minuten schlaflos nebeneinander.

«Hast du denn kein bisschen kalt?», frage ich, als Lynn sich erneut umdreht.

«Ein wenig», räumt sie ein.

«Und was tut ihr Kanadier normalerweise, wenn ihr friert?»

«Wir wärmen uns gegenseitig, schätze ich.»

Ich halte den Atem an.

«Soll ich ein paar Minuten zu dir raufkommen?», fragt sie in beiläufigem Ton.

«Klingt nach einem guten Plan!»

Lynn steht auf, schaltet die Nachttischlampe ein und tritt an den Bettrand.

«Wo soll ich mich am besten hinlegen?», fragt sie, als sie die Decke zurückschlägt. Ich liege auf meiner linken Seite und bin von Lagerungskissen umzingelt: eines vorne am Bauch, zwei zwischen den Beinen, eines hinter dem Rücken und ein kleines, u-förmiges unter dem Kopf.

«Leg dich am besten hinter mich. Nimm das große Kissen an meinem Rücken einfach weg.»

«Da ist nicht viel Platz, aber ich kann es versuchen.»

«Pass bitte gut auf meine Beine auf, die sind empfindlich.»

Lynn stemmt ihr rechtes Knie auf den Bettrand, entfernt das Kissen und schwingt vorsichtig ihr linkes Bein über meinen Körper. Dann stützt sie sich mit der Hand gegen die Wand und zieht das rechte Bein nach. Behutsam legt sie sich hin, schmiegt sich in Löffelchenstellung an mich und zieht die Decke über uns.

Ich grunze wohlig, als sie ihren warmen Oberkörper noch etwas fester an mich presst und den Arm um mich legt.

«Gut so?», fragt Lynn.

«Starke Untertreibung!»

Eng umschlungen liegen wir nebeneinander, ihre Hand auf meiner. Wir atmen im gleichen Rhythmus ein und aus und ich bilde mir ein, dass ich durch das T-Shirt sogar ihr Herz schlagen spüre.

Ich realisiere zunächst gar nicht, was ich dann tue. Es ist mehr Reflex denn bewusste Handlung. Ich beginne, mit dem Daumen über Lynns Handrücken zu streicheln. Ganz sanft und zärtlich. Erst als ihr Daumen den Gefallen erwidert und die Innenfläche meiner Hand krault, fällt mir die stumme Konversation unserer Finger auf. Nach einigen Minuten fasse ich mir ein Herz und versuche, ihre Finger an meinen Mund zu führen, um sie zu küssen. Obwohl die Hand nur ein paar Zentimeter weit weg ist, muss ich all meine Kraft aufwenden und die Lippen spitzen, damit ich sie erreiche. Langsam beugt sich Lynn vor und küsst meinen Nacken. Dadurch schiebt sich ihr Arm näher an meinen Mund, sodass ich mit der Zunge über ihr Handgelenk fahren kann. Geräuschvoll atmet Lynn ein und fängt an, an meinem Ohr zu knabbern. Sie zieht ihre Hand von meinem Mund weg und streicht über meine Rippen, hinab bis zum Becken und wieder hinauf. Ein Kribbeln erfasst meinen Körper und mir entfährt ein tiefer Seufzer. Ich verspüre den Drang, wieder Lynns Hand zu küssen oder ihre Zärtlichkeiten anderweitig zu erwidern, doch ich kann gerade keinen Teil von ihr erreichen.

Ihre Hand ist inzwischen unter mein Nachthemd vorgedrungen und massiert meine Brust. Sie legt ihr Bein auf meines und fährt mit dem Fuß an meinem Unterschenkel hoch und runter. Die Lagerungskissen verschieben sich dabei leicht, doch mein Bein bleibt in stabiler Lage. Ich unterdrücke die Angst, dass das Bein abrutschen oder Lynn meine Zehen umkrümmen könnte, und schnappe stattdessen nach einem ihrer Finger, der gerade oben aus meinem Hemd guckt. Ich verfehle ihn knapp und stupse ihn nur flüchtig an. Doch Lynn scheint meine Absicht zu erkennen, zieht ihren Arm unter dem Stoff hervor und lässt mich ihre Hand liebkosen. Während ich an ihrem Ringfinger lutsche, schiebt sie sich fast vollständig auf mich und fährt mit den Lippen über meinen Hals. Die für meinen Körper ungewohnte Last und Lust lassen mich aufstöhnen.

«Erdrücke ich dich?» Sie hält in ihrem Tun inne.

«Nein, es geht schon», ächze ich.

Ihre Lippen wandern an meinem Unterkiefer entlang nach vorne und treffen auf mein Kinn. Als sie mit der Zunge mein Grübchen erkundet, schnappe ich nach ihrem Mund, und wir küssen uns innig. Meiner Hand eröffnen sich nun plötzlich unverhoffte Möglichkeiten: Ich fahre mit dem Zeigefinger um ihre Ohrmuschel, streiche durch ihr Haar und hinunter zum Schlüsselbein. Als mein Finger auf seiner Entdeckungstour an die physisch bedingten Grenzen stößt, richtet Lynn ihren Oberkörper auf und ergreift meinen Arm. Langsam führt sie meine Hand weiter über ihren Körper und achtet aufmerksam darauf, wohin die Hand strebt, um meine schwachen Bewegungsimpulse in die gewünschte Richtung zu verstärken. Über den Hals, nach hinten zum Schulterblatt, an der Seite nach unten. In die Mitte zum Nabel, aufwärts unter das Shirt, nach links in Richtung Brust. Kurz nachdem ich das kecke Ziel der Reise erreicht habe, zieht Lynn meine Hand wieder hervor, lehnt sich auf mich und steckt mir ungestüm die Zunge in den Mund.

«Kann ich dich auf den Rücken drehen?», fragt sie schwer atmend, als wir nach einigen Minuten wilden Knutschens nach Luft ringen. «In dieser Position kommen wir nicht weiter.»

«Ja, aber dafür müsstest du vom Bett steigen.»

Ein zwiespältiges Gefühl ergreift mich, als sich Lynns warmer Körper von mir zu lösen beginnt. Einerseits verspüre ich durchaus auch das Verlangen, ‹weiter zu kommen›, und das geht nicht, wenn ich auf der Seite liege. Aber anderseits widerstrebt es mir, Lynn jetzt aus dem Bett zu lassen. Vielleicht überlegt sie es sich plötzlich anders, wenn sie aus unserem warmen Nest gekrochen ist? Die Erregung könnte verloren gehen, die Vernunft zurückkehren. Und bin ich in diesem Zustand überhaupt fähig, ihr beim Umlagern klare Anweisungen zu geben?

Ich reiße mich zusammen, einfach und verständlich zu beschreiben, wie sie mich am besten in die Rückenlage drehen kann. Es scheint mir, als ob jedes überflüssige Wort droht, den Bann, der auf uns liegt, zu brechen. Doch Lynn setzt meine Anweisungen tadellos um, und schon bald liege ich wie ein Käfer auf dem Rücken.

«Ist es bequem so?», fragt Lynn.

«Absolut, ja», erwidere ich hastig, bestrebt, möglichst bald wieder ihre Nähe zu spüren. «Komm zurück unter die warme Decke!»

«Na, du hast es ja eilig», lacht Lynn und streicht zärtlich mit der Hand über meinen Arm. «Eine Minute wirst du dich noch gedulden müssen. Wenn ich schon unten bin, hole ich gleich noch ein Kondom aus meiner Tasche.»

* * *

12. März 2011 – Sex

Ich weiß nicht, wie ich beschreiben soll, was ich gerade fühle. Der Mund droht mir mit tausend Worten überzufließen, doch keines davon könnte auch nur annähernd erklären, was in mir vorgeht. Deshalb will ich gar nicht versuchen, die vergangene Nacht in Worte zu fassen. Nur so viel: Es war ein Erlebnis, das meine Wahrnehmung der Welt und des Lebens verändern wird.

Wie war es wohl für Lynn? Schlechter als mit ihren bisherigen Liebhabern? Nicht vergleichbar, *anders*? Oder sogar besser? Ich habe mich nicht getraut, sie zu fragen. Als wir danach nebeneinander lagen, haben wir stundenlang geredet und gekuschelt. Ich wünschte, wir hätten noch etwas mehr Zeit miteinander, bevor ich wieder in die Schweiz zurückkehren muss.

Eines ist mir durch die gestrige Nacht klar geworden: Sex ist ein menschliches Grundbedürfnis. Wie Nahrung, oder Schlaf, oder Geborgenheit. Solange man nie Sex hatte, realisiert man vielleicht gar nicht, was einem fehlt. Erst an der Wirkung, die sich danach entfaltet – dem Lebenshunger, dem Tatendrang, dem Bewusstsein für den eigenen Körper – zeigt sich, wie wichtig diese Flut von Zärtlichkeiten für den Organismus ist.

Ich habe mal gehört, in manchen Behindertenwohnheimen hätten die Bewohner die Möglichkeit, in geregelten Abständen die Dienste von Prostituierten in Anspruch zu nehmen. Die Kosten sind gewissermaßen im Wohngeld inbegriffen. Zunächst war ich schockiert und fand das völlig daneben. Doch jetzt muss ich sagen, ich kann die Idee nachvollziehen, die dahinter steckt: Wenn man alle anderen Grundbedürfnisse der Bewohner abdeckt, wieso sollte man dann nicht auch die Stillung dieses einen, etwas spezielleren Bedürfnisses anbieten?

Meine Meinung ist gespalten: Sex mit Prostituierten ist sicher nicht das Gleiche wie Sex mit einem geliebten Partner. Er deckt nur das Verlangen nach körperlicher Liebe. Der Wunsch nach trauter Zweisamkeit, der Wunsch, geliebt zu werden, kann auf diesem Weg nicht erfüllt werden. Außerdem kommen die moralischen Bedenken hinzu, dass damit die Prostitution gefördert wird.

Anderseits suchen so unfassbar viele Männer Prostituierte auf – da kann ich nicht mit dem Moralargument kommen, wenn es um Behinderte geht. Wirkt vielleicht selbst in mir drin dieses Tabu, über das ich mit Lynn gesprochen habe? Und auch wenn diese Art von Sex nur eine mittelprächtige Erfüllung des Bedürfnisses liefert – ein Placebo für Liebes-Sex – ist das nicht besser als nichts?

Es ist wohl von Fall zu Fall verschieden. Tom litt stark darunter, dass er alleine war, bevor er Gwen traf. Vielleicht hätte es ihm geholfen, wenn ILIVE so ein Angebot im Sortiment führen würde, weil er dann bestimmte Wünsche und Fantasien hätte ausleben können. Vielleicht hätte es ihm aber auch geschadet. Ich glaube, für ihn drehte es sich bei seiner energischen Partnersuche nicht in erster Linie um Sex. Er wollte es schaffen, ein Herz zu erobern, und er suchte die Anerkennung seines Umfelds. Gekaufter Sex wäre für ihn sicherlich verlockend gewesen, hätte allerdings das Eingeständnis einer persönlichen Niederlage bedeutet. Und mit angekratztem Selbstbewusstsein hätte er Gwen womöglich nicht für sich gewinnen können.

Hätte Tom so ein Angebot genutzt? Würde ich so ein Angebot jemals nutzen? Nach letzter Nacht könnte ich natürlich vehement verneinen und mit geschwellter Brust behaupten, ich hätte das nicht nötig. Aber wer weiß: Wenn das Bedürfnis im Laufe der Jahre wächst und wächst, einen zu erdrücken beginnt, was tut man dann? Wenn man frustriert ist, weil es nie klappen will und man darunter leidet, dass dem Körper und der Seele etwas fehlt? Ich hoffe, ich werde es nie herausfinden.

17

«... und nun schalten wir hinüber zu Chuck, unserem Wettermann», sagt die Nachrichtensprecherin. «Chuck, astronomisch gesehen war ja der erste Frühlingstag bereits vor einer halben Woche. Sieht es nun auch meteorologisch endlich nach einem Ende des Winters aus?»

Ich löse den Blick von meinem Soziologie-Skript und sehe, wie die Kamera auf einen kleinen Mann mit Glatze schwenkt, der vor einer Wetterkarte steht.

«Ja, Helen, im *Nickelbelt* setzt schon bald Tauwetter ein!», sagt er enthusiastisch. «Während in der Gegend um Toronto bereits seit Dienstag Temperaturen über dem Gefrierpunkt herrschen, darf man nun auch weiter nördlich darauf hoffen, aus dem eisigen Griff des Winters befreit zu werden. In Sudbury steigt das Thermometer morgen Samstag auf zwei Grad über Null, in der Manitoulin-Region sogar auf angenehme fünf Grad.»

Ich wende mich wieder meinen Unterlagen zu. Der Einzug des Frühlings läutet das Ende meiner Zeit in Kanada ein. Noch drei Wochen, dann ist alles vorbei. Doch bevor es soweit ist, stehen die Prüfungen an. In Filmkunde und Schreibtechnik habe ich gute Vornoten aus Aufsätzen während des Semesters, Anthropologie und Soziologie hingegen bereiten mir noch Sorgen. Ich bin fleißig am Lernen, was den positiven Nebeneffekt hat, dass ich mir nicht zu viele Gedanken über Lynn machen kann. Wir haben uns nach der gemeinsamen Nacht noch ein weiteres Mal bei mir getroffen und aus dem One-Night-Stand einen Two-Night-Stand gemacht. Doch wir sind uns beide bewusst, dass unsere zweisamen Tage gezählt sind. In jenen Nächten, in denen mir Lynns Wärme besonders fehlt – fast jede Nacht – male ich mir in romantisch-irrationalen Phantasien aus, wie es wäre, gar nicht nach Hause zurückzukehren. Einfach hier zu bleiben. Am nächsten Morgen jedoch, im Angesicht der Realität, platzen diese Träumereien jeweils wieder. Und so kommt es mir gelegen, dass ich mich tagsüber aufs Lernen konzentrieren muss.

Die Tür geht auf, und Vivian tritt ein. Sie hält Stift und Notizblock in der Hand. «Hallo Marc, ich soll mit dir die Einkaufsliste erstellen, hast du Zeit?»

«Wir brauchen drei Liter Milch, zwei Liter Cranberrysaft, einen Beutel Toastbrot, zwei Dosen Thunfisch, sechs Eier, einen neuen Sack Kartoffeln, Spinat, Tomaten und Mikrowellenpizza», leiere ich auswendig hinunter. «Alles andere haben wir noch da. Gary mag außerdem viel Obst und Salat. Am besten fragst du ihn gleich selbst, was er will, er ist oben im Therapieraum. Bier brauchen wir keines mehr, Abe ist ja gestern ausgezogen.»

«Okay, ist alles notiert.» Vivian macht auf dem Absatz kehrt und will gehen.

«Moment noch, Vivian, könntest du bitte meine Wäsche mit nach unten nehmen? Das rote Shirt nur bei vierzig Grad waschen, den Rest bei sechzig.»

Als sie mit dem Wäschekorb verschwindet, widme ich mich wieder dem Skript. Ich muss mich beeilen mit meiner heutigen Lernration, denn am Abend bin ich zu Toms Geburtstagsparty eingeladen. Und so wie ich ihn kenne, wird es spät werden.

* * *

Die Party zu Toms zweiundzwanzigstem Geburtstag findet in einer großen Jagdhütte außerhalb von Sudbury statt. Da sie nicht mehr im Zuständigkeitsbereich des Rollstuhltaxis liegt, hat Tom dafür gesorgt, dass ich mit seinem speziell angepassten Auto abgeholt werde.

Als ich um fünf Uhr nach unten gehe, wartet das Auto bereits auf mich. Der Fahrer steigt aus – ein unscheinbares Männlein mit ergrautem Lockenschopf – und stellt sich als Toms Vater vor.

Ich schlucke leer. Das ist also dieser Mann, von dem mir Tom damals am See erzählt hat, er hätte ihn, seinen eigenen Sohn, wegen der Behinderung abgeschrieben. Ich habe ihn mir als bulligen Hünen mit stechenden Augen und steinernen Gesichtszügen vorgestellt. Doch nun steht stattdessen jemand vor mir, der mich an meinen ehemaligen Philosophielehrer erinnert.

«Wie hast du Thomas kennengelernt?», fragt er, als wir auf der Landstraße sind.

«Wen? Ach so, Tom. Naja, wir wohnen am selben Ort», erwidere ich.

«Und seid ihr gute Freunde?»

«Ich schätze schon, ja.»

Er erkundigt sich höflich nach meinem Heimatland, meiner Familie und meinen Zukunftsplänen. Ich frage mich, ob er bloß Konversation betreiben will, kriege aber immer mehr den Eindruck, dass sein Interesse echt ist. Als wir nach knapp einer Stunde auf dem Kiesplatz vor der Jagdhütte vorfahren, stelle ich fest, dass ich ihn recht sympathisch finde.

Drinnen ist die Party bereits in vollem Gange. Gut zwei Dutzend Leute sitzen auf Festbänken oder stehen am Snackbuffet und essen, trinken und lachen. Als ich in die geräumige Hütte fahre, spüre ich, wie mich dreißig Augenpaare flüchtig streifen und dann wieder wegblicken. Außer Tom und Gwen kenne ich niemanden. Ich parke neben dem Buffet, wo mir Toms Vater einen Becher Orangensaft mit Strohhalm hinstellt und mich dann alleine lässt.

Da mich niemand anspricht, beschließe ich, zunächst einmal den stillen Beobachter zu spielen. Ich kann die Partygäste relativ schnell in zwei Kategorien einteilen: Um einen langen Tisch versammelt sitzt Toms Familie. Ich erkenne seine Mutter und seinen Bruder mit Frau und Kind, denn ich habe ja Fotos von ihnen in Toms Wohnung gesehen. Die Leute neben ihnen sind wahrscheinlich Cousins und Cousinen, Onkel und Tanten. Und in kleinen Grüppchen im Raum verteilt stehen überall Freunde von Tom. Während die Familie eher still und gepflegt plaudert, lachen und johlen Toms Freunde ausgelassen. Einige davon tragen äußerst kreative Frisuren und Kleider – Irokesenschnitt und nietenbesetzte Lederjacken gehören zum Harmloseren – was einen lustigen Gegensatz zu Toms gutbürgerlich wirkender Familie bildet.

Das Geburtstagskind ist der Ausgelassenste von allen. Mit Gwen an der Hand fährt Tom von Grüppchen zu Grüppchen, und wo immer er strahlend ein paar Sprüche fallen lässt, brandet Gelächter auf. Nach einer Weile gesellt sich Gwen zu Toms Familie an den Tisch, und er kommt zu mir.

«Na, Markie-Boy, gefällt dir die Party?», fragt er.

«Ja, es ist ganz nett hier.»

«Hat auf der Herfahrt alles geklappt mit meinem Alten?»

«Er war sehr freundlich. Irgendwie hatte ich ihn mir anders vorgestellt.»

«Gwen hat ihn verzaubert», sagt Tom. «Seit ich mit ihr zusammen bin, ist er wie verwandelt. Neulich hat er Gwen und mich sogar zum Abendessen nach Hause eingeladen. Er sieht mich nun mit ganz anderen Augen, das spüre ich!»

«Freut mich für dich.»

«Es ist unglaublich, wie sich mein Leben verändert hat. Es ist, wie wenn man immer nur Schwarz-Weiß-Fernsehen hatte und dann plötzlich alles in Farbe kriegt.»

«Dieses Phänomen nennt man Liebe», sage ich und verdrehe die Augen.

«Nein, ich meine etwas anderes», ruft Tom. «Es gibt Tage, da merke ich gar nicht mehr, dass ich im Rollstuhl sitze! Mit Gwen bin ich dauernd auf Achse, dauernd ist was los, verstehst du? Ich glaube, erst jetzt bin ich so, wie ich wirklich *bin*.»

«Dann läuft es also gut zwischen euch beiden?»

«Absolut! Ich muss zwar zugeben, dass ich mir früher überhaupt keine Gedanken darüber gemacht habe, was eine Beziehung alles mit sich bringt. Das ist Neuland für mich. Aber bisher haben Gwen und ich alle Probleme gemeistert!»

Ich nehme einen Schluck Saft und Tom scannt die Umgebung.

«Wieso ist eigentlich außer mir niemand von ILIVE hier?», frage ich.

«Ich habe noch T.J. eingeladen, aber offensichtlich kommt er nicht.»

«Und sonst niemanden?»

«Wieso sollte ich?»

«Naja, weil du dort lebst und arbeitest?»

«Ach so.» Tom kneift die Lippen zusammen und wirkt auf einmal desinteressiert. «Wie auch immer, ich sollte mal weiter. Viel Spaß noch, man sieht sich später!» Und er fährt davon.

* * *

Eine Stunde später gibt es Abendessen. Spaghetti. Ausgerechnet Spaghetti! Ich halte angestrengt Ausschau, ob T.J. vielleicht doch noch aufgetaucht ist – vergeblich. Ich bin hungrig, doch bei der Vorstellung, eine wildfremde Person anzusprechen, ob sie mir beim Essen hilft, vergeht mir der Appetit. Ich fasse den Entschluss, heute zu fasten.

«Soll ich dir was holen?», fragt jemand neben mir. Es ist einer der Nietenlederjackentypen. Sein Schädel ist kahlrasiert und ein umfangreiches Sortiment an Piercings ziert seine Augenbrauen und Ohrmuscheln.

«Ja, gerne», sage ich nach kurzem Zögern. «Ich kann die Spaghetti allerdings nicht selbständig essen.»

«Ich helf' dir schon», erwidert er und kommt kurze Zeit später mit zwei Tellern zurück.

Geduldig assistiert er mir beim Essen. Er nennt sich Spook – was wohl nicht sein Taufname ist – und steckt in der Ausbildung zum Förster. Er und seine Freunde, die sich nun auch zu uns gesellen, haben Tom auf einem Rockkonzert kennengelernt und damals mit ihm die Nacht durchzecht. Seither treffen sie sich regelmäßig. Nach dem Essen plaudern wir noch eine Weile, bis sich Spook verabschiedet, um mit seinen Kumpels draußen rauchen zu gehen. Das Wort ‹rauchen› betont er übertrieben stark und zwinkert dabei vielsagend.

Ich bleibe nicht lange alleine. Kaum ist Spook weg, setzt sich Gwen neben mich. Sie hat zwei Pappteller dabei. «Ein Stück Torte gefällig?», fragt sie.

«Gerne!»

Abwechselnd steckt sie mir und sich selbst eine Gabel Sahnetorte in den Mund.

«Wo ist eigentlich Tom?», erkundige ich mich.

«Der dreht mit seinem Bruder und seinem Vater eine Runde im Wald.»

«Feine Sache, eure Beziehung hat also tatsächlich für Familienharmonie gesorgt.»

«Bei ihm schon», sagt Gwen und seufzt. «Bei mir weniger.»

«Wieso, was ist passiert?»

«Mein Vater ist fast durchgedreht, als ich zuhause erzählte, mein neuer Freund säße im Rollstuhl», erklärt sie. «Er konnte es nicht verstehen. Meine Mutter hingegen fand es toll und sagte, wenn man sich liebe, sei der Rollstuhl egal. Und seither streiten sich die beiden jedes Mal über dieses Thema, wenn ich zu Besuch komme.»

«Weiß Tom davon?»

«Ich habe es ihm noch nicht gesagt.» Gwen stochert missmutig mit der Gabel im Tortenstück herum. «Es läuft bisher so gut zwischen uns beiden. Ich habe Angst, das zu gefährden. Tom ist ein großartiger Kerl, aber wenn es um seine Behinderung geht, ist er nicht besonders belastbar. Er will davon nichts hören, er blockt sofort ab.»

Ich nicke verständnisvoll. Was Gwen da erzählt, deckt sich mit dem, was ich im Herbst von Vivian über Tom erfahren habe.

«Zum Beispiel habe ich ihm erzählt, dass viele Freunde in meinem Umfeld seltsam reagieren, wenn sie hören, dass mein Freund behindert ist», sagt Gwen. «Einige tun dann so, als hätte ich völlig den Verstand verloren. Andere hingegen halten mich für eine selbstlose Heldin. Eines ist allen gemeinsam: Sie können nicht nachvollziehen, weshalb ich Tom toll finde. Das macht mir zu schaffen. Aber Toms einziger Kommentar dazu war: ‹Vergiss die, die haben alle einen Stock im Arsch›. Als ich das Gespräch nicht darauf beruhen lassen wollte, wurde er ärgerlich und fuhr davon. Er blendet alles, was mit der Behinderung zu tun hat, konsequent aus.»

«Ist das der Grund, warum kaum jemand von ILIVE hier ist?», frage ich.

«Gut möglich.» Gwen steht auf, denn auf der anderen Seite der Hütte kommt gerade Tom zur Tür herein. «Dich hat er eingeladen, weil er dich eher als Freund denn als Rollstuhlfahrer betrachtet», sagt Gwen und greift nach den Papptellern, um sie abzuräumen. «Er hat einmal gesagt: ‹Marc ist der Einzige in diesem Laden, der einigermaßen *normal* ist ...›»

* * *

26. März 2011 – Normalität

Jane hat eine lästige Angewohnheit. Naja, sie hat ganz viele, aber eine ist besonders lästig: Morgens, wenn sie mich in den Rollstuhl setzt und ich mich rundum bequem fühle, zieht sie mich plötzlich unaufgefordert am Bein oder schubst mich an der Schulter in eine bestimmte Richtung, bis meine Sitzposition überhaupt nicht mehr angenehm ist. Wenn ich dann protestiere, sagt sie unbekümmert: «Du warst völlig schief, aber jetzt sitzt du normal.»

Die Einschätzung, was normal ist, ist subjektiv. Natürlich gibt uns die Gesellschaft gewisse Richtwerte vor, aber wir interpretieren sie alle unterschiedlich. Es ist eine Frage der Gewichtung und der Perspektive. Für Tom gehört zum Normalsein eine Liebesbeziehung. Dass er mich als einzigen halbwegs normalen ILIVE-ler betrachtet, hängt wohl damit zusammen, dass Jeff neulich allen von meinem nächtlichen Damenbesuch erzählt hat.

Für mich hingegen hängt Normalität eher mit Selbständigkeit zusammen. Ich empfinde gewisse andere Bewohner wie Pat und Gary als bedeutend normaler als mich, weil ich das Gefühl habe, sie hätten mehr Kontrolle über ihren Alltag. Manche Dinge, über die sie Bescheid wissen und womöglich sogar selbst tun können, von denen habe ich keine Ahnung und lasse sie von Betreuern erledigen. Vielleicht tue ich das aus Bequemlichkeit, oder aus Desinteresse, oder weil ich neuen Hilfsmitteln gegenüber immer ein wenig skeptisch bin. Aber ich arbeite an mir und ich glaube, ich mache langsam Fortschritte: Als ich gestern beim Erstellen der Einkaufsliste nicht mehr so hilf- und ahnungslos dasaß wie noch letzten Herbst und sogar über die Wäsche Bescheid wusste, fühlte ich mich wohltuend normal.

Doch eigentlich ist das schon ein seltsames Ideal, dem wir nachjagen: Im Grunde will ja gar niemand *völlig* normal sein! Normal genug, damit man akzeptiert ist, aber nicht so normal, dass man langweilig wirkt. Und auch das Gegenteil ist der Fall: Man will speziell genug sein, um als individuelle Persönlichkeit wahrgenommen zu werden, aber nicht so speziell, dass man als Exzentriker gilt. Es gibt also normal-akzeptiert, normal-langweilig, speziell-individuell und speziell-exzentrisch. Alle Menschen bewegen sich irgendwo zwischen diesen vier Eckpunkten und streben in eine Richtung, in der es ihnen wohl ist. Spook betreibt mit seinem Erscheinungsbild einen großen Aufwand, um nicht als gewöhnlich zu gelten und nimmt dafür in Kauf, dass ihn manche Leute wegen seines Äußeren vorverurteilen und ihn für einen schrägen Vogel halten. Tom hingegen will um jeden Preis als normal wahrgenommen werden und lädt deswegen nicht einmal seine ILIVE-Mitbewohner zur Party ein.

Es ist ironisch: Seine Beziehung zu Gwen macht ihn tatsächlich normaler. Sein Vater akzeptiert ihn nun plötzlich, und er selbst fühlt sich auch besser. Aber gleichzeitig macht dieselbe Beziehung Gwen *weniger* normal, denn sie verliert bei ihrem Vater jene Akzeptanz, die Tom gewinnt, und sie fühlt sich von ihren Freunden unverstanden. Der Unterschied von Gwen zu Spook liegt darin, dass Gwen sich nicht freiwillig vom Normalsein entfernt. Weil das Anlachen eines behinderten Partners in der Vorstellung ihrer Freunde nicht als normales Verhalten gilt, sondern als Anzeichen von Heiligkeit oder Wahnsinn, findet sich Gwen auf einmal in der Exzentrik-Ecke wieder. Sie fühlt sich wohl mit Tom, aber die Reaktionen ihres Umfelds setzen ihr zu. Diese Reaktionen sind wie kleine Schubser in jene Richtung, die ihr Vater und ihre Freunde als normaler und damit als besser empfinden. So, wie Jane mich jeden Morgen irgendwohin schubsen will.

18

Frage 99: Was bezwecken Soziologen mit einem Krisenexperiment?

(a) Sie untersuchen gruppendynamische Prozesse in Krisensituationen.

(b) Sie untersuchen soziale Normen, indem sie sie absichtlich übertreiben oder verletzen.

(c) Sie untersuchen den Punkt, an dem eine Massenpanik ausbricht.

Ich lächle grimmig und kreuze (b) an. Mit ein wenig Zynismus könnte man Gwens Beziehung mit Tom als ungewolltes Krisenexperiment bezeichnen: Die Reaktionen in Gwens Umfeld zeigen, dass ein Liebespaar Schwerstbehinderter-Nichtbehinderter die Verletzung einer sozialen Norm darstellt. Wahrscheinlich war es übertrieben, als ich neulich von einem Tabu sprach, aber irgendetwas ist da in den Köpfen mancher Menschen. Eine Normvorstellung, die es ihnen schwer macht, Frauen wie Gwen oder Lynn zu verstehen, wenn sie sich auf jemanden wie Tom oder mich einlassen. Ob sich das wohl eines Tages ändern wird? Ich schiebe den Gedanken beiseite und widme mich der letzten Frage der Prüfung.

Frage 100 (Bonusfrage): Haben Sie Ihren Vor- und Nachnamen auf dem Prüfungsbogen notiert?

(a) Ja.

(b) Nein.

(c) Mache ich jetzt sofort.

Mein Lächeln wandelt sich von grimmig zu amüsiert. Ich mache ein Kreuz bei (c), wende den Bogen und schreibe meinen Namen oben rechts aufs Blatt.

Ich habe nun alle Prüfungen absolviert und mein Gefühl sagt mir, dass ich bestehen werde. Brilliert habe ich in keinem Fach – Jackys silberner Kugelschreiber wird außer Reichweite bleiben – aber ich bin trotzdem zufrieden. Alan vom Büro für besondere Bedürfnisse hatte mir erleichterte Bedingungen angeboten: mehr Zeit, kürzere Prüfung oder einen Schreibhelfer. Doch ich wollte das nicht. Wozu auch, bei Multiple-Choice-Fragen.

Ich fahre hinunter in die Cafeteria. Lynn wartet bereits auf mich.

«Wie ist es in Soziologie gelaufen?», fragt sie.

«Ganz anständig», erwidere ich. «Endlich Ferien! Wollen wir in den nächsten Tagen noch etwas gemeinsam unternehmen?»

«Ich fliege bereits morgen früh nach Vancouver», gesteht Lynn. «Meine Eltern besuchen.»

«Oh.» Ich kann meine Enttäuschung nicht verhehlen. «Und hast du heute Abend schon was vor?»

«Ich muss noch packen und wollte früh schlafen gehen.»

«Das heißt, wir haben keine Gelegenheit mehr, das Ende der Prüfungen zu feiern.»

«Leider nein.» Sie greift nach meinen Händen.

Schweigend sitzen wir da und streicheln uns gegenseitig mit den Daumen. Ich möchte ihr noch vieles sagen, doch es bleibt unausgesprochen.

«Mein Taxi kommt gleich», sage ich irgendwann.

«Dann ist nun wohl die Zeit des Abschieds gekommen.» Lynn drückt fest meine Hände und steht dann auf.

Es ist das Kommando für meine Augen, die Schleusen zu öffnen.

«Ach komm, wir sehen uns bestimmt mal wieder», sagt Lynn wenig überzeugend und umarmt mich. «Soll ich dich noch bis zum Taxi begleiten?»

«Nein, ist schon okay.» Ich fasse mich wieder. «Mach's gut. Man schreibt sich.»

«Du auch. Pass auf dich auf.»

Wir entfernen uns in entgegengesetzte Richtungen.

* * *

«*Playoff*, die fünfte Jahreszeit!», frohlockt Pat. Auf seinem Monsterbildschirm tobt das zum Bersten gefüllte Bell Center, wo Montreal die Boston Bruins zum sechsten Spiel der Playoff-Serie empfängt. «Ich liebe es, wenn es um die Wurst geht. Verlieren verboten – jeder Fehler könnte der letzte sein!»

«Ob Sieg oder Niederlage», erwidere ich mit Bedauern in der Stimme, «für uns ist es in jedem Fall das letzte gemeinsame Spiel.»

«Wieso, reist du ab?»

«Übermorgen, ja.»

«Und was ist mit dem siebten Spiel, wenn es denn stattfindet? Dem Show-Down? Das kannst du dir doch nicht entgehen lassen!»

«Der Pilot meines Fliegers ist leider kein Eishockey-Fan.»

«Na gut, es gibt ja schließlich wichtigeres im Leben», räumt Pat ein.

«Oh, deine Therapie zeigt Wirkung, gratuliere!»

«Könnte man so sagen, ja. Die Jobsuche war offenbar eine erfolgreiche Selbstbehandlung.»

«Wie kommst du denn mit der Suche voran?»

«Dass ich die Praktikumsstelle nicht gekriegt habe, war eine herbe Enttäuschung», sagt Pat. «Das war schwer zu verdauen. Aber nach ein paar Tagen Badeferien in Selbstmitleidien raffte ich mich auf und bereitete die nächste Salve Spontanbewerbungen vor. Ich wollte der Lethargie nicht wieder Tür und Tor öffnen.»

«Und hattest du dieses Mal mehr Erfolg?»

«Ja, neben zahlreichen weiteren Absagen hat sich auch etwas Zählbares ergeben: Die städtische Baubehörde hat mir mitgeteilt, man hätte zwar keine Stelle für mich, aber man würde mich unter Umständen mal als externen Berater hinzuziehen, wenn komplexe Fragen zu rollstuhlgerechtem Bauen auftauchten – durch die Kombination meines Studiums und meiner jetzigen Situation würde ich schließlich über wertvolles Spezialwissen verfügen.»

«Das klingt vielversprechend, oder?»

«Ich bin skeptisch, ob die sich jemals bei mir melden. Es war wohl kaum mehr als eine höfliche Absage. Aber es hat mich auf eine Idee gebracht: Ich könnte mich auf diesen Zweig der Architektur spezialisieren! Ich habe angefangen, Fachliteratur über rollstuhlgerechtes Bauen zu lesen und habe den Eindruck, da besteht noch Spielraum für Innovationen. Vieles sehe ich tatsächlich mit anderen Augen, seit ich im Rollstuhl bin. Wer weiß, vielleicht ist das die große Chance für mich, etwas Sinnvolles zu entwickeln, das anderen Architekten bisher verborgen geblieben ist.»

«Du betreibst nun also private Forschung?»

«Gewissermaßen. Damit verdiene ich zwar vorläufig kein eigenes Geld, und vielleicht kommt es auch nie soweit. Aber was zählt, ist, dass ich mir damit eine Aufgabe gegeben habe, die mich fasziniert, und die mich tagsüber beschäftigt. Selbsttherapie eben.» Er lächelt zufrieden. «Schon witzig, im Herbst habe ich dir noch gesagt, ich hasse Beschäftigungstherapie und würde nie einen Job annehmen, der auch nur entfernt mit Behinderungen zu tun hat. Und nun das!»

«Ich finde es gut, dass du dich in diese Richtung entwickeln willst», erwidere ich. «Und so begeistert, wie du wirkst, ist diese Aufgabe für dich mehr als bloße Beschäftigungstherapie.»

«Das ist wahr», sagt Pat, «das ist wahr.»

Gelöst genießen wir unser letztes gemeinsames Spiel. Als die Partie zu Ende ist, frage ich Pat, ob ich noch auf ein Bier bleiben soll. Er sagt ohne zu zögern ja.

* * *

«Haben Sie schon gepackt?», fragt Julie. Ein letztes Mal bin ich in ihr Büro bestellt worden. Austrittsgespräch.

«Ja, es ist alles bereit.»

«Fein, die Formalitäten sind auch erledigt. Sie müssen nur noch hier unterschreiben.» Julie legt ein Blatt Papier auf mein Tischchen.

Mechanisch unterzeichne ich.

«Sie können es sicherlich kaum erwarten, Ihre Familie wiederzusehen, nicht?», fragt sie freundlich.

Ich schweige. Natürlich freue ich mich auf den Moment, an dem ich meine Eltern und Geschwister treffe. Doch zurzeit überwiegen noch andere Gefühle.

«Es war schön, Sie hier zu haben, Marc», sagt Julie. «Die Bewohner und die Angestellten von ILIVE haben Sie sehr geschätzt. Und auch ich habe Ihren Aufenthalt als Bereicherung empfunden, selbst wenn wir nicht immer gleicher Meinung waren.»

«Danke.» Ich bin von Julies Friedensangebot überrascht, sehe aber keinen Grund, es abzulehnen.

«Wollen Sie in der Schweiz auch wieder in einer ähnlichen Institution leben?»

«Ich glaube nicht. Das ist nicht die richtige Wohnform für mich. Ich möchte das Gefühl haben, dass ich mein Leben selbst kontrolliere, und das würde mir in einem Heim fehlen», antworte ich. «Für dieses Austauschjahr war es natürlich praktisch, dass ich hier wohnen durfte, und ich bin dankbar dafür, aber langfristig gesehen will ich mein Leben anders organisieren.»

«Das kann ich nachvollziehen», sagt Julie. Sie greift nach einem Notizzettel und beginnt etwas zu kritzeln. «Wenn Sie den Versuch wagen möchten, selbständig zu wohnen, kenne ich jemanden, der Ihnen vielleicht helfen kann.» Sie reicht mir den Zettel. Darauf stehen ein Name – Steven – und eine E-Mail-Adresse. «Steven ist ein ehemaliger ILIVE-Bewohner, der nun alleine lebt», erklärt Julie. «Er kennt alle Tücken, die bei diesem Unterfangen auf Sie zukämen und gibt Ihnen sicher gerne einige Ratschläge, wenn Sie ihm schreiben.»

«Das werde ich, danke Julie.»

«Da ist noch eine Sache, bevor Sie gehen», sagt sie und rutscht unruhig auf dem Stuhl umher. «Es geht um die Entlassung von T.J.»

«Sie müssen sich nicht rechtfertigen. Lassen wir diese Geschichte ruhen.»

«Ich möchte aber, dass Sie etwas verstehen: Ich bin durchaus in der Lage, gelegentlich ein Auge zuzudrücken. Ich hatte bereits vor Ihrer Reise nach Montreal eine Vorahnung, dass T.J. Sie begleiten würde. Aber ich beschloss, der Angelegenheit nicht nachzugehen, wenn alles reibungslos verliefe. Und selbst als T.J. mich anrief, um seine Schicht an Silvester abzusagen, wäre ich bereit gewesen, es auf sich beruhen zu lassen, wenn er mir die Wahrheit gesagt hätte. Doch als er mich anlog und behauptete, er sei krank, konnte ich das nicht mehr tolerieren. Auch ich habe nur eine beschränkte Anzahl Augen, die ich zudrücken kann.»

«Vielleicht hat er gelogen, weil er und die anderen Angestellten sich vor Ihnen fürchten», erwidere ich.

«Tun sie das?»

«Manche schon, ja.»

«Nun, es ist für mich eine Gratwanderung. Wenn ich streng bin, mögen mich die Mitarbeiter nicht besonders und fürchten mich vielleicht tatsächlich ein bisschen. Dieser Teil meiner Aufgabe bereitet mir keine Freude, glauben Sie mir. Anderseits muss ich streng sein, damit sie mich respektieren und die Betriebsregeln achten. Sonst herrscht hier irgendwann das nackte Chaos, und das wäre dann mein Verschulden.»

«Da haben Sie wohl recht», räume ich ein. Diesen Aspekt von Julies Arbeit habe ich unterschätzt.

«Nun denn, alles Gute, Marc.» Sie steht auf und schüttelt mir die Hand. «Genießen Sie Ihren letzten Tag hier.»

«Alles Gute, Julie.»

* * *

Am nächsten Mittag sitzen Gary und ich am Tisch und essen. Genau genommen isst nur er – ich sitze daneben und schaue ihm zu, wie er heißhungrig über Kartoffelpüree und Erbsen herfällt. Es ist erstaunlich, wie schnell er den Teller leert, obwohl er sich so langsam bewegt.

Ich habe keinen Appetit. Vorhin habe ich meine kleine ILIVE-Abschiedstournee gegeben. Hände geschüttelt, gute Wünsche ausgetauscht und zahlreiche Bestellungen für Schweizer Schokolade entgegengenommen. Jetzt will ich einfach nur noch weg von hier, bevor sich der Abschiedsschmerz zu tief eingräbt. Meine Mutter wird bald eintreffen, das hat sie mir soeben per SMS mitgeteilt.

«Du hast dich gut eingelebt hier?», frage ich Gary. Vielleicht macht ein wenig Konversation die Wartezeit erträglicher.

«Kann man so sagen», erwidert er mampfend und schiebt einen Löffel Erbsen nach.

«Zu Beginn hattest du eine harte Zeit, wie?»

«O ja.» Ein weiteres Dutzend Erbsen erfüllt sein Schicksal, dann wischt sich Gary mit der Serviette den Mund ab. «Als ich hier ankam, fiel ich in ein Loch. Ich begann, alles zu hinterfragen und an mir zu zweifeln. Doch nun bin ich daran, mich mit meiner Situation abzufinden.»

Bei seinem letzten Wort verziehe ich das Gesicht.

«Was ist?», fragt Gary.

«Ach nichts, ich mag bloß den Ausdruck ‹sich abfinden› nicht.»

«Wieso, was ist damit?» Er rollt zum Kühlschrank und schnappt sich ein Stück Torte. «Du wirkst auf mich wie jemand, der sich mit seiner Behinderung gut abgefunden hat. Oder täusche ich mich da?»

«So einfach ist das nicht», erwidere ich. «Dieser Umgang mit der Behinderung, den man unter ‹sich abfinden› versteht, funktioniert nicht so, dass es im Kopf eines Tages klick macht und man plötzlich alles akzeptiert.»

«Sondern?»

Ich überlege. Mir wird bewusst, wie oft ich im vergangenen Jahr neue Einsichten gewonnen habe, die kurze Zeit später hinterfragt und angepasst oder sogar verworfen werden mussten: Das Zeitungsinterview, die Begegnung mit Hannah, die nächtlichen Erlebnisse positiver Art mit Lynn und negativer Art mit Abe, die Gespräche mit Tom und Pat, die Diskussionen mit Julie – alles hat mich geprägt, alles hat mich verändert. Es waren Schlüsselerfahrungen, die ihre Wirkung in der Gesamtheit entfalteten. Keine davon hätte einzeln ausgereicht, um in mir das Gefühl auszulösen, ich hätte mich mit der Behinderung abgefunden.

«Sich abfinden ist nicht eine einmalige Leistung, sondern ein fortwährender Prozess», erkläre ich. «Man macht ständig neue Erfahrungen und versucht, aus ihnen zu lernen. Und das ist auch nötig, denn die Behinderung hört nicht auf, dich vor neue Herausforderungen zu stellen, bloß weil du sie *akzeptiert* hast.»

«Vielleicht ist es für jeden von uns etwas anders», entgegnet Gary. «Bei mir äußert sich das, was du beschreibst darin, dass ich Hochs und Tiefs habe. Womöglich sind die Hochs ein Zeichen dafür, dass ich gerade eine Herausforderung gemeistert habe und die Tiefs dafür, dass eine neue aufgetaucht ist, die ich noch nicht zu bewältigen weiß.»

«Klingt logisch», pflichte ich ihm bei. Es geht wirklich jeder anders mit seiner Behinderung um. Tom verdrängt sie. Pat versucht, einen sinnvollen Nutzen aus ihr zu ziehen. Und ich analysiere alle ihre Aspekte in meinem Logbuch. Jede dieser Methoden funktioniert für den, der sie anwendet, und keine davon würde für die anderen gleich gut wirken. Man muss seine eigene Strategie entwickeln.

«Für mich hat dieses ‹sich abfinden› etwas von aufgeben, resignieren, verdrängen», sage ich. «Aber das klappt nicht, zumindest nicht für mich. Ich will mich mit meiner Behinderung nicht abfinden, ich will lernen, mit ihr umzugehen. Verstehen, wie sie mein Leben beeinflusst. Mich mit ihr arrangieren. Das ist mein Ziel!»

Es klingelt an der Tür. Ich fahre hin und atme tief durch. Den Spiegel zu meiner Rechten nehme ich dabei nicht einmal wahr. Ich fange an zu lächeln und drücke auf den Öffnerknopf.

Draußen steht meine Mutter.

Nachwort

Auf manche Fragen gibt es mehrere Antworten. Zu den meisten Problemen existieren unterschiedliche Lösungen. Und zu fast allen Themen haben wir verschiedene Meinungen.

Welches ist die beste Wohnform für mich? Wie oft setze ich mich dem Risiko aus, begafft zu werden, oder vor einer Treppenstufe zu stranden? Versuche ich, mir auf dem freien Markt einen Job zu ergattern, arbeite ich in einer geschützten Werkstätte, oder lasse ich es am besten gleich ganz bleiben?

‹Die Behinderten›, das ist eine umfangreiche und heterogene Gruppe von Menschen. Was für den einen richtig ist, das kann für die anderen falsch sein. Wir führen alle ein individuelles Leben, und wenn man es genau betrachtet, ist die Behinderung nur ein winziger Berührungspunkt zwischen unseren Existenzen.

Marcs Ansichten und Entscheidungen stellen deshalb keine exklusive Bestlösung dar, nach der es zu streben gilt. In seinen Logbucheinträgen gibt er sich große Mühe, auch die Gegenseite zu verstehen – denn um herauszufinden, was für einen selbst stimmt, hilft es, die ganze Palette an Möglichkeiten zu kennen.

Wichtig ist, zu realisieren, dass man heute in vielen Angelegenheiten eine Wahl *hat*. Um diese Wahl in die eigenen Hände zu nehmen, muss man sich mit seiner Behinderung auseinandersetzen. Natürlich ist es schmerzlich, dabei mit gewissen unangenehmen Tatsachen konfrontiert zu werden. Doch wenn man sich mehr Selbständigkeit, mehr Normalität, mehr Kontrolle über das eigene Leben wünscht, muss man diesen Preis bezahlen. Die Konfrontation mit den eigenen Grenzen (und damit verbunden die Entdeckung unverhoffter Möglichkeiten) ist der Schlüssel zum Erwachsenwerden mit Schwerstbehinderung.

Anmerkung des Verfassers

«Was guckst du so behindert?» ist in erster Linie ein Werk der Phantasie. Die darin enthaltenen Schauplätze existieren zwar zum Teil oder sind an existierende Orte angelehnt, sie wurden jedoch stellenweise gemäß den Anforderungen der Geschichte verändert.

Die Figuren sind ausnahmslos fiktiv, und es wird zu keinem Zeitpunkt versucht, Vergleiche zu realen Personen nahezulegen oder auf Ähnlichkeiten zu realen Personen anzuspielen.

Es existiert meines Wissens zum Zeitpunkt der Veröffentlichung weder eine Einrichtung für selbstbestimmtes Wohnen namens ‹ILIVE›, noch eine Tageszeitung namens ‹Sudbury Herald›, noch eine wohltätige Organisation namens ‹Aktion Zauberfee›, und es soll darunter auch keine Anspielung auf ein reales Gegenstück dazu verstanden werden. Auch die in Kapitel 12 erwähnte Diskussionsrunde zur Schaffung eines kundenfreundlicheren Rollstuhltaxis fand in dieser Form nie statt.

Danksagung

Zuallererst möchte ich meinen Freundinnen Nelia, Aline und Laura danken, die mich immer wieder ermuntert haben, dieses Buchprojekt voranzutreiben, und die mit unverblümter Kritik und wertvollen Ratschlägen dazu beitrugen, dass die Geschichte nie vom Kurs abkam.

Ich danke auch meinen Testleserinnen Claudine, Simone, Annemarie und Petra, die mit ihrem Feedback geholfen haben, holprige Textstellen und inhaltliche Schlaglöcher großräumig zu umfahren.

Ein besonderes Dankeschön gebührt Fritz Frey und seinen Mitarbeitenden beim IL-Verlag, die mir die Veröffentlichung dieses Buches ermöglicht haben. Der IL-Verlag hat sich zur Aufgabe gemacht, vorwiegend Bücher zu verlegen, deren Thematik in der Gesellschaft wenig Beachtung findet.

René Wiessler

DAS BLEISTIFTHOCHHAUS
Erfahrungen
(mit beigelegter DVD)

IL-Verlag, 2012
Hardcover, 160 S.
ISBN: 978-3-905955-37-8
Preis: 24,90 EUR / 29,70 CHF

Diagnose Schizophrenie.

Ein Schock - nicht nur für den Erkrankten, auch für seine Angehörigen. Ein Prozent der Bevölkerung trifft ein solcher Befund und macht zunächst ratlos. Dieses Buch soll Trost und Hilfe sein für alle, die ein Familienmitglied haben, das von dieser schrecklichen Krankheit betroffen ist, und es zeigt auf, wie für den Umgang mit Behörden, Ärzten, Arbeitgebern und der eigenen Familie gangbare Wege gefunden werden können.
Immer wieder findet sich eine helfende Hand, man muss sie nur erkennen.